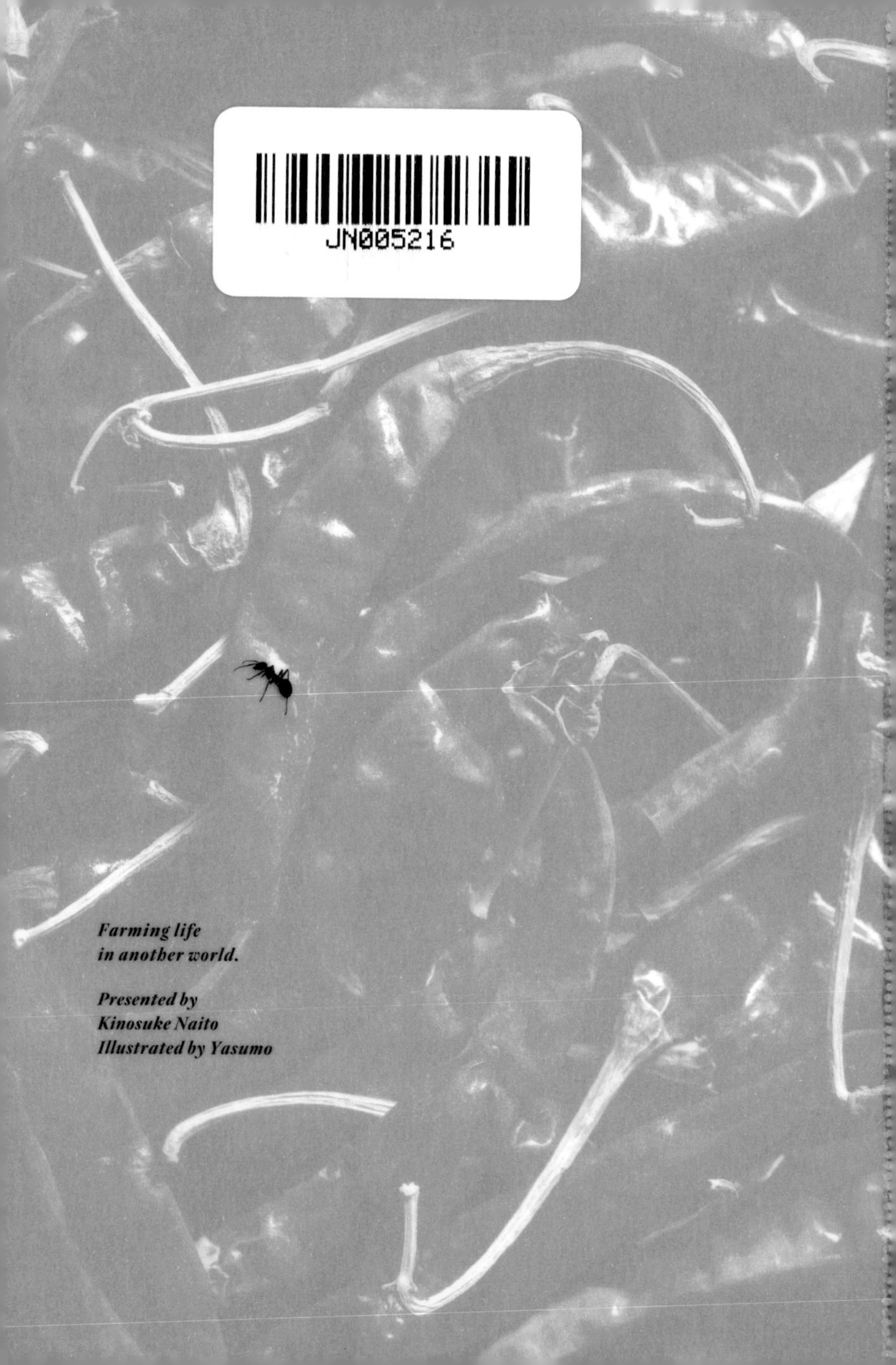

Farming life
in another world.

Presented by
Kinosuke Naito
Illustrated by Yasumo

ベトン
（古悪魔族）
Beton/GreatDevil
「無礼な
発言の数々、
申し訳
ございません」

「ビーゼルの真似かな？」
Farming life in another world. Volume 16

「直滑降〜っ!!」
Farming life in another world. Volume 16

「いっくよ――!」
ヒイチロウ
(竜族)
Hiichirou/HiAncientDragon

「銀狐族のコンです」
コン
（銀狐族）
con/Silver Fox

「猿の聖獣、セイテンです」
セイテン
（猿神族）
Seiten/Monkey God

『ぷんぷんだコン！』
『ヨウコは怒っているコン！』

10

異世界のんびり農家

Farming life in another world.

Presented by Kinosuke Naito

Illustrated by Yasumo

異世界のんびり農家

著　内藤騎之介

イラスト　やすも

Farming life
in another world.

異世界のんびり農家

Farming life in another world.

Prologue

Presented by
Kinosuke Naito
Illustrated by
Yasumo

〔 序章 〕

夢魔族のささやかな望み

私は〝四ノ村〟に住む夢魔族《むまぞく》の女。

この〝四ノ村〟が〝太陽城〟を名乗っていたころに生まれた私は、この場所以外での生活を知らない。興味もない。

ただ、愛する夫とともにこの場所で生きて、死ねばいいと思っている。不満はない。

そう考えていたのだが、子が生まれたので私の考えが少し変わった。

愛情とか、そういう方面ではなく……えっと、言いにくいのだけど……狭《せま》い。そう、住んでいる場所が狭いのだ！

私たちに与えられたスペースは夫と二人でギリギリだったのに、子が生まれたことで手狭になった。困っている。不満だ！


〝太陽城〟を名乗っていたころは、食べるものに困っていた。

幸いにして夢魔族は、食事をしなくてもそれを補う手段があったから、それほど空腹で困ったことはない。

しかし、〝四ノ村〟を名乗ることになったころから、夢魔族である私たちにも食事をする余裕《よゆう》ができた。

だからというわけじゃないとは思いたいのだけど、めちゃくちゃ子供が増えた。私も産んだし、隣に住んでいる者も産んだ、その隣も。

村長はベビーラッシュだと言って喜んでいた。喜んでいたから、めでたいことなのだろう。

だけど、〝四ノ村〟は空に浮かぶ島。土地に限りがある。現段階でも狭くて仕方がないのに、子が大きくなれば食事にまた困る可能性もある。畑の拡張も簡単じゃない。

一番の問題は、赤ちゃんの泣き声。

赤ちゃんが泣くのは当然だから、それは仕方がない。私の子の泣き声じゃなくても、不快に思ったりはしない。全て〝四ノ村〟の子だ。

ただ、その、あれだ。

夫といい雰囲気《ふんいき》になろうとしているところに、赤ちゃんの泣き声は駄目《だめ》だ。夫は赤ちゃんを気にするし、私も母性が先にくる。これはよくない。夢魔族として、とても大きな問題だ。

魔法で泣き声を遮断《しゃだん》する方法もあるが、赤ちゃんが泣くのにはちゃんと理由がある。それを受け取れなくなるのはよろしくない。よろしくないのだが、一人の赤ちゃんの泣き声に釣られて、ほかの赤ちゃんも泣きだしての大合唱は困る。本当に困る。泣き声を遮断する魔法の使用を検討するぐらいには困っている。

困った私……いや、私たち夢魔族は〝四ノ村〟の代表であるクズデンさんに相談した。クズデンさんは頷《うなず》いて、ベルさまとゴウさまに相談した。

〝四ノ村〟の代表はクズデンさんで、最終決定権もクズデンさんが持っているけど、ベルさまとゴウさまを無視できない。言っちゃ悪いけど、ベルさまとゴウさまがその気になれば、この〝四ノ村〟なんて簡単に落ちるからね。

まあ、そのベルさまとゴウさまを相手にして、一歩も引かないどころか瞬殺できる猛者《もさ》がゴロゴロいるのが〃四ノ村〃を従えている〃大樹の村〃だけど。

クズデンさまは実力差を感じて、ことあるごとにベルさまかゴウさまに代表を譲《ゆず》ろうとしているけど、ベルさまとゴウさまが引き受けてくれない。ベルさまとゴウさまは、誰かに仕えるのがもっとも力を発揮すると言っていたけど、それなら〃大樹の村〃の村長に仕えるって形で〃四ノ村〃の代表を引き受けてくれてもいいと思うのだけどね。

まあ、やりたくないと言ってる者に無理やりやらせてもいい結果にはならない。幸いにして、クズデンさま以外は、いまの体制に不満はないようだしね。このままで問題なし。


クズデンさん、ベルさまとゴウさまは、〃四ノ村〃が狭くなっていることに関しては前々から考えていたらしく、すぐさま対策を講じてくれた。頼《たの》もしい。

でも、資材的にいろいろと問題があるらしい。ゴウさまが頭を抱えている。

私たちでやれることがあるなら、手伝いますよ。なにせ私たちの生活空間のことですので。

倉庫にある物を運ぶ？　お任せください。

〃大樹の村〃の村長を呼ぶから、その歓待《かんたい》？　お任せください。夢魔族の伝統の衣装で……え？

駄目？　その衣装は禁止？　そんな！　夢魔族が誇《ほこ》る伝統の衣装ですよ！　いや、あれは紐《ひも》ではありません！　ちゃんとした衣装です！

伝統の衣装は却下されてしまった。なぜでしょう。夫を摑《つか》まえた……ごほん、夫と結ばれたときにも使った実績のある衣装で、きっと〝大樹の村〟の村長も喜ばれるはずなのに。

いや、〝大樹の村〟の村長に手を出したりしませんよ。あの村長の妻たちは怖《こわ》いですから。危険なことはしません。私には生まれたばかりの子もいるのです。

わかりました。あの衣装は諦《あきら》めます。

普通に歓待の準備をしますので、あとで見に来てください。夢魔族の常識でやると駄目っぽいようなので。

私は〝四ノ村〟に住む夢魔族の女。

生活環境の改善を訴《うった》えているごく普通の主婦だ。

異世界
のんびり
農家

Farming life in another world.

Chapter,1

Presented by
Kinosuke Naito
Illustrated by
Yasumo

〔 一章 〕

古の悪魔の動向

1 動き出す村長

秋の収穫に目途《めど》がつき、俺の手が空いたので中庭に新しい茶室を作った。今回は事前にアンから鶏《ニワトリ》たちに通達してもらったので、茶室を乗っ取られることはなかった。よかった。

俺は茶室の畳《たたみ》の上でごろごろする。うーん、満足。

おっと、畳だけじゃない。今回は景色にもこだわってみた。障子《しょうじ》を開けて中庭を見る。

そこには白い砂を敷《し》き詰《つ》めて整え、岩を配置し、海をイメージした枯山水《かれさんすい》モドキが……鶏たちが群れていた。

…………。

鶏たちのリーダーの目はこう語ってる。アンには従うから建物には入らない。だが、ここで群れるのはセーフのはず。

…………なるほど。なるほどなるほど。

俺と鶏たちのリーダーは睨《にら》み合う。先に目を逸《そ》らしたほうが負けだな。などと思っていたら、アンがやってきて鶏たちを問答無用で追い払った。

「あとで、躾《しつ》け直しておきます」

ほどほどにね。鶏たちが従順だと、逆に気持ち悪いから。

翌日。

俺は中庭で、牡蠣《カキ》の殻《から》を粉になるまで砕《くだ》いていた。鶏たちの飼料《エサ》に混ぜて与えるためだ。こうすると産む卵が丈夫《じょうぶ》になるらしい。

牡蠣は海の種族たちのあいだでもよく食べられているらしく、頼《たの》んだらすぐ手に入ったので昨日の夕食でいただいた。大粒《おおつぶ》の牡蠣で美味《おい》しかった。いま砕いている殻は、そのときに出たもの。

鶏たちは殻よりも身を寄越《よこ》せと言うが、気にしない。昨日の夜、鶏たちによって一箱分の牡蠣をつまみ食いされているからだ。収穫の打ち上げで、中庭でのバーベキューだったので油断した。

牡蠣はアンも好んでいたので、かなり厳しく叱《しか》られたのに……それを感じさせない今日の態度に、ちょっと感心する。いや、鳥だからかな。

ちなみに、アイギスは殻を食べず、身しか食べない。昨日なんか、自分で焼いて食べてた。レモンを搾《しぼ》る器用さは、すごいと思った。

ん？　どうしたアイギス？　……牡蠣をもっと食べたいと。仕方がないな。また頼んでおくよ。

俺がそう答えると、アイギスだけでなく鶏たちも喜んだ。まったく……鶏たちの分も、ちゃんと頼んでおくよ。

そんなふうに過ごしていた日の夜だった。

風呂上がりのまったりタイムに〝五ノ村〟から緊急《きんきゅう》の手紙が届けられた。ヨウコ宛《あ》てだったが、ヨウコは娘のヒトエと入浴中なので俺が代わりに目を通した。

手紙はブロンから手助けを求める内容。プギャル伯爵《はくしゃく》が〝シャシャートの街〟で行方不明？　プギャル伯爵って、ゴールの奥さんのお父さんだよな？　いや、それだけじゃない。文官娘衆にも娘がいる。これは放置できない。捜す手伝いをしに行こう。

俺はそう決断し、行動を開始しようとしたら、文官娘衆から止められた。プギャル伯爵の娘だ。

「父の心配をする必要なんてありませんよ。どんな状況でも生き延びますから」

それは信頼からくる言葉なのだろう。しかし、だからといって捜しもしないのはどうなんだ？

知ってしまったからには、行くべきだと俺は押し切った。

夜だけど、協力者を募《つの》ったら、ハイエルフたちとリザードマンたちが参加してくれることになった。捜索《そうさく》は数が命。助かる。

ん？　ドースやドライムも？

「孫《まご》や曾孫《ひまご》に、いいところを見せんとな」

「ダイコンの味を広めるいい機会だ」

いや、なにをしに行く気だ？　行方不明者を捜すのが目的だぞ？

「いいからいいから。我らと一緒のほうが面倒は少ないはずだ」

そうなのか？　まあ、手伝ってくれるなら頼もう。

ルーやティア、アンたちも手伝ってくれるそうだが、準備に少し時間がかかるそうだ。先に出発させてもらう。

ああ、ヨウコへの伝達と転移門《てんいもん》の通行情報を集めるのはルーたちに任せていいかな？　うん、頼むよ。

屋敷を出たところでクロの子供たちやザブトンの子供たちが準備万端《ばんたん》で待っていてくれた。が……〝五ノ村〟ならともかく、〝シャシャートの街〟には連れていけない。魔王とかビーゼルが困るから。

……いや、待て。行方不明者を捜すとなると、クロの子供たちの力は頼りになるはずだ。鼻がいいしな。

また、〝シャシャートの街〟の中を捜すことを考えると、ザブトンの子供たちの力も頼りになる。

うん、絶対に。

これは人助け。手遅れになって、万に一つがあっても困る。

…………。

あとで俺が魔王とビーゼルに謝ろう。

俺はクロの子供たちとザブトンの子供たちを連れて行くことにした。あ、でもできるだけ住人に見られないようにね。

〝五ノ村〟への到着は問題なかった。転移門の管理をしているフタに「どこを攻めるのですか？」と聞かれたのは心外だけど。

〝五ノ村〟の麓《ふもと》にある〝シャシャートの街〟への転移門に近づいたところで、グッチが合流した。

グッチの第一声が「どこを攻めるのですか？」だったのは、フタと話し合った冗談なのだろうか？

俺が必要以上に真面目な顔をしていたから気を使わせてしまったのかもしれない。

行方不明と聞いたから、どうしても誘拐《ゆうかい》とか事故などの悪い想像をしてしまう。

悪いことを考えていると、それを引き込む。もっと気楽に挑《いど》むとしよう。プギャル伯爵は近くに買い物に行っているだけの可能性もあるわけだし。うん。

グッチも手伝ってくれるとのことで、一緒に行動。

〝五ノ村〟の麓の転移門と、〝シャシャートの街〟の転移門で問題が発生。

街中では屋根や物陰《ものかげ》などを使って隠れながら移動していたクロの子供たちとザブトンの子供たちだけど、転移門を通るときは隠れられなかった。

それゆえか、転移門を警備している者たちや通行者がクロの子供たちとザブトンの子供たちの姿を見て、気絶してしまった。そんなに怖くないのに。バタバタと気絶しないでほしい。だけど、怒るのはあと。

ほぼ全員が気絶したから、騒ぎにならなかったのはよかったけど、ハイエルフとリザードマンの一部が気絶者の介抱《かいほう》に手を取られてしまったのは失敗だった。だが、反省もあと。プギャル伯爵を捜さないと。

ん？　クロの子供たちとザブトンの子供たちが独自行動を求めてきた。

かまわないが、プギャル伯爵の顔とか匂いを知っているのか？　顔は前に映画で見たと？　そういや、出演していたな。

匂いに関しては、珍《めずら》しい匂いや怪《あや》しい匂いを探すと。悪意ある匂いも判別できる？　なるほど。

よし、なら頼む。緊急時の判断も任せた。攻撃してもかまわない。

クロの子供たち、ザブトンの子供たちは理由もなく暴れまわったりはしない。それぐらいの信頼はしている。

ただ、危険なときは逃げるように。死ぬのはもちろん、怪我《けが》しそうなときは無理しちゃ駄目だぞ。

頑張りすぎて怪我をしてしまうという心配はある。プギャル伯爵を捜すのも大事だけど、怪我をしないのも大事だ。

クロの子供たち、ザブトンの子供たちは、俺の言葉に頷いて行動を開始した。

うーん、速い。まるで夜の闇《やみ》に消えるようだ。

おっと、俺も動かないと。えっと……まずはブロンとの合流だな。最新の情報を聞こう。

すでにプギャル伯爵が発見されていたら肩透《かたす》かしだけど、それが一番なんだよなぁ。無事であってほしい。

ドース、ドライム、グッチ、ハイエルフたち、リザードマンたちもそこまでは一緒に行動しよう。

2 すぐに見つけた

ブロンとはすぐに合流できた。プギャル伯爵家の執事《しつじ》さんが一緒だったので、現在の情報を教えてもらう。

うーむ。残念ながら、すでに発見されていたという肩透かしはなかった。そして、ほとんど手がかりがない。そのうえ、転移門で別の場所に移動している可能性もあるのか……。

「最悪に最悪を重ねることも考えて対処しなければなりませんが、ご当主さまも無能ではありません。特に保身に関しては信頼ができます」

保身が信頼できるって……。

「誘拐だったとしても、誘拐犯と交渉して無事でいるということです」

なるほど。

「転移門の先に関しては別の班が動いておりますので、私どもは〝シャシャートの街〟を中心に捜索をします。ご協力、よろしくお願いします」

そうだな、急いで行動しよう。

えーっと、全員でかたまって行動しても仕方がないな。こっちも数人で班を作って捜索するか？

「あ、それなのですが、当家の者がいないとご当主さまが出てこない可能性があります」

出てこない？

「危機から身を隠している場合です。その状況ですと、見知らぬ者から声をかけられても、ご当主さまは出てきません」

あー、なるほど。

「ですので、申し訳ありませんが当家の者の同行をお許しください」

許すもなにも、こっちが同行する側だ。なんでも言ってほしい。いや、捜索の指揮権を渡されても困る。こっちは捜索のプロでもなんでもないのだから。

とりあえず、俺たちは同行してくれたハイエルフやリザードマンをいくつかの班に分け、捜索を開始する。

俺はドース、ドライム、グッチ、ブロン、それと執事さんと一緒になった。なったのだけど……。

俺たちはもっとこう……違う班のほうがよくないか？　ブロンにそう確認したが、ブロンはこの組み合わせが最適だと譲《ゆず》らない。

「目を離せない者は一カ所にまとめるべきです」

そ、そうか。ドースやドライムは目が離せないか。

………。

確認だけど、俺は目が離せない側じゃないよな？

「村長はドースさんやドライムさんを抑《おさ》える側ですよ」

よかった。捜索、頑張ろう。

すでにプギャル伯爵の関係者で捜索エリアを決め、広く薄く捜すことはされているそうだ。

なので、俺たちは自由に捜索することになった。自由にと言われても困るな。

現在位置はビッグルーフ・シャシャートの前。つまり、〝シャシャートの街〟のほぼ中心。東西南北、どこに進むべきか。

「今日の昼、街の南でイベントがありました。人の多い南が怪しいです。特に南東にはこの街の者じゃない人たちのキャンプ地があります。そこを捜しましょう」

グッチがそう強く主張し、ブロンが賛成した。しかし、ドースが反対する。

「北西だ」

ドースの意見に、ドライムが賛同する。

「私のダイコンも、北西と言っている」

ドライム、ダイコンを使って腹話術《ふくわじゅつ》をするんじゃない。食べにくくなるぞ。

それで、ドースとドライムの北西の根拠《こんきょ》は？　まさかダイコンで占《うらな》ったわけじゃないんだろ？

「あー……」

俺の質問に、ドースが少し考えてから教えてくれた。

「竜族《ドラゴン》に仕えているのは悪魔族だけではない。ほかにもいろいろといる」

ん？　まあ、そうだろうな？

「そして、仕えているからと常にそばにいるわけではない」

というと？

「この街にもいる。その者からの報告で、ここから北西の方向。街の外で怪しい結界を張った者がいるそうだ。そのタイミングで、行方不明者の話。関係ありそうではないか？」

たしかに。

なるほど、そういった情報があったから連れて行けと言ったのか。

………最初っから、そう言ってくれないかな？　人命がかかっているのだから。

んー……？　違うな。　ドースやドライムは強大な力を持った竜だ。

だが、だからといって人命を軽く扱ったりはしない。なのに、ここで情報を出し惜《お》しみする理由はなんだ？　プギャル伯爵は無事ということか？

俺がそう目で訴《うった》えても、ドースとドライムは教えてくれなかった。無事を祈《いの》ろう。そして、俺たちの進む方向は決まった！　北西だ！

ブロン、問題ないか？　よし。

執事さん、問題ない？　よし。

グッチ、なぜそんな絶望した顔をしている？　いや、絶対に北西にプギャル伯爵がいるかわからないから、別行動でもかまわないぞ。

「い、いえ。ぜひ、おそばにいさせてください」

それはかまわないが……。

「あー、グッチよ。後続で来る者たちの案内を頼む」

俺が答える前に、ドースがグッチにそう言った。グッチはいろいろと諦《あきら》めた顔をしていた。

そしてブロンの手を取って、なにかいろいろと頼んでいた。なんだろう？

怪しい場所があるなら、一直線にそこに向かう。

…………全然、怪しい場所がわからない。

進む方向はドースに任せた。すると、執事さんの様子が変化した。

「ありがとうございます。ご当主さまを発見しました。すみませんが、先を急がせてもらいます」

執事さんは俺たちに一礼をしたあと、すごい速さで駆《か》けていった。

とりあえず、執事さんの向かった方向でいいのか。そう思ってあとを追うと、ぐったりしている男性を担いだ執事さんが戻ってきた。

「この通り、ご当主さまは無事です」

この通り？　気絶しているように見えるが？

「ご安心を。これはご当主さまの保身術《ほしんじゅつ》奥義《おうぎ》の一つ、『やられた振り』です」

じゃあ意識はあるのか？

「いえ、中途半端《ちゅうとはんぱ》なことをするのが逆に危険なので、気絶はしています。この様子ですと、数日は起きないでしょう。私はこのまま、ご当主さまを安全な場所にお連れします」

そうだな。まずは安全な場所に。あと、探している者たちにも連絡しないといけない。

「連絡はお任せを。それで、みなさまにはお手数ですが、今回の件の元凶《げんきょう》らしき者たちがこの先に

いますので、その者たちから事情を聞いていただけますでしょうか？」

元凶？

「なぜ、ご当主さまを連れ去ったかです」

ああ、そうだな。気になるところだ。

しかし、プギャル伯爵を連れ去るような連中だ。危険じゃないか？　いや、ドースとドライムがいるとはいえ、危ない場所には近づかないほうが……。

「村長。大丈夫だ。そこにはプラーダがいる」

ドライムの言葉に、ちょっと驚《おどろ》く。

まさか、プギャル伯爵を連れ去ったのって、プラーダなのか？

「それはわからんから、事情を聞きに行こう。なに、危ないことにはならん」

そ、そうか？

ドライムがそう言うなら、わかった。事情を聞きに行こう。

俺は執事さんにそう伝え、さらに進むことにした。

しかし、プラーダはその場で留《とど》まっているかな？　逃げたりしていないだろうか？


逃げていなかった。

現場にいたのは三人の女性。見知ったプラーダとエルメ。それと、見知らぬ……。

「べ、ベトンと申します」

ベトンは怯《おび》えながら、ドースとドライムに挨拶《あいさつ》をしていた。

さて、事情を聞こうか。あ、うん、ちゃんと聞くから、プラーダとエルメは誰それが悪いを連呼しないように。

3 夜の食事

深夜の草原。

ドースの放った魔法の光で照らされると、あちこちが大きく掘り返されている。大きい穴が空いている場所もある。激しい戦闘があったのだろう。

プギャル伯爵は、こんな場所にいてよく生き延びたものだ。実はすごく強いとか？　いや、執事さんがプギャル伯爵の保身は信頼できると言っていた。交渉でなんとかしていたのかもしれない。

…………。

それでも十分にすごいな。うん。

さて、俺は食料と調理器具を持ってきている。というか、俺の荷物はそれだけだ。

正直、行方不明になったプギャル伯爵を捜すために出てきたが、俺個人が人捜しで役に立てるとは思っていなかった。行方不明になった人を捜した経験などないのだから。しかも時間は夜中。なので、邪魔《じゃま》にならないよう、指示に従う人手として動くのが最良と考えていた。それゆえ、自分の食事ぐらいは自分で用意していこうと背負ってきたのだが……。

まあ、プギャル伯爵は無事に見つかったので出番はなかった。残念。いや、出番がないのは良いことだ。悲しんではいない。悲しんではいないのだが……プラーダがお腹《なか》を鳴らした。

なんでも、朝からなにも食べていないらしい。

……………………。

それはよくない。よくないぞ。夜中だが、しっかりと食事をしなければ。

まあ、野外での食事というのも悪くないものだ。いやいや、急いで街に戻る必要はない。幸いなことに、食材と調理器具があるんだ。ああ、本当に幸いなことに。

ということで食事にしよう。

俺は荷物を広げ、調理を開始し……おっと、まずは火を用意しなければ。

ふふふ。昔とは違い、早く火を作れるようになった。自分の成長を感じる。

ん？　ドースやドライムも料理を作るらしい。

ドライムはなんだかんだと料理をやっているのは知っているが、ドースは作れるのかな？

竜王《エンペラードラゴン》だろ？

あ、ベトンさんは座っていて。ブロン、エルメ、プラーダが俺、ドース、ドライムの手伝いをそれぞれしてくれるが、複数人の手伝いが必要なほど難しい料理じゃない。

「いえ、その、そうではなく……えっと、事情を聞くのでは？」

ベトンさんが心配そうにそう言っているが、君たちに逃げるつもりがないのだから少し遅くなっても問題ないだろう。

事情は料理を食べながらでも聞ける。うん、聞ける。俺は調理を続けた。

よし、完成。簡単な汁物《しるもの》で悪いけどね。

ドースのほうはどう？

「こっちもできあがった。……村長、そう意外そうな目で見るな。若いときは自分で料理をやっておった。これぐらいはできる。ドライムはどうだ？」

「ダイコンに味が染《し》みるのに、もう少しかかるかと。こちらは私が見てますので、お先にどうぞ」

そうだな。

それじゃあ、椀《わん》と皿を用意して……ベトンさん。すまないが、そこの箱に椀と皿が入っている。取ってくれるかな？　そう、それ。ありがとう。

ああ、ベトンさんはモチを何個入れる？　モチってのはこの白い食べ物だ。……二つね。三つでもかまわないよ？　ははは、じゃあ三つね。

ブロン、ドース、ドライムはどうする？　二つ、三つ、三つね。

プラーダとエルメは？　三つと四つ。

ああ、数は大丈夫だ。一緒に捜す人たちにもと思って、多めに持ってきてるから。

それに、モチはもうすぐ新しく搗《つ》くから、消費しないといけないんだ。遠慮《えんりょ》はいらない。

ドースとドライムは一つ追加ね。プラーダは三つ追加？　合計、六個だぞ？　食べられるのか？

………朝から食べてないんだったな。六個、了解。

ブロンとエルメは食べてから考えると。それでもいいぞ。

ベトンさんはどうする？　三つのままで十分？　そう？　足りなかったら言ってね。

それじゃあ、食事にしようか。

野外での食事なのでテーブルや椅子《いす》はない。だから、それぞれが程よい大きさの岩に座る。

一番よさそうな場所にベトンさんが座るのかと思ったら、そこにドースを呼んで座るように勧《すす》めていた。年長者を大事にする姿勢。悪くない人のようだ。

そんなふうに感心しているのだから、ドースはその席を俺に譲ろうとしないように。魔法で地面を操作してテーブルと椅子を作る？　いや、駄目じゃないが……事情を聞くためにも、ある程度近いほうがいい？　そう言われるとそうだな。わかった。任せる。

野外に似合わない豪華《ごうか》なテーブルと椅子が完成。

それなりの強度だけど、土製なのでそのまま食器を置くのは抵抗がある。持ってきている布を敷いてテーブルクロスに。

俺の作った汁物が入った椀、ドースが作った炒《いた》め物の載った皿を人数分、置いていく。ドライムのほうはまだ少しかかりそうなので、先に食事を始める。

ちなみに、ドライムが作っているのはダイコンの煮物《にもの》だ。弱火の火が消えないように見張る必要がある。なので、少し離れた場所で食事を楽しんでもらう。

では、いただきます。

うーん、ドースの作った炒め物。美味しい。下味もちゃんとついている。正直、意外だ。

竜族は総じて村の食事を喜んでいたので、料理のレベルが昔の鬼人族メイドたちと同じと思っていたが、この炒め物は今の鬼人族メイドたちと同じレベルだ。

竜族の里《さと》では、ちゃんとした料理がされていたのか。

「いや、そういうわけではないぞ」

？

「竜族の里というか……神代竜族《エンシエントドラゴン》の掟《おきて》でな、文明や文化は世界の平均であるべしというのがあるのだ」

どういうことだ？

「簡単に言えば、世間で一般と呼ばれる程度の生活をするようにという掟だ。いい生活をしたければ、世界を育てよということだな」

なるほど。

「しかし、文明や文化を育てすぎると、危険なこともある。神代竜族は行きすぎた文明や文化を規制する立場でもある。なかなか難しいのだ」

そういや以前、万能船《ばんのうせん》を作ったことでルーとドースがなにやら言ってたな。

しかし、それだとするとドースが料理できるのはなぜだ？

「…………役目を負う前の若者が好奇心《こうきしん》でいろいろと危ないことをやるのは、よくあることであろう？　あの頃は、掟なんぞ邪魔だとしか思わんかった」

ドースも若いころがあったということか。

「そういうことだ。まあ、立場が立場だ。こういった機会でもないと料理なんぞできんがな」

大変だな。

「うむ。大変なのだ。〝大樹の村〟では鬼人族のメイドたちが見張っておるしな」

ははは。

見張っているわけじゃないだろうけど、厨房《ちゅうぼう》は彼女たちの縄張《なわば》りだからね。ちゃんと言えば、使わせてもらえるよ。子供たちも、ドースの作った料理なら喜ぶだろう。

「喜んでくれるだろう。しかし、その倍ぐらいライメイレンの機嫌《きげん》が悪くなる」

ひょっとしてライメイレンは？

「あー……丸焼きは得意だ」

………。

「食べることのできる量は、その日の機嫌によるけど」

な、なるほど。

今度、アンたちに頼んで、さりげなく料理を教えるように動いてもらおう。うん、それがいい。ライメイレンがそれなりに料理できるようになれば、ドースも堂々と子供たちに料理がふるまえるようになる。いいことだ。

ん？　ベトンさん、どうした？　お代わりなら、すぐに入れるよ。

ああ、ドライムのダイコンの煮物もそろそろできるだろうから、そっちもすぐに配るよ。

「いいえ、そうではなく、その……えっと、私たちの事情を聞くのはどうなったのかなと……そのためにテーブルを作ったのですよね？」

………。

わ、忘れてないぞ。うん、忘れてない。これから聞こうと思っていたんだ。ははは。

………ごめんなさい、忘れてました。

4 吊《つ》るされるのは彼女だ

ダイコンの煮物を食べながら、プラーダとエルメ、それとベトンさんから事情を聞いた。

プラーダは、〝シャシャートの街〟に到着と同時に街に仕掛けられた悪意ある魔法陣に気づき、魔法陣の解除をしていたらベトンさんとここで戦闘することになったと。

「魔法陣を作ったのはベトンです！　あと、私はそのことはグッチさまに報告して、援軍を要請《ようせい》しました！　援軍が来なかったのはグッチさまの怠慢《たいまん》だと思います！」

　わかったわかった。あとでグッチからも話を聞くから。

「よろしくお願いします」

　エルメは、街から少し離れた場所に怪しい結界があるので様子を見に来たら、戦闘中のプラーダとベトンさんを発見。とある事情で戦闘には参加できないので、プラーダへの援軍としてプギャル伯爵を連れて来たと。

「近くにいる者で、もっとも戦えそうな者が彼でしたので」

　ふむ。戦闘に参加できないその事情とは？

「ヴェルサさまのそばで働くための条件です」

　なるほど。古の悪魔の契約《けいやく》というやつか。

　ベトンさんは、街に仕掛けた魔法陣を壊《こわ》されたので、壊していたプラーダを敵と判断。戦っていたと。

「途中、そこの者《エルメ》がワトガングと名乗る魔族の男性を連れて来たので、戦闘が長引いてしまい……拙《つたな》い結界にてのお目汚《めよご》し、失礼しました」

ベトンさんはそう言って、ドースに頭を下げる。

なぜか彼女は、俺が質問しているのにドースに対して返事をしている。まあ、ドースは竜王。そのことをベトンさんは知っているからだろう。それはかまわない。ただ、ドースが俺に伝言しているのはなんだろう？

「このように彼女は証言しております」

ことさら丁寧に言うのも。

やめてくれないかな？　ベトンさんが俺を変な目で見てるから。


さて、話をまとめると……。

まず、街に魔法陣を張ったのが原因。つまり、ベトンさんが悪い？

「はい、私もそう思います！」

「私もです」

プラーダとエルメが、手を挙げて賛成する。今回の件で誰かが吊《つ》るされるとするならば、それは彼女だと。

だが、ここは多数決の場ではない。ドースがベトンさんに、魔法陣を張った理由を聞いた。

「じ、自衛《じえい》というか、仲間を守るためです」

そのベトンさんの意見に、プラーダが強く反論。

「彼女は嘘《うそ》を吐《つ》いています。あの魔法陣は他者に危害を加えるとても危険なもので、自衛に使うためのものではありません！」

ベトンさん、そうなの？

「あ、あの魔法陣に踏《ふ》み入った者の生命力を奪いますが、疲労《ひろう》を感じる程度です。長い時間、その場に留まれば、たしかに危ないですが、安全装置をつけています。危なくはありません」

危なくないと。

「そんなはずありません！　安全装置があるなら、私が見つけています！　あの魔法陣に、そんなものはありませんでした！」

ここで意見に食い違いがあるな。その魔法陣を調べればわかるだろうけど……。

「設置した魔法陣は、全てつぶされています」

ベトンさんは魔法陣の存在を感じられるらしく、何者かによって破壊《はかい》されたそうだ。

実物がない状態では、双方の主張は平行線のまま。まあ、個人的には安全装置があろうがなかろうが、危ない魔法陣を設置した段階でアウトなんだけど……。

その魔法陣が、どうして自衛や仲間を守ることに繋《つな》がるんだ？　聞いた感じ、ただ他者を攻撃する魔法陣のようだけど。

「あの魔法陣で奪った生命力は私のもとに集まります。私はそれを魔力として使うことができますので……」

つまり、自分のパワーアップのためと。

「はい。そうでもしなければ、とても勝てる相手ではありませんので」

誰と戦うつもりだったんだ？

「説明すると少し長くなるのですが……」

できるだけ簡潔にお願いします。

「私は人間の国で生活をしていたのですが、仲間と一緒に魔王国に来ました。いろいろあってその仲間と一緒に、〝シャシャートの街〟で永住できたらと考えているところで、人間の国から派遣《はけん》された暗殺者《あんさつしゃ》が私たちを狙っていることが判明しました」

その暗殺者たちと戦うつもりだったと。

「はい」

なるほど。そういった理由か。

しかし、だからと言って他者に危害が及《およ》ぶ魔法陣の設置は許されないと思うが……。

ちなみに、面倒だから省いたけど、この俺とベトンさんの会話もドースの仲介《ちゅうかい》がある。

ふむ。ところでエルメ。うん、エルメ。君だ。

俺とベトンさんが会話しているあいだ、なにか言いたそうだったね？　言ってみなさい。

「い、いえ、そんなことは……」

怒らないから言ってみなさい。

「〝シャシャートの街〟に設置されていた魔法陣ですが、その…………不完全だったので手を加えました」

…………。

嫌な予感がする。い、いや、待て。慌《あわ》てるにはまだ早い。エルメを、エルメを信じるんだ。

そ、それで、手を加えたってどういう方向に？

「万全に力が発揮できないように妨害《ぼうがい》されていたので、その妨害部分を取り除《のぞ》きました」

駄目だった。

つまり、こういうことだ。

ベトンさんは安全装置付きの魔法陣を設置した。その安全装置付きの魔法陣の安全装置はエルメによって解除された。安全装置が解除された状態の魔法陣をプラーダが発見して慌てて壊した。という流れ。

プラーダもベトンさんも間違っていなかった。

エルメは正座。正座というのは足を揃《そろ》えて……そう、そんな感じで座っているように。

えーと、それで、エルメはどうして魔法陣に手を加えたんだ？

「歪《ゆが》んでいるものを見て、それを簡単な労力で正せるなら、やりませんか？」

…………。

気持ちはわかる。わかるが、行動する前に少し考えるように。

「ヴェルサさまからも、よく言われます」

だったら、考えるように。

今回の件は酷《ひど》い。ヴェルサに伝えるので、ちゃんと叱られるように。

そうエルメに言ったら、すごい顔でショックを受けていた。かわいそうだが、仕方がない。

ああ、プギャル伯爵を連れ出したこともあった。そのこともしっかりと伝えておこう。


しかし、プラーダはグッチに報告して援軍を求めたそうだが、どうしてグッチは援軍を送って来なかったのだろうか？

グッチのこれまでの行動から考えて、そういったところに手を抜くとは思えないが……。

うん、エルメ。なにか言いたそうだね。全部、言っておこう。あとで発覚したほうが大変だと思うから。うん、可能なら庇《かば》うよ。

「えーっと、魔法陣を直しているところで、グッチさんの部下らしき方たちと遭遇《そうぐう》しまして……」

まさか、蹴《け》散《ち》らしたの？

「いえ、手を引けと言われたので、引きました」

特に戦ったりもせず？

「はい。戦うのは禁止されていますから」

なるほど。

グッチの援軍は〝シャシャートの街〟には来ていたわけだ。でも、プラーダと会えない状態なら、そのまま捜索しそうだけどなぁ。

「あの、意見、いいですか？」

プラーダが渋《しぶ》い顔をしながら手を挙げた。

なにかな？

「グッチさまの援軍は、エルメさんが魔法陣の設置犯と思ったんじゃないですか？」

…………。

「でもって、エルメさんが素直に手を引いたものだから戦意はないと判断して、残っている魔法陣を壊して事件解決とし、帰ってしまったのではないかと」

……………。

えーっと、まとめると。

ベトンさんが無数の魔法陣を設置。エルメが魔法陣を直して、それを追いかけるように壊してまわるプラーダ。魔法陣が壊されていることに気づいたベトンさんがプラーダを連れ出し、戦闘。エルメは魔法陣を直すことを続行。

グッチの援軍がエルメを止め、魔法陣を全て破壊。グッチの援軍は帰ったけど、ベトンさんとプラーダの戦闘は継続。そのあと、エルメはベトンさんとプラーダの戦闘に気づき、プギャル伯爵を連れ出して参戦させた。こんな流れかな？

うん、間違いないようだ。よかったよかった。

ところでエルメ。そこの米俵《こめだわら》ぐらいの大きさの石を抱えてくれないかな。うん、正座したまま。

大丈夫、俺は怒ってないよ。

5 乗っ取り計画

事情を聞き終え、エルメを罰《ばっ》したが、これで終わりと考えてはいけない。

まず、街に残された危険な魔法陣はどうなったのだろうか？

「全て壊されました」

とのベトンさんの証言。

いまさらドースを相手に嘘を吐くとも思えないし、信じても大丈夫だろう。

となると、残る問題はベトンさんが力を欲した原因。人間の国から派遣された暗殺者。

ベトンさんやベトンさんの仲間を狙う可能性があるとのことなので、これは急いで対処する必要があるだろう。

…………。

えっと、どうすればいいのかな？　警察に相談？　〝シャシャートの街〟に、警察かそれに類似する組織ってあるのだろうか？　聞いた覚えがない。

それにそういった組織があるのだったら、今回のプギャル伯爵が行方不明になったときに動いているだろう。動いていた様子はない。つまり、そういった組織はないのだろう。

そう推測するけど、ブロンに確認。

「えーっと、〝魔王国〟の正規軍がそういった役目を担います」

なるほど、さすがブロン。〝魔王国〟の学園で学んだだけのことは……違った。学園で教えているだけのことはある。頼もしい。

「ただ、〝シャシャートの街〟に駐屯《ちゅうとん》している正規軍は昼間のイベントの警備に駆り出されていたので今すぐに動かすのは無理かと。人数も五百人ほどのはずですし」

五百人が軍として多いのか少ないのかはわからないけど………街の規模を考えたら、少なく感じるな。

魔獣や魔物が襲って来たら、どうするんだ？

「街の防衛は、街の商会が持つ戦力と冒険者ギルドが協力する手筈《てはず》になっています。これだと、五千人ぐらいになるはずです」

なるほど。それは海から敵が来た場合もか？

「人間もいる商業地ですので、直接の攻撃は考えにくいのですが………他国の侵略《しんりゃく》を受けた場合は街の大半は明け渡して、港の端《はし》にある砦《とりで》に立てこもります。この場合は、街の商会の戦力や冒険者ギルドは手を貸しませんが、海の種族が協力します。あとは王都から援軍が来るのを待つのですが………転移門ができたので、そのあたりの防衛構想が変化しているかもしれません。調べておきます」

いや、ちょっとした疑問だから調べなくてもいいよ。しかし、〝シャシャートの街〟に砦なんてあったんだな。

「港の一部ではありますが、街の中心からはもっとも離れた場所ですから」

なぜそんな場所に？

「街の近くにあると、戦闘に巻き込んでしまいますから」

あー、危ない施設《しせつ》は遠くにってことか。考えられているなぁ。

と、話が逸れた。戻して。

軍がすぐに動くのは無理でも、相談はしておいたほうがいいな。

幸いなことに、〝シャシャートの街〟のイフルス代官とは繋がりがある。ミヨのおかげだ。

「あの、それよりも早い方法がありそうですが」

ん？　ブロンが街の方向を向きながら、そう言ってくる。俺もブロンが見ている方向を見た。

夜なので、遠くに街の明かりがあるだけだ。なにかあるのかな？　ん、街の明かりが……点滅《てんめつ》した？　……違うな。

街の明かりが点滅したわけではなく、街の明かりの前をなにかが横切った感じか。

なんだろう？　こっちに近づいているのはわかるが…………ドースの魔法の光の範囲《はんい》になにかが入って、俺はその正体をようやく理解した。

空飛ぶ絨毯《フライング・カーペット》に乗った魔王の一団だった。


魔王がどうしてここに来たか気になるが、その前に確認だ。

その空飛ぶ絨毯、うちの村のだよな？　魔王たちを降ろしたあと、丸まって俺にタックルしてきたもん。まあ、そうじゃなくても絨毯《じゅうたん》の模様《もよう》でわかる。

なんだ怒っているのか？　いや、たしかに置いていった。

しかし、お前は小さい子供たちの揺《ゆ》り籠《かご》ならぬ揺り絨毯として活躍中だったじゃないか。子供たちを放り出してこいとは言えない。

お前も放り出せなかっただろ？　うん、理解してくれたか？　よかった。よし、仲直り。


それじゃあ魔王のほうだけど……。

魔王と一緒に空飛ぶ絨毯に乗っていたのは、ビーゼル、ランダン、グラッツ、それとホウだ。魔王と四天王《してんのう》が勢ぞろいしてやってきたのだが、それはどういった理由だろうか？

「いや、ははは。情報が錯綜《さくそう》していてな。現場に来たほうが早いと判断しての行動だ」

魔王の話だと、村にいたグラッツが俺の行動を知って、慌てて魔王に報告に行ったそうだ。

なぜ報告にと思うが、プギャル伯爵が行方不明になることは〝魔王国〟にとって一大事。知ったからには魔王に報告しないわけにはいかなかったそうだ。

たしかにそうだな。そのあたりの考えがすっかり抜けていた。うっかりだ。

報告を受けた魔王は、事態を確認しようとしたけど情報が錯綜していたので現地入りを決断。四天王を引きつれて、ここにやってきたと。

そうだったのか。知っていると思うが、プギャル伯爵は発見した。無事…………だと執事さんは言ってたけど、あとで確認するようにしてくれ。

「うむ。もちろんだ」

そして、よく来てくれた。実は相談したいことがあって。ああ、そう身構えないでほしい。

実は人間の国から派遣された暗殺者に狙われている人たちがいるんだ。これに関しては、俺から説明するよりベトンさんが説明したほうがいいな。彼女から話を聞いてくれないか？　うん、彼女。そっちの石を抱えて座っているほうじゃなくて、ドースの近くにいるほう。よろしく。

それで……ビーゼル、ちょっといいかな？　うん。いや、個人的に気になったことを聞きたいだけだから、片膝《かたひざ》をついて控えなくていいよ。そんな態度、いままでしてたっけ？　しなくていいから。立って立って。

えーっと、気になったのは君たちが持っているものに関してなんだ。空飛ぶ絨毯に乗ってやってきた魔王たちは、全員が旗《はた》を持っていた。それって〝大樹の村〟の旗だよな？　パレードのときに作ったやつ。なにか意味があるのか？

「敵味方の識別用です」

識別用？

「インフェルノウルフの群れを率いられたと聞いていましたので」

ああ、クロの子供やザブトンの子供たち用か。いや、魔王たちなら覚えていると思うけど。

「ははは、万が一に備えてです」

なるほど。この用心深さが、上に立つ者の資質なのだろう。見習わなければ。

ん？　魔王たちに続いて、別の一団がやってきたようだ。誰だろう？

……………。

アルフレートだ！　おお、久しぶりだな。元気にしていたか。ウルザも。よしよし。シールも来てくれたのか。こんな夜中にすまないな。アサとアースも。メットーラは王都の家に残っているのか。まあ、全員で来る必要はないからな。一声あれば、すぐに動ける？　いやいや、プギャル伯爵はすでに見つかっているよ。

あー……ところで、なぜティゼルはロープでグルグル巻きにされているんだ？

「えーっと、ちょっと暴走して」

暴走？

俺がどういったものか確認すると、アルフレートとウルザが相談して、アルフレートがティゼルのモノマネをしてくれることになった。

「お父さまが立ち上がった！　いまこそ〝魔王国〟を乗っ取るとき！　各位、軍勢をまとめ上げ、〝大樹の村〟のために行動しなさい！」

おお、似てる。さすが兄妹《きょうだい》。

それでどうなったんだ？　アルフレートが諫《いさ》めたのか？

答えてくれたのはウルザ。

「言った直後にメットーラが腕力で抑えたので、家の中だけで収まったわ。でも、声が大きかったから、ちょっと学園内が騒がしくなったけど。大きな問題にはなってないと思う」

小さな問題にはなっているのかな？　まあ、〝魔王国〟の中で、〝魔王国〟を乗っ取るときなんて冗談でも言ってはいけないと思う。叱っておこう。

あと、魔王や学園長にも謝っておかないと。この件でティゼルが虐《いじ》められでもしたら、困る。

うん？　ティゼル、なにか言いたいことがあるのか？

「乗っ取り計画はビーゼルおじさん、グラッツおじさん、ランダンおじさん、ホウお姉さんと一緒に考えていて、魔王のおじさんの承認もあったのに……メットーラが、お父さまからの直接の言葉があるまでは、絶対に動いちゃ駄目だって」

…………。

魔王たちには、子供の遊びに付き合うにしても、もう少し冗談とわかる内容にするように言っておこう。うん。

それとメットーラには、なにか贈《おく》り物をするとしよう。苦労をかけて、すまない。

6 衣装

魔王とベトンさんの話が終わった。

ベトンさんとその仲間を狙う暗殺者たちへの対策はどうなったのかなと聞くと、問題ないと教えられた。

…………問題ない？

「村長からもたらされた密偵の情報が役に立った」

俺からの密偵の情報…………ああ、ラーメンが好きなクラウデンがラーメン女王に渡した情報！

ラーメン女王はその情報を俺に渡してきたが、俺は扱いに困ってビーゼルに渡した。そのビーゼルから、魔王に渡ったのだろう。

ちなみに、最初ビーゼルは情報の受け取りを拒否《きょひ》した。なので仕方なく、そう、仕方なく俺の娘でありビーゼルの孫娘になるフラシアに頼んで、渡してもらった。

俺にははっきりと断ったビーゼルも、孫娘を相手には断れなかったようだ。まあ、さすがに酷いとフラウから叱られてしまったけど、これは別のお話。

「あの情報には、こちらで把握《はあく》していないものが多数あり、慌てて調査を行ったのだ」

密偵は情報の収集を主目的としているので、〝魔王国〟としては密偵とわかってもすぐに逮捕《たいほ》せず、あえて泳がしてたそうだ。

そうすることで、〝魔王国〟の様子を人間の国々に伝え、理解を深めてもらう策。未知であるよりも、ある程度の情報があるほうが安心感を与えられるから、わからなくもない。

なので、把握していない密偵がいてもそれほど慌てる必要はないのだが、問題というかビーゼルが受け取りを拒否した理由があった。〝魔王国〟においてそれなりの地位の者の名前が、密偵に情報を流している者としてあったからだ。

理解を深めてもらうためとはいえ、なんでもかんでも情報は渡せない。たとえば軍の正確な規模や配置状況、各街の食料生産量や備蓄《びちく》量。戦局に影響が出る情報は、基本的に隠している。

なので、慌ててその密偵に情報を流している者を逮捕しなければいけないのだが、情報を鵜呑《うの》みにするわけにはいかない。ちゃんと調査し、真実であると断定できる証拠を集めたあとでの逮捕となる。こういったことは、しっかりとしている〝魔王国〟。感心だ。

で、問題はそれなりの地位の者が逮捕されたあと。

それなりの地位にいた者が逮捕で不在となり、問題が出ないわけがない。すぐに代役を立てる必要がある。

しかし、それなりの地位には能力が必要で、それに付随《ふずい》する利益や名誉がある。貴族たちの派閥や縄張りも絡み、代役選びには時間がかかる。

そして、代役が不在のあいだ、仕事を止めるわけにもいかないので王都から人材が派遣される。

この派遣される人材が問題を起こしては意味がないので、それなりに優秀な者が選ばれて派遣されるのだが……つまりは王都から優秀な者が一時的に減るということだ。

　さらに貴族たちの派閥争いも激化する。そのしわ寄せは、魔王や四天王をはじめとした大臣たちに来るので、ビーゼルはそれなら放置しましょうと情報を見なかったことにしたかったらしい。それでいいのか四天王《ビーゼル》？

「もたらされた情報は五ノ村や〝シャシャートの街〟が中心であったが、広域で活動する者の情報もあったからな。一時的に国家運営に影響はあったが、なんとかなった」

　なんとかなったんだ。

「うん、なんとかなった。ただ、それはティゼル、ゴール、シール、ブロン。それとアサとアースの協力があったからだ」

　だから、ティゼルの遊びにつき合ってくれたのかな？

「あー、それでだ。いろいろと捕まえたときに、新しい情報がいくつか入手できてな。そのなかに、人間の国から派遣された暗殺者たちの情報も含まれていた。さすがにそちらは証拠だなんだの前に確保したから、問題はなくなっている」

　なるほど。

　つまり、ベトンさんやその仲間の心配はする必要がないってことか。よかったよかった。

　まあ、ベトンさんがやっていたことは完全に無駄足だったけど……本人が気にしていないなら、よし。

「ところで、村長は魔王の地位に興味があったりはしないか？」

え？　どうした急に？　いや、興味はないぞ。大変そうだしな。魔王はよくやっていると思うぞ。

そう褒《ほ》めたのに、魔王はなぜか寂《さび》しそうだった。なんだろ？

なんにせよ、把握していない密偵の情報によって〝魔王国〟がわたわたしているところに、今回のプギャル伯爵の行方不明騒動。

改めて、魔王たちは大変だな。あ、料理が少し余っているけど、食べるか？　ドライムのダイコン料理は美味しいぞ。

「ありがたいのだが……その前に、その……」

なんだ？

「あれをなんとかしてもらえないだろうか？」

あれ？　魔王の視線の先は、〝シャシャートの街〟。また誰かやってくるのかな？

あ……クロの子供たちとザブトンの子供たちだ。クロの子供たちにザブトンの子供たちが乗って、こちらに駆けてくる。暗い中、遠方でもわかったのは、クロの子供たちが三メートルの大きさに巨大化していたからだ。

なぜ巨大化しているのかなと思っていると、理由がわかった。クロの子供たちは、誰かを咥《くわ》えていた。人間サイズを咥えて運ぶには、あの大きさになるしかなかったのだろう。

ザブトンの子供たちの糸で縛《しば》って、引きずって運ばなかったのは偉いぞー。で、その咥えられている人たちは？　全員、気絶している様子だが？

ふむふむ。〝シャシャートの街〟で暴れていた人たちや、怪しい行動をしていた人たちか。それらを捕まえたと。なるほど。よくやった。頭を撫《な》でてやろう。ああ、人は放してやってくれ。魔王たちに引き渡すから。よしよし。

「あなたが言うと、すぐに放してくれるのよねー」

ん？　聞きなれたルーの声がすると思ったら、ルーがいた。クロの子供たちの後ろにいたのかな？

…………。

ルーはいつもの体のサイズではなく、大人バージョンの体サイズだった。そして服装が見慣れない衣装。

なんと形容すればいいのだろう？　第一印象は、魔法戦士かな？　布を何枚も重ねた服に、魔術的な装飾《そうしょく》を多く備えている。そして、魔法で体の周囲に浮かせている六枚の盾《たて》。

…………誰と戦う予定なんだろう？

「夜の外出用よ。これでも女の子だからね」

な、なるほど。

でもって、ルーの後ろにいるのは、これまた見慣れない衣装をお揃いで着たアンたち鬼人族メイド。こちらの第一印象というか、これは理解できた。

白衣に緋袴《ひばかま》、その上に着ているのは千早《ちはや》かな？　つまり、巫女《みこ》服だ。

ただ、当然ながら俺の知っている巫女服そのままではなく、要所に改造がある。特に上に着ている千早は、魔術的な模様が光っている。布なのに、頑丈《がんじょう》そうだ。

そして左右の腰に日本刀らしき剣が四本。こちらも、誰と戦う予定なのだろうか？

「ザブトンさんが、次の春のパレードのために用意してくださったものです。少し早めのお披露目《ひろめ》と思いまして……」

は、はぁ。


さらにアンたちの後ろにいるのがリアたちハイエルフの後発組。

…………。

えっと、彼女たちも普段とは違う衣装だった。

肌《はだ》を極力隠した黒の上着と黒のズボン、黒のブーツに黒の帽子《ぼうし》。顔にまで黒い塗料《とりょう》を塗《ぬ》っていて、存在がわかりにくい。あ、剣や槍《やり》の先も黒に塗っているんだ。へ、へー。

夜間戦闘員みたいな出《い》で立ちだけど、捜索の手伝いに来たんだよね？


次は……フラウ？　一人？　文官娘衆はいないの？

まあ、夜中に動くには危ないか。

フラウの服装は……完全武装？　厚手《あつで》の衣服に、胸当てや脛《すね》当て、前腕部《ぜんわんぶ》と手首を守る手甲《てっこう》をつけている。

武器は剣と槍。なんでまた？

「よ、用心です」

そうなのか？　村ならともかく、夜はまだまだ物騒《ぶっそう》ということか？　気楽に同行を求めすぎたかな？　反省だ。

……………。

俺はきょろきょろと周囲を見回す。

あれ？　ティアたちはいないのかな？　姿が見えないけど？

「あー、ティアたちも来る予定だったのだけど。ちょっと刺激《しげき》が強いとヨウコや文官娘たちに止められてね」

ルーがそう教えてくれる。

刺激が強い？　どういうことだろう？

「いまはぜんぜんだけど、五百年ぐらい前まで天使族は〝魔王国〟とやりあっていたから。戦闘装束《しょうぞく》での移動はちょっとね」

〝魔王国〟だと、五百年以上生きている者もそれなりにいるので、配慮《はいりょ》したらしい。へー。

なぜ戦闘装束で来ようとしたんだ？

「本気でやるときは、まとうのが伝統だって」

で、伝統なら仕方がないか。うん。

本気でプギャル伯爵を捜索しようとしてくれたわけだしな。

………。

捜索に来たんだよな？

「もちろんよー。あはははははは。大丈夫。面倒をかける〝シャシャートの街〟を締めようと思ったわけじゃないし、これを機会に面倒に対処する組織を構築しようとしたわけじゃないから」

だよな。よかった。

えーっと……ハクレンやラスティは？　あ、残って子供たちの世話ね。それも大事。

それじゃあ、最後に。

グッチが縛られているけど、どうしたんだ？　グッチはなにも悪いことをしてないだろ？　たしかにプラーダへの援軍が届かなかったけど、それは現場の混乱のせいなわけだし。悪いのはエルメだと思うぞ。たぶん。

「そのエルメが自由になっている原因がグッチだからかな。あ、縛ったのは私たちじゃないわよ。反省を体現すると言って、自分で自分を縛ってたわ」

………。

日の出には、まだ少し時間がかかりそうだ。

7 グッチの事情

グッチが原因で、エルメが自由になっている。

エルメが自由になっているとはどういうことだろう？　たしかに、エルメはヴェルサのメイドであり、大抵の場合に一緒にいるが、ヴェルサから離れられないということはない。

なにせ、ヴェルサは引きこもり気質《きしつ》。それゆえ、生活必需品《ひつじゅひん》を補充《ほじゅう》するための買い物などにエルメは単独で行動をすることがある。それはヴェルサが〝大樹の村〟や〝五ノ村〟で生活するようになっても変わっていない。

俺の知らないヴェルサとエルメの契約があり、それをグッチが破棄《はき》したとかそういうことなのだろうか？

「あ、いや、そんなに難しい話ではなく……」

グッチが説明してくれた。

ことの発端《ほったん》は、〝シャシャートの街〟の北にあった街跡《まちあと》。

以前、撮影《さつえい》に使おうとした街跡で起きた爆発が絡んでいる。なんでも、その街跡にグッチは大量の本や映像を隠していた。

本や映像の内容は……ヴェルサが喜びそうなものと考えて間違いはない。グッチがそれらを隠したのは、若かりし頃のやんちゃというか、闇に葬《ほうむ》り去りたい内容というか……簡単に言えば、本や映像にグッチが登場しているのだ。

「主役ではありませんよ！　脇役《わきやく》、脇役ですからね！　怪しく微笑《ほほえ》んでいるだけの役です！」

あ、うん、承知した。えーっと……グッチは脇役で登場しているのだ。

「い、いろいろと挑戦《ちょうせん》してみようとしていたころで、気の迷いというのはあると思うんです」

そ、そうだね。まあ、グッチの名誉を考え、そのあたりは詳《くわ》しく掘り下げない。

ただ、グッチにとっては処分したい本や映像だった。だが、悪魔族が竜族に仕えることになったときの契約に【文化を故意に破壊しない】という内容があり、本や映像を処分するのはそれに抵触するそうだ。

「何度も何度もお願いしたのに、駄目の一点張りで……」

悪魔族にとって契約はかなり大事なもので破れないし、破る気もないとのこと。それで仕方なく、本や映像を隠して忘れていたのに、爆発で飛び出してきた。

大半は爆発で燃えてしまったが、残念ながらそれなりの量の本と映像が燃えずに残った。それらを回収したグッチは再び隠そうとした。しかし、隠す場所に心当たりがなかった。

〝大樹の村〟が一番無難だが、ヴェルサのせいでそういった本や映像の持ち込みが禁止になってしまっている。〝五ノ村〟や〝シャシャートの街〟では人が多く、常に見張りを置かないと気が休まらない。

竜関係の施設は論外。あそこは暇《ひま》を持て余している者だらけだ。内容はどうであれ、新しいモノには飛びついてくる。さらには、ヴェルサと同好の士である悪魔族もいる。考えるに値しない。

森の中やダンジョンの中は…………冒険者がやってくる可能性がある。冒険者はどんな危険な場所でも、お宝があるに違いないとやってくるやっかいな存在だ。脅《おど》しても逆効果だし、百年もすれば脅しは忘れられる。

どこに隠すべきか。

木を隠すなら森の中がベスト。では、本や映像を隠すなら…………そういった物を保管している場所。そんな場所あるか！　いや、待て。ある。あった。ヴェルサの家だ。行ったことはないが、家の様子は村長から聞いている。あそこに放り込めば、見つからない。

問題は、持ち主であるヴェルサに気づかれるかどうか。

…………。

……………………。

発想の逆転だ。

私の目的は、あの本や映像を不特定多数の目に触れさせないことだ。不愉快《ふゆかい》だが、ヴェルサに見つかるのは前提にしよう。いや、ヴェルサを味方にすれば、あれらは二度と世に出ない。

今後、同様の物を見つけたとしても、ヴェルサという保管庫があると思えば精神的に安らげる。

「あなた一人で楽しむのであればかまいません。ほかの誰にも見せず、大事に保管してください」

そう条件をつけ、グッチは本や映像をヴェルサに渡した。

これで話は終わるはずだった。しかし、グッチは見落としていた。エルメというメイドの存在を。
エルメは、ヴェルサに仕えている。それは忠誠心からか？　否。ヴェルサの作品に惚《ほ》れた、同好の士だからだ。

つまり、エルメもグッチが渡した本や映像に興味を持った。しかし、ヴェルサはグッチからの条件がある。ヴェルサとエルメは喧嘩《けんか》した。

結果。エルメはヴェルサのそばを離れ、〝シャシャートの街〟に遊びに行っていたそうだ。

グッチはそのことをヴェルサから聞いて、満足した。自分の判断は間違いなかったと。

ヴェルサとエルメの喧嘩に関しては、申し訳なかった。だが、頃合いを見計らって仲裁すればいいだろう。ヴェルサが言うには、エルメとの喧嘩は珍しくはない。百年に一回ぐらいは喧嘩しているそうだ。

半日で仲直りしたこともあれば、数年別れていたこともある。このまま喧嘩別れになる可能性は少ない。新作を完成させれば、戻ってくるとヴェルサは自信を持っていた。だからグッチもそこまで深刻《しんこく》に考えていなかった。エルメがヴェルサから離れたあと、どんなトラブルを起こしたか聞くまでは。

エルメは優秀だ。ただ、判断基準が独特。世の中の流れなんて無視。下手に優秀な分、トラブルは派手で大きくなっていく。そのうえで、エルメに悪意はない。

トラブルの詳しい内容はまたにして、グッチは慌てた。

急ぎ、ヴェルサとエルメの仲を取り持たなければと考え、行動していたところで、今回の騒動だそうだ。

「問題があるときにこそ、新しい問題がやってくる……ふふふ、プラーダからベトンの話を聞いたときは叫《さけ》ぶだけで済みましたが、村長が夜中に出撃したとの報告を聞いたときには、思わず暴れそうになってしまいましたよ……」

グッチが虚空《こくう》を見つめていた。

あー、出撃じゃなくて捜索の手伝いだぞ。誰が報告したか知らないけど、そのあたりはちゃんとするようにと指導をしてくれ。


さて、一通りグッチから話を聞いたが……。

エルメが自由になった喧嘩の原因…………いや、遠い原因といった感じかな？　縛るほどではないと思う。なので解いてやる。

「ありがとうございます」

いやいや。だからというわけじゃないが、できればエルメとヴェルサの仲直りをさせてもらえると助かる。これはお願いだ。

「もちろんです」

ルーたちも、それでいいな？

「もとから諸悪の根源がグッチとは思ってないから、大丈夫よ」

そうか。よかった。

……。

ちなみにだが、ルーたちは誰が諸悪の根源だと思っているのかな？

「プギャル伯爵」

……。

…………。

か、彼は被害者《ひがいしゃ》だぞ。

「立場を考えれば、エルメに連れ出されるときに抵抗するか、誰かに伝言を残すべき」

そ、そ、そうかもしれないけど。そ、そうだ、人間の暗殺者たち。彼らはどうだ？

「彼らは彼らで仕事をしていただけ。彼らを派遣した国が悪いと判断することはできるけど……」

できるけど？

「滅ぼしていいの？」

……。

…………。

じょ、冗談がきついなぁ。はははははは。ほら、ルーたちも笑って笑って。

俺が困っていると、ドースがやってきた。

「奥方《おくがた》たちとの話はそのあたりにして、ベトンの話を聞いてやってほしい」

ベトンさんの？　暗殺者の件は終わったんだろ？　別の話か？　いや、それも大事だけど、ルーたちとの話も大事だと思うんだ。

「わかっておる。奥方たちのことは、この竜王に任せよ」

　お、おおっ。頼もしい。

「前々から注意しようと思っていたこともあるしな。気にするな」

　注意？

「お主に負担をかけすぎるなという内容だ。ほれ、行った行った」

　わかった、任せた。グッチはエルメのところに……。

「ああグッチよ。村長を使って無実を証明するのは、あまり褒められた手ではない。今回だけだぞ」

「はっ！　承知しております！」

　？　どういうこと？

「お主の手で縄を解いたというのがな。まあ、村長はそのままでよい。気にするな。ベトンの話を聞いてやってくれ」

　よくわからないけど……わかった。

　俺はベトンさんのところに向かった。

8 〝シャシャートの街〟に帰る

ベトンさんのところに行くと、ベトンさんが片膝をついて俺を迎《むか》えた。

ん？　ビーゼルの真似《まね》かな？

「これまでの無礼な発言の数々、申し訳ございません」

…………。

俺はベトンさんの周囲にいるクロの子供たちと、ザブトンの子供たちを見る。クロの子供たちとザブトンの子供たちは、首や足を振って脅していないとアピール。そうか、よかった。まあ、お前たちがそんなことをするとは思わない。

となると……魔王たち？　もしくは、ルーたち？　素直にドースが指摘《してき》した？　意外なところで、ブロンかプラーダ？　うーん、誰がベトンさんの態度を変えさせたのだろうか？

「いえ、雰囲気で察したのですが……違いました？」

うん、最初のがよかった。

「そ、そうですか……えっと……すみません」

いや、いいんだ。それで、話とは？

「は、はい。改めて、〝シャシャートの街〟での騒動の謝罪を」

それはまあ、種族による常識の違いというやつだろ？　今後は周囲に迷惑のかからない方法を選んでもらえると助かる。

あと、謝罪は俺にじゃなくて……えっと、誰だろ？　魔王には謝ったんだよね？

「はい。罰《ばつ》も決まっています」

罰？　ああそうか、身を守るためや、仲間を守るためでも、街中に魔法陣を仕掛けたことに関しては罰を受けるべきだろう。さすが魔王。

「このあと、〝シャシャートの街〟の代官のところに事情説明と謝罪に行くことになりましたので、その前に村長にと」

なるほど。ちなみに、罰の内容は？

「一定期間の労働です」

ふむ。正直、それが妥当《だとう》かどうかわからない。なので魔王を信じよう。

それじゃあ、魔王の指示通りに。俺への謝罪は不要……だと、まずいのか。ブロンが受け取ってとアピールしている。仕方がない。謝罪は受け取ったよ。

プギャル伯爵は発見できた。トラブルの原因も判明。これで解決かな？

え？　まだある？　なんだろ？

クロの子供たちが移動したことによる、魔獣や魔物の移動？　ああ、縄張りが崩《くず》れちゃうのか。

そこまでは考えてなかったなぁ。

「そのあたりは大丈夫だ」

ルーたちへの話が終わったのか、ドースがやってきた。

「インフェルノウルフがどうこうしようと、それ以上の存在がいるからな」

それ以上の存在？　ドースの視線は、ドライムに向けられた。

…………。

あ、なるほど。竜の巣《す》が近くにあるのだから、クロの子供たちがちょっと動いた程度では問題ないということか。

「うむ。そういうことだ」

よかった。一安心。帰るか。

そう思ったのだけど、クロの子供たちがドライムの作ったダイコン料理を見ていた。ドライムのダイコン料理がまだ残っている。食べていない人もいる。しかし、人数と食材の残りを考えると食べるかと勧めるのは……アンたちが調理器具と食材を持ってきていた。

「当然の備えです」

その格好《かっこう》でと無粋《ぶすい》なことは言わない。それじゃあ……もう少し料理して、食べてから帰るか！

俺の決定に、誰も反対しなかった。


夜明け前。

〝シャシャートの街〟に向かうことにする。

その前に、クロの子供たちやザブトンの子供たちは騒ぎになるので、ビーゼルの転移魔法で〝五ノ村〟のヨウコ屋敷に送ってもらった。クロの子供たちやザブトンの子供たちは俺から離れるのを嫌がったが、あとでしっかりと遊んでやると約束したら、納得《なっとく》してくれた。

ドースやルーたちもついでに転移魔法で移動をと思ったけど、ビーゼルの負担を考えて諦める。

まあ、一緒に行動してなにも問題は……。

魔王たちが一緒なうえにルーたちの派手な格好のせいで、〝シャシャートの街〟に移動する俺たちは、ちょっとしたパレードみたいになってしまっている。最後尾はクロの子供たちとザブトンの子供たちが捕まえた暴れていた人たちや、怪しい行動をしていた人たちだけど。

これは空飛ぶ絨毯に乗っている俺が注目されるんじゃないかな？　魔王のほうが注目されるから問題はない？　信じるぞ。

そして、夜明け前なのに〝シャシャートの街〟に入るか入らないかの場所で待っていたミヨとイフルス代官。

ミヨは俺たちの姿を確認したあと、なぜか魔王とブロックサインのやりとりを始めた。なんだろう？　野球のサインかな？　こんな場面で送りバントとか、必要ないと思うぞ？　魔王も拒否している……いや、駄目だという感じのブロックサインかな？　素人の俺に読まれるサインは駄目じゃないかな？

「イフルス代官の言動をどうするかの確認だったので。送りバントではありません」

ミヨにそう言われた。イフルス代官の言動をどうにかする必要があったのか？　いつも通りで大丈夫……ああ、魔王に対する言動が違うのか？

「それでいいです」

ミヨになにやら呆《あき》れられたが、気にしないでおこう。

魔王はベトンさんと一緒にイフルス代官とお話。クロの子供たちとザブトンの子供たちが捕まえた暴れていた人たちや、怪しい行動をしていた人たちの引き渡しはランダンやグラッツがやってくれている。

ミヨはティゼルを叱っているようだな。ティゼルがなにかやらかしたのだろうか？

「情報は正確に。行動は慎重《しんちょう》に」

ミヨの言っていることは理解できる。だから、俺にも刺さる。人命がかかっているからと、急ぎすぎた。もっと慎重に行動するようにしよう。

今回の場合は………………………どうしたらよかったのだろう？

悩んでいたら、ドライムに慰《なぐさ》められた。

「村長が悩むことはない。思うままに動けばよいのだ。それで問題となったのなら、周りの者が少し多く働くだけだ」

それって……。

「天使族《ルインシア》の言葉を真似てみた。似てたかな？」

少しだけ。だが、ありがとう。

ん？　なんだ？　見知らぬ一団……じゃないな。見知った顔がいる。商隊のメンバーだ。商隊のリーダーであるジョローもいる。うん、間違いない。ジョローの商隊のメンバーだ。

ここにいるってことは、プギャル伯爵を捜すのを手伝ってくれたのかな？　人は捜していたけど、プギャル伯爵じゃない？　じゃあ、誰を？

彼らの目的は、ベトンさんだった。

「夜になっても戻ってこなかったものですから、捜していたんですよ。商隊のメンバーですから」

………。

なるほど。

ベトンさんはジョローの商隊のメンバー。つまり、ベトンさんが守りたかったのは、ジョローの商隊だったのか。知らなかった。

あ、ベトンさんが商隊のメンバーを見て慌てている。

これは……自分《ベトンさん》が悪魔族ってことを、メンバーに黙っていたのかな？　そのようだ。わかっている、変なことは言わないよ。今回の騒動に関しても。

あとで、どこまで話していいか確認しておこう。

9 《マルーラ》で散会《さんかい》 その一

夜が明けた。徹夜《てつや》になってしまったな。

しかし、ビッグルーフ・シャシャートの《マルーラ》で行われている魔王とミヨ、イフルス代官の話し合いは、まだ終わっていない。

俺としては先に帰ることも考えたが、どうせあとで報告を受けるのだったらと、この場で待機することになった。聞きたいこともあるしね。

ただ、全員がそれにつき合えるわけではない。

まず、グッチ、プラーダ、エルメは個々に用事があると足早に去った。用があるなら遠慮なく呼び出してかまわないと言われたけど……どうやって呼び出せばいいんだろう？　昔やったグーロンデの鱗《うろこ》で作った鏡で呼び出せばいいのかな？　二度と作らないようにと強く言われたけど。まあ、連絡はドースかドライムに任せよう。

ベトンさんは迎えに来たジョローの商隊のメンバーたちと一緒に、〝シャシャートの街〟の行政施設……イフルス代官の屋敷に事情説明のために向かう。

イフルス代官はここに残っているけど、行く意味ってあるのかな？　イフルス代官には事情説明と謝罪をしたんだろ？　ああ、実務担当者がいるのね。

しかし、実務担当者だって、こんな時間から仕事をしてくれるとは思えないが……玄関《げんかん》前で待つのか。まあ、ちょっとでも早く説明して、心証をよくしなければいけないのはわかるが、やりすぎると逆効果だぞ。無理しないように。

イフルス代官とミヨが、木の板になにか書いてベトンさんに渡していた。魔王からの罰もあるし、さらになにかとはならないと思いたい。

アルフレート、ウルザ、ティゼルは学園に戻った。授業があるからな。当然だ。

学園が休みになったら村に戻ってくる予定なので、そのときにまたゆっくりと話をしよう。

子供たちはビーゼルが転移魔法で送ってくれた。疲れているのに、申し訳ない。ありがとう。

そのビーゼルが転移魔法で戻ってくると、今度はランダン、グラッツ、ホウの三人と一緒に転移魔法で王都の王城に帰った。お仕事、頑張ってください。でも、魔王を置いていっていいのかな？　まあ、転移門があるから一人でも戻れるだろうけど。

続いてブロン。

このあとに出迎えの仕事があるらしく、ちょっとでも寝たいと宿に向かうことになった。遅くまでつき合わせて申し訳ない。

あと、ハイエルフの半数とリザードマン全員が転移門を使って村に戻った。それなりの人数が村から出てきたからな。今日の仕事を考えると、早めに戻って休んでもらいたい。

……休むんだぞ。働くのはあとでいいからな。

村に戻ったわけではないけど、こちらにつき合っていないのはドース、ドライム、それとアンたち鬼人族。彼らはエプロンを装備し、《マルーラ》の設備を使って料理をしている。作っているのは朝食ではない。俺たちは〝シャシャートの街〟に来る前に食べているからな。

場所を借りた迷惑料的なものだろう。ああ、もちろん場所を借りる前にちゃんと店長代理であるマルコスの許可を取っている。というか、マルコスも一緒に料理を作っているけどいいのかな？

「勉強になりますので」

あ、作っているのは新作のカレーなのね。なるほど。

ちなみに作っている新作カレーは、ダイコンをメイン具材にしたダイコンカレー。おっと、ただダイコンを入れただけのカレーではないぞ。水を使わずに調理された、無水カレーだ。

水を使わないので水分を野菜に求めるのだが、そのためにメイン具材のダイコンが崩れてしまう。メインとダイコンを別々に調理してしまうと、ダイコンに味が染みない。これはアンたちが主導しているからできる、技術のいる料理だな。

ドライム、アンを「師匠」と呼ぶのはどうなのかな？　ドースが変な顔をしているぞ。あと、無水調理って時間がかかるよな？　いや、かまわないけど君たちも徹夜だからね。

ドースやドライムは竜なので、一日や二日の徹夜は大丈夫だろうけど、アンたち鬼人族メイドは寝ないと……あ、アンたちも大丈夫なのね。頑張れば七日はいける？　頑張らないように。

徹夜した俺が言うことではないが、夜はちゃんと寝よう。

残りは俺の護衛としてそばにいる。

ハイエルフたちはなぜか隠れているので、俺とルーが二人でいるように見える。まるでデートみたいだな。

…………。

空飛ぶ絨毯よ。俺とルーのあいだに入ってくるのはどうなのかな？　ルーの顔が見えないんだけど。デートの邪魔はよくないぞ。

ルーが武装しているからデートに見えない？　俺が尋問《じんもん》されているように見える？　はははは。

ルー、従業員の控室《ひかえしつ》を借りて着替えてくるように。あと、鬼人族メイドたちの日本刀らしき剣も持っていってあげて。料理の邪魔だからって机の上に置かれているけど、不用心《ぶようじん》だから。

10 《マルーラ》で散会　その二

昼過ぎ。

無水調理のダイコンカレーが完成した。美味しい。

ただ、作業時間と材料費を考えると、一般販売《レギュラー》は難しいようだ。

「食材を切る手間はありますが、調理自体は難しくないのですけどねぇ」

　マルコスは残念そうだ。

「なに、特別なカレーとして事前注文のみの販売にすればいい。一皿で銀貨一枚……は、言いすぎとしても、大銅貨二十枚ぐらいで販売すれば利は出るのだろ？」

「大銅貨二十枚ならば……なんとか。しかし、売れますかね？」

「この味ならば大丈夫だ。自信を持て。だが、不安であるなら販売する期間を限定にして希少性《きしょうせい》を煽《あお》り、インパクトのある商品名を付けよ」

「インパクトのある商品名ですか？」

「うむ。そうだな……《王太子《おうたいし》のカレー》というのはどうだ？《ダイコンカレー》よりもインパクトがあるだろう」

「た、たしかに。参考にさせてもらいます！」

　ドライムがそうマルコスと会話していると、ドースが驚いていた。

「ドライムよ。いつのまに物の値段に……いや、商売に詳しくなったのだ」

「ふっ。父よ、いつまでも子供ではありませんよ」

　俺は知っている。ダイコンの販路や価格にも口を出したくて勉強したことを。短い期間でここまで成長したのは、さすが竜ということだろう。もしかしたら、俺よりも詳しくなっているかもしれない。

　俺はゴロウン商会や文官娘衆に任せている部分が多いからなぁ。

さて、カレーを食べたことだし本題に。

まず、この時間まで《マルーラ》にいたのは、店の営業を手伝っていたからではなく、魔王とイフルス代官、それとミヨのもとに報告が次々とやってきたから。帰るタイミングを逃したとも言う。

開店時間はとっくに過ぎているので《マルーラ》の客が次々とやってきているが、俺たちがいるのは貴族とか偉い人たち用の隔離場所なので問題ない。

本題その一、プギャル伯爵。

まだ気絶中だが、王都にあるプギャル伯爵の屋敷に戻った。そのまま当面は安静に過ごすらしい。お大事に。

そのプギャル伯爵だが、ベトンさんやプラーダ、エルメの話ではかなり戦えたらしい。見た目からは想像できないし、聞いた話からは進んで戦いに身を置くタイプではなさそうなのだけどなぁ。

どうしてエルメに同行したのか、そのあたりを聞きたかったのだけど、まだちょっと時間がかかりそうだ。

「ああ、そのあたりは魔族の本能というか貴族の使命みたいなところがあるからだ」

俺の疑問に、魔王が答えてくれた。

「現在の〝魔王国〟の貴族は、遥《はる》か昔にあった悪魔族との戦いで活躍した者の血縁《けつえん》の家が大半でな」

遥か昔とは二千年ぐらい前だそうだ。

「〝魔王国〟の貴族は悪魔族の横暴を防ぐために存在すると言って憚《はばか》らん者は多い。プギャル伯爵もその一人だ。相手が悪魔族だと聞かされれば、出陣するであろう」

そんなものか。

「うむ。まあ、まったく気にせん者もおるけどな。あと、プギャル伯爵は個人戦闘であるなら、それなりに戦える。私が魔王になる前に一度やりあったことがあるが、やつの格闘術《かくとうじゅつ》には一目置いておる」

へー。

「もちろんだが、私が勝ったからな」

疑ってないよ。しかし、悪魔族と戦う力があるから飛び出したとして、それを悪魔族《エルメ》から誘《さそ》われているのはいいのだろうか？

「現在の悪魔族が大人しいことも、当然ながら知っている。危険な悪魔族をなんとかしてくれと泣きつかれたのではないか？」

なるほどー。

本題その二、ベトンさんの罰。

魔王がベトンさんに与える罰は、労働。どんな労働になるのかなと思っていたが、〝シャシャートの街〟で行われる野球の観客席での売り子だそうだ。

…………。

それを罰にすると、ちゃんと労働で売り子をやっている人が怒らないか？　大丈夫？　なぜ？

「あの者は普段から売り子をやっているからな」

　え？

　ジョローの商隊は、〝シャシャートの街〟で滞在《たいざい》するにあたり、メンバーの個別の資金稼ぎを認めていた。宿代や食事代などは商隊が出すが、酒などの嗜好品《しこうひん》は自腹だそうだ。また、食事代に関しても、最低限であって、毎食《マルーラ》で食べるとかは不可能。〝五ノ村〟に移動して、ラーメン通りを楽しむなど論外。〝シャシャートの街〟や〝五ノ村〟で楽しもうと思うと、金がかかる。

　なので、メンバーは各地で働いている。そして、ベトンさんは野球の観客席での売り子をやっていたと。

「当面、賃金は半額でやることになった。無料だと、労働意欲が下がってろくなことにはならんし、生活に困るであろうからな。減らした賃金は、〝シャシャートの街〟に納められることになる」

　魔王はイフルス代官と、どれぐらいの期間でこの罰が終わるのかを相談した。

「野球が開催される頻度が現状のままであるなら、五年ほどになるだろう」

　五年。長い……のか？

「毎日、野球をやっているわけではないからな。五日に一度と考えれば、妥当な期間だと思うぞ」

　そう言われるとそうか。俺が頷いていると、ミヨが参加してきた。

「ただ、それだけでは正直な話、罰が甘いと思うのです」

　罰が甘いか。

「ええ。なので、追加の罰を考えました」

ミヨが持っていたのは、売り子の衣装。ずいぶんとかわいらしいデザインだが……。

「前々から、売り子の衣装が検討されておりまして、〝シャシャートの街〟の服屋に依頼《いらい》した試作品です。ただ、悪くはないのですが、年配の方からちょっと厳しいとの意見をいただき、没となってしまったのです。だからと言って、処分するのはもったいないですよね！」

つまり、それをベトンさんに着せて、売り子をしてもらうと。ま、まあ、それで罰を与えるほうが納得するなら問題ないだろう。たぶん。

本題その三、グッチとベトンさんの関係。

用事を終わらせ、食事に戻ってきたプラーダに聞いた。

「方針の違いで喧嘩してたんですよー」

方針？

「竜族から臣従《しんじゅう》の話がありまして、それに従うか、逆らうかで」

えーっと……。

「グッチさまは従うほうの臣従派の代表で、ベトンは反対派の代表だったんです」

へ、へー。

「まあ、臣従の話が、悪魔族の未来を憂《うれ》いて出された提案なので、臣従派のグッチさまが正解なのですけどね」

つまり、グッチが臣従派を従え、ベトンさんが反対派を従えて喧嘩したと。

「あー、ちょっと違います」

え？

「グッチさまとグッチさまの部下が一団となり、反対する悪魔族を個々に殴り倒していったんです」

…………。

「反対派は、基本的に誰にも従いたくない、指示されたくないってタイプの者ばかりでしたので、集団でまとまるということはなかったので。合理的な行動かと」

悪魔族の名に相応《ふさわ》しいなぁ。

「ただ、ベトンは手強《てごわ》く、グッチさまの一団と拮抗《きっこう》したのですが……私が横からゴンッと」

……あれ？　プラーダは一団の中にいなかったの？

「あのときの私は従っても逆らってもかまわない中立派だったので。横から殴ったのは、ベトンがちょっと過激なことを言ってたので、これは放置はできないなーと。あ、私が横から殴ったおかげで、グッチさまはベトンに止《とど》めを刺せず、封印《ふういん》になったのです。これは感謝されるべき事案だと思います」

ま、まあ、そういったことは本人同士で話し合ってくれ。

ん？　その話だと、ベトンさんはグッチよりもプラーダに恨《うら》みを持たないか？

「持ってるでしょうねー。と、思っていたのですが、向こうは私を引き入れようとしましたからね。昔の恨みより、いまに大事なものがあるのでしょう。ちょっとうらやましいです」

ベトンさんの大事なもの。ジョローの商隊か。

「いつ封印から解かれたかは知りませんが、力が戻っていませんでした。魔法陣を使って必要な力を戻したいという気持ちもわからなくはないのですが…………そのあたりの感覚は、昔のままですよねー」

　指導できるなら、指導しておいてくれるかな。

「報酬《ほうしゅう》は出ますか？」

　抜け目がないな。まあ、ちゃんと渡すよ。

「ありがとうございます。できる範囲で頑張ります」

　よろしく。

　こんな感じで情報収集をしていたら、ガルフとダガが俺の護衛として《マルーラ》にやってきた。

　違う？　迎えに来た？　帰ってくるのが遅い？　す、すまない。

　ティアたち天使族が、俺に見せるんだと武装したまま待機している？　クロとユキも？　アラクネのアラコも？　えーっと……。

　俺は空飛ぶ絨毯を見た。広がって、乗れとアピールしている。目立つのは困るんだけどなぁ。仕方がない。

　ルー、アンたちをまとめてくれ。ドース、ドライム、村に帰ろう。

　俺は魔王とイフルス代官に挨拶し、村に戻った。

閑話　大魔王

俺の名はカイロス。

〝シャシャートの街〟で生活をする人間の男だ。人間の国からすれば、〝魔王国〟内で生活する人間は裏切り者らしいが、先祖代々このあたりに住んでいるので俺に裏切り者の意識はない。逆に、なぜそこまで〝魔王国〟を敵視するのかと不思議に思うぐらいだ。

まあ、たしかに魔族や獣人族に対して劣等感《れっとうかん》を持ったことはないかと聞かれたら、持った覚えは何度もあると答える。だからといって殲滅《せんめつ》しろという考えには賛同できない。人間同士だって、背の高い低いや、手足の長い短いで差はあり、劣等感を持つことは普通にあるものだ。そのたびに相手を殲滅しようと思うだろうか？　少なくとも俺は思わない。それに、魔族には魔族で、獣人族には獣人族でそれぞれに劣等感があるものだ。

なので、人間の国からの誘いには乗らない。即座に〝シャシャートの街〟の代官のお屋敷に駆け込んで報告した。

代官の側近であるミヨさまが対応してくれて、誘いに来た者は捕まった。そのあと、そいつがどうなったかは知らない。

俺はいまの生活を守れて、満足だ。

ある日の昼。

夜の仕事の開始時間まで、大通りをぶらぶらしていたときだった。

荘厳《そうごん》というのだろうか？　神聖な音楽が流れてきた。

どこからかと思えば、さっきまで食事をしていた《マルーラ》からだった。

《マルーラ》からなら不思議ではない。あそこは、いつも〝シャシャートの街〟の住人を驚かせてくれる。今回もそうだろうと思った。ならば、それを見届けるのも〝シャシャートの街〟の住人の義務だろう。

俺は《マルーラ》に向かおうと思ったが、入れ違うように《マルーラ》からやってきた者が道にいる者たちに声をかけた。

「道を空《あ》けてください！　行列が通ります！」

なるほど、この音楽は行列のための音楽か。

いったい、どこの誰だろうと思ったら、行列の先頭は武神ガルフさまだった。剣を胸の前に掲《かか》げ、進んでいる。

その後ろに、エルフの集団かな？　彼女たちが音楽を奏でているようだ。獣人族やリザードマンもいるな。《マルーラ》の従業員もいた。なんの行列なんだ？　あ、イフルス学園のルーさまだ。手を振る。派手な格好をしているなぁ。

でもって……誰だ？　ルーさまの後ろで、魔法の絨毯に乗っている人間の男性は？　見た感じ、普通の人間っぽいが……周囲の護衛の数が尋常《じんじょう》じゃないことから、重要人物だということはわかる。

しかし、それしかわからない。

その人間の後ろに、魔王。え？　魔王？　護衛がいないよ？　護衛する相手、間違えてない？

その魔王の横にはイフルス代官。え？　ミヨさまもいる！　なんで！　この行列はなんなんだ？

行列が進むルートは……《マルーラ》が入っているビッグルーフ・シャシャートをぐるりと回っている。《マルーラ》の宣伝だろうか？　それにしては、魔王やイフルス代官、ミヨさまがいる理由がわからないが……。

あ、ビッグルーフ・シャシャートを回ったら、今度は……転移門に向かうのね。転移門の先となれば…………。

王都か！　そうか、王都に向かう行進だ。

つまり、これは……まさか……まさかと思うが……。

俺が心の中で思ったことを、近くにいた男が呟《つぶや》いた。

「新しい魔王の誕生……」

そんな馬鹿な！

いや、魔王は実力で選ばれる。それは、代替わりがいつあってもおかしくないということ。魔王ガルガルドは戦争に強かったが、ここ十数年は動きが鈍《にぶ》っていた。

それは体力の衰《おとろ》えと考えれば……ありえる話だ。最近になって、人間の国から忍んでやってくる者の多さは、それが原因だったか！

　おおおおっ！

　俺はいま、歴史が動く瞬間を見ている！　体が震《ふる》える！

　だが、焦《あせ》るな。俺の勝手な思い込みかもしれないのだ。冷静になれ。そう命じるが、体は勝手に声を出していた。

「魔王、バンザイ！」

　俺の声で、周囲の音が止まったような気がした。だが、それは一瞬だ。次の瞬間、大きな歓声とともに、新しい魔王を讃える声《コール》が響いた。


　新しい魔王はそんな声に苦笑いしながら、転移門に向かっていった。

　ここでさらに驚いた。転移門は、周囲に警備する者などの施設はあるが、転移門自体はそれほど豪華なものではない。キラキラと光る綺麗《きれい》な扉《とびら》なだけだ。

　だが、今回は違った。転移門の左右に、竜がいた。うん、左右にだから二頭だ。

　竜は高々と頭を上げていたが、新しい魔王が通るタイミングで頭を下げた。

　おおっ、やはり新しい魔王！　竜さえ従える！　さすがだ！

　そして、《マルーラ》の従業員、古い魔王、イフルス代官、ミヨさまは行列から離れ、新しい魔王を見送っている。なんという場面に遭遇したのか。

　これは孫の代まで語り継ぐ出来事だと俺は思った。

ただ……一点。うん、一点だけ、いいだろうか？　新しい魔王。

貴方《あなた》が使った転移門は〝五ノ村〟に行く転移門ですよ。王都に続く転移門はあっちです。竜が間違えていたから、そのまま使ったのだろうか？　だとすれば、こちらに戻ってきにくいのではないだろうか？　大丈夫かな？


二頭の竜が飛び去るのを見送ってから、俺はミヨさまに心配を伝えてみた。

「残念ながら、彼は新しい魔王ではありません」

え？　そうなの？

「魔王を超える存在です」

魔王を超える存在……つまり、それって……大魔王⁉

おおおおおおっ！　もっとすごい存在だった！

「しかし、これはまだ極秘です。今回のパレードは特別なのです。あまり言いふらしてはいけませんよ」

ははっ！　もちろんです！

そうか、彼は大魔王だったのか。

ミヨさまの後ろにいる古い魔王改め、現行魔王とイフルス代官も頷いているから、冗談ではないようだ。

…………。

あれ？　彼は人間だよな？　人間が〝魔王国〟の大魔王《トップ》になると……人間の国は争う理由がなくなるんじゃないのか？　長く続いていた戦争が終わる？　いやいや、大魔王が平和路線を求めるとは限らない。

だが、俺が見た彼なら……彼なら望んで争いを起こしそうにない。なんにせよ、今日の出来事は孫の代まで語れそうだ。

11　夕寝

俺は村に戻ってきた。

時間は昼過ぎだが、昨日の夜は寝ていないので自室のベッドで横になる。神様からもらった『健康な肉体』があるからと、それに頼って無茶な生活をするのもよくないからな。

希望としては夕食のタイミングで起きて、食事のあとにまた寝たい。まあ、夕食で起きられず、思いっきり寝て生活リズムが狂《くる》ってしまうかもしれないが……そのときはそのときだろう。

しかし、帰りがパレードみたいになったのは驚いた。魔王たちが見送るって言うからだ。

そういえば魔王の人気はすごかったな。歩くだけであんなにも声が上がるなんて。さすがは魔王だ。

魔王の前を行く俺は、何者と思われたのだろうか。誘導《ゆうどう》員あたりかな？　誘導員は空飛ぶ絨毯に乗っているだろうか？　いや、乗っていても大丈夫だろう。うん。

ああ、そうだ。ドースとドライムが竜姿で行進に参加すると言ってきたので断ったら拗《す》ねられた。仕方がないだろう。〝シャシャートの街〟の道幅は竜が移動できるほど広くないのだから。

行進参加の代案として、転移門の左右で待機するというミヨの意見が採用されたが、ドースたちはそれでよかったのだろうか？　機嫌は直っていたから、よかったのだろう。

ただ、急に竜が現れたら〝シャシャートの街〟の住人が驚くかなと思ったけど、静かなものだった。考えてみればドライムの巣が近くにあるし、いまさら竜を見た程度では驚かないということか。肝《きも》の太さがうらやましい。

あー、そういえば一つ失敗があった。

ゴロウン商会だ。ゴロウン商会は〝シャシャートの街〟が本拠地《ほんきょち》なのに、どうして連絡をくれなかったのかとマイケルさんに言われてしまった。人捜しをするにしても、行進をするにしても連絡が欲しかったと。

そう言われてもなぁ。人捜しに関しては、手伝いで行った俺が連絡するわけにはいかない。捜索しているプギャル伯爵の関係者かイフルス代官からの連絡や要請が正しいだろう。行進に関しては、俺はする気はなかった。自然発生的なものだ。だから、連絡と言われても困る。

　まあ、〝シャシャートの街〟に顔を出したのだから、マイケルさんに連絡しておいてもよかったかもしれない。俺が来ていることをマイケルさんが知ってやってきたのは昼食時だったので、あまり話せなかった。

　ただ、帰りの行進にはしっかりと参加していた。参加できなかったら危なかったと言っていたが、どういうことだろう？　参加しなくても、危険はないと思うが？


　村に戻ってからは、天使族たちの武装姿を見た。見ないわけにはいかなかった。

　天使族のみんなは意気揚々《いきようよう》と完全武装して〝シャシャートの街〟に向かおうとしたが、〝魔王国〟の国民感情を考えて止められた。数百年前まで普通に戦争していたらしいし、魔族は長生きしている者も多いからな。止めたのは、いい判断だ。

　まあ、俺だって止める。見てるだけで、殺気《やるき》が伝わる感じだったからな。無用なトラブルを呼び込むのは避けたい。そして、普段、武装しているグランマリア、クーデル、コローネの格好はかなり控え目《マイルド》だったんだなぁと改めて思った。

　なにせ武装は全て黄金《おうごん》でできていた。金属としては弱い部類の黄金だけど、そんな現実《よわさ》を払拭《ふっしょく》する神秘性《しんぴせい》があった。天使族が神人族を自称《じしょう》していたときの装備《もの》らしい。

　よく見れば、天使族の翼《つばさ》にも黄金が仕込まれていた。これは飾《かざ》り……だけではなく、実用面もあると。魔法防御用なのね。へー。

服も普段とは違った。黄金の装備を引き立てるように、白と黒の服装。魔術的な模様が入っており、この服だけでもそれなりの防御力を誇《ほこ》るらしい。

この装備の天使族が空を飛んで敵としてやってくると考えると、なかなか恐怖の対象だな。味方なら頼もしいだろうけど。

ただ、疑問だったのは、ティアの二人目の娘であるオーロラも似たような武装をしていたこと。小さい体にちゃんとフィットしている。…………いつのまに作ったの？　いや、似合っているけど。

ああ、作ったのではなく、ティアが小さかったときのか。なるほど。

重くはないか？　よしよし、似合っているぞ。正式なのは、成人してから？　ティゼルの分も含めて、用意したい？　天使族の伝統装備とか言われると、断れないな。

もちろん、グランマリアの娘であるローゼマリア、クーデルの娘のララーデル、コローネの娘のトルマーネの分も作ってかまわない。

そうか。そういった種族的に必要なものがあったら、用意してあげないとな。そのあたり、ルーたちに任せっきりになっていた。反省。

夕食前に、ちゃんと起きることができた。

一人で寝たはずだったが、ベッドにはクロとユキが潜り込んでいた。クロもユキも仰向《あおむ》けだな。不用心だぞ。

クロとユキの額の角にはちゃんとカバーがされている。ベッドに潜り込む前にしたんだろうけど……誰にやってもらったんだろう？　ザブトンの子供たちか。

部屋の梁《はり》には、ザブトンの子供たちが並んでいた。うん、おはよう。まあ、夕食後にまた寝るけど。わかっている？　挨拶だけ？　そうか。〝シャシャートの街〟に一緒に行ったメンバー以外は、今日は挨拶もしていなかったか。すまなかった。明日は、ザブトンの子供たちと遊ぼう。

そう答えると、いつのまに起きたのかクロとユキが俺を見つめていた。わかっている。お前たちとも遊ぶさ。

Farming life in another world.

Chapter,2

Presented by
Kinosuke Naito
Illustrated by
Yasumo

〔 二章 〕

親と子

01.家　02.畑　03.鶏小屋　04.大樹　05.犬小屋　06.寮　07.犬エリア　08.舞台　09.宿　10.工場
11.居住エリア　12.風呂　13.パターゴルフ場　14.上水路　15.下水路　16.ため池　17.プールとプール施設
18.果樹エリア　19.牧場エリア　20.馬小屋　21.牛小屋　22.山羊小屋　23.羊小屋　24.薬草畑　25.新畑エリア
26.レース場　27.ダンジョンの入り口　28.花畑　29.アスレチック　30.見張り小屋　31.本格的アスレチック
32.動物用温水風呂　33.万能船ドック　34.世界樹　35.ゴルフ場　36.ゴルフ関連建物　37.エビの養殖池

閑話　秋の文官娘

こんにちは。文官娘衆の一人です。名前？　お気になさらずに。

さて、村は秋も終わりに近づいてきました。秋の収穫も佳境《かきょう》を迎え、私たち文官娘衆の仕事量が増え続けています。まあ、収穫時期以外はのんびりさせてもらっているので、文句は言えません。頑張ります。

っと、倉庫の記録と内容にズレがありますね。納める倉庫を間違えたのだと思いますが、勝手に判断して修正したりはしません。まずはほかの者に報告し、確認です。

私がミスと思っても、なにかの事情でこの倉庫に納めているだけの可能性がありますからね。まあ、記録のズレがあるので、なにかしらのミスはあるのでしょうけど。

…………。

私の予想通り、納める倉庫を間違えたようです。忙しいですから、仕方がありません。移動させましょう。

おや、ザブトンさんのお子さまたち。手伝ってくれるのですか？　ありがとうございます。ですが、無理をしてはいけませんよ。一つの箱を、複数で運ぶようにしてください。

その小さな体で、私たちを運べるぐらい力持ちなのは知っていますが、見ているほうはハラハラしてしまうものです。

あ、はい、二つ向こうの二十二番の倉庫にお願いします。入ってすぐの右の棚《たな》です。ええ、あとで加工する作物の収納《しゅうのう》場所です。そうです。ドワーフのみなさんに渡して、お酒になる予定です。完成が楽しみですよねー。

お酒より、そのまま食べるほうが好き？　そうでしたね。お手伝いしてもらったお礼に、あとでいくつかお渡ししましょう。

大丈夫です。調整用のストックがありますから。あれはいつもひと箱分ぐらい余るので、貴方《あなた》たちに渡しても大丈夫なのです。ええ、それぐらいの裁量権はあるのです。

では、箱の移動をお願いします。私はほかにもミスがないかチェックしますので。

ふう。私は村にある倉庫を全て確認し、収穫物の数のチェックを終えました。

大きなミスは、収納ミスの一件だけでした。ありがたい話です。

ただ、あの収納ミスは、再発防止のためにどうして間違えたかを検証しなければいけません。誰しもうっかりミスはありますが、なぜうっかりしたのかを考えなければ成長しませんからね。

そういった検証をして対策した結果が、番号がつけられた倉庫であり、配置が同じになった倉庫の中の棚であり、作物ごとにサイズ調整された箱なのです。ええ、毎年、少しずつですがミスは減り、作業はやりやすくなっています。来年はさらによくなっているでしょう。期待です。

トラブル発生です。

山エルフのみなさまが作物の加工用工作機械を作って、作業効率をすごく上昇させたのですが、調子に乗って加工しなくていい分まで加工してしまったそうです。

「加工って、どんな加工？」

「トウモロコシの皮を剝《む》き、芯《しん》から粒を離す加工です」

「ああ、粒だけにして瓶《びん》に詰めているあれ」

「そうです。瓶で二百本用意する予定が、三百本分の加工をしてしまい……」

「瓶詰めなら保存が利くのが幸いね」

「いえ、瓶が七十本分ほど不足して、詰められていない分があります」

「ええっ！　どうするの？」

「トウモロコシの粒は、そのままでもそれなりに持ちますが……瓶に詰められなかった分は、そのままドワーフのみなさまにお渡しするしかないかと」

「なるほど。トウモロコシをお酒にするにも、芯から外さなきゃ駄目だもんね。それでいいんじゃない？　ドワーフのみなさんからは、前々から量を増やしてほしいとお願いされていたわけですし」

「加工してしまったトウモロコシはそれでいいとして、加工前の状態で外に出す予定が狂ってしまいまして……」

「えーと、たしかあの瓶一本に、トウモロコシ十本分の粒が入っているんだっけ？　つまり、瓶七十本分だから……トウモロコシ七百本が不足？」

「いえ、予定外に詰めた瓶三十本分も数えてください」

「あ、そうか。多く加工しちゃった分……瓶百本分だから、トウモロコシ千本の不足ね」

「そうなります。優先順位の低いところには、納入をお断りしなければいけません」

「優先順位の低いところ？　どこになるの？」

「竜族のみなさまへお納めする分が減ります」

「……えっと」

「優先順位は村長が決めていますので、大丈夫です」

「よ、よかった……で、いいのかな？」

「よかったでかまいません。ただ、ミスをした山エルフたちへの罰をどうするかの問題があります」

「罰？　調子に乗ったのはいけませんが、罰を与えられるほどですか？」

「村への損害を出しているのですから、罰は当然かと」

「仕事をした結果のミスですから、厳重注意あたりでいいのでは？」

「甘いです」

「ですが、村長に報告してもそうなるかと」

「む……たしかに。村長なら笑って許しそうです」

「ですよねー。そこが村長のよさです」

「わかりました。村長に報告したのち、私たちから今回の件に関わった山エルフたちに厳重注意ということで」

「そうしましょう」

対処可能なトラブルのようで、よかったです。

それと、トウモロコシの加工用工作機械は需要《じゅよう》がありそうです。山エルフさんたちにお願いして数台、用意してもらいましょう。

ああ、そうそう。調子に乗ったミスですが、調子に乗らないためにはどうすればよかったかを考えなければいけませんね。失敗はかまいませんが、同じ失敗は避けるべきです。

同僚が村長にトウモロコシの一件を報告した結果、予想通りに笑って許していました。

私はそんな村長に、同じミスをしないための対策を報告します。基本方針は、山エルフの近くに監督者《かんとくしゃ》を配置することですが……。

「待て待て。今回の一件、山エルフたちが調子に乗ったのが原因となっているが、実際の原因は加工するトウモロコシの近くに、加工しないトウモロコシを置いていたことだろ？　それとも、山エルフたちはわざわざ別の場所にあるトウモロコシを運んで加工したのか？」

していませんね。

「加工用と非加工用を、誰が見てもわかるようにするほうが効果はあると思う」

なるほど。承知しました。では、そのように対策します。

とりあえずは、加工用、非加工用の看板を作るようにしましょうか。今年は無理ですが、来年からは保管場所を離すことにもしましょう。

「そうだな。任せても？」

はい、お任せください。

私の返事に、村長は満足そうに頷《うなず》いてくれました。っと、村長の左右に控えていたクロさんとユキさんが吠えて、村長を呼びます。

村長はクロさんとユキさんと散歩中だったのです。すみません、お邪魔しました。

「いやいや、仕事優先。こっちの仕事が終わったからって、のんびりさせてもらっているんだから」

あはは。実は少し前、村長は自分の作業が終わったからと、私たちの手伝いを申し出てくれていました。ですが、これは私の、いえ、私たちの仕事です。

村長が忙しいときにお手伝いできるわけでもありませんし、ここは私たちの活躍の場ですとお手伝いの申し出を断っています。それなのに、こうして相談事を持ち込んではいけませんよねー。まあ、だからと勝手に処理するなど言語道断なのですが。

私は散歩を再開する村長を見送り……さらにそのあとを追うクロさんの子供たちや、ザブトンさんの子供たちを見送りました。あ、収納ミスした箱を運ぶ手伝いをしてくれたザブトンさんのお子さまたちが足を振って挨拶してくれたので、私も手を振って挨拶します。

さて。

反省は反省として。残っている仕事を頑張りましょう。今日の頑張りが、明日を楽にしてくれるのです。

まあ、収穫関連が終われば、武闘会になりますが。それらが終わったあとは、のんびりできますからね。希望を持って、頑張ります。

願わくば、村長の負担になるトラブルが起きませんように。

1　村長の休日（クロたちと遊ぶ）

村では秋の収穫を終え、武闘会に向けての準備が開始された。

武闘会が終われば冬に備える仕事があるが、この時期の俺は手が空《あ》いている。なので、クロの子供たちと遊ぶことにした。文官娘衆たちからも、ちゃんと休むように言われているしな。

…………。

あ、クロとユキも参加ね。承知。えーと、それじゃあ、なにをして遊ぶかな。

俺たちは村の南側にあるレース場にやってきた。クロたちが存分に走れるのはここぐらいだからだ。畑じゃ駄目なのか？　たしかに畑は収穫を終えて春まで空いているが、畑で遊ぶのはよろしくない。理由は悪い細菌《さいきん》や求めていない種子の侵入を防ぐためだ。

『万能農具』があるのでこの村では無用の心配だが、「畑で遊んでもかまわない」という認識を広めたくはない。子供たちが、村の外に行く機会も多くなっているしな。

話を戻して。

俺はレース場で、定番のボール投げをすることにした。ボールを投げながら、なにをするか考えればいいやと思ったのだ。

俺の第一投。俺の投げたボールに、えっと……五十頭ぐらいが競いながら……あ、バトルロイヤルになってる。

あー……ああー……う、うん、ユキがボールを持ってきたのか。よしよし、強かったな。クロも頑張ったぞ。最初にボールに到達したのに、次々と挑戦者が現れて……よしよし。

クロの子供たちが、早く次を投げてとこっちを見ている。それはわかったが、その前にさっきの一投の問題点を解決しよう。いきなり投げた俺も悪かったが……。

うん、負傷者が出ているのはよろしくない。治癒《ちゆ》魔法が使えるホーリースライムを連れて来ているから大丈夫？　いや、そういう問題ではなくてだな。

わかったわかった。それじゃあ、参加する数を制限するぞ。五頭ずつだ。

それから、攻撃は禁止。誰かがボールを咥《くわ》えたら、それで終わりだ。俺のところに持ってくる前に、なんとかすればいいわけじゃないからな。途中で落としても一緒。最初に咥えた者を褒める。

咥えたというのはどういう状況とか、確認しない。そこまで厳密にやらないから。ルールの際《きわ》を攻めようとするんじゃない。

わかったら五列で並ぶように。先頭、準備いいか？　投げるぞー。

ここにいるクロたちは全部で……八十頭ぐらいいるから、最低でも十六回は投げる必要があった。でもっていまは七周目だから………百回……は投げているな。俺はどこかの野球チームのピッチャーだろうか？　投げているあいだに、ボールを咥えた者を褒めているのでさらにハードだ。

そういや、山エルフたちにボールを投げる装置を作ってもらったが、あれはどこにやったかな？クロたちの評判が悪くてお蔵入りしたんだっけ？　いまの俺には必要だから……ああ、魔王が野球の練習に使えると持っていったんだった。ふう。

よし、七周目終わり！　次の周で最後にするぞ！　キリが悪い？　十周にすべき？　ははは。

俺は頑張った。

ボール投げ十周のあとは、一緒にランニング。そして、森に行って狩りになったけどな。ボール投げで活躍できなかったクロの子供が、なんとかいいところを見せたいと頑張っていたから仕方がない。

あ、ホーリースライム。つき合ってくれてありがとう。疲れてないか？　そうか、それはよかった。屋敷に戻るけど、どうする？　わかった、送るよ。頭に乗ってくれ。よし、クロたちも帰るぞ。

結局、前半はボール投げに終始してしまったのは反省だな。

途中、俺が埋めた道具《アイテム》をクロたちが探す【宝探し】を思いついたが、埋める労力や、俺が埋めた場所を覚えておかないといけないことなど、問題が多そうだったので見送った。

　宝探しはまた別の機会にやろう。

　ん？　クロとユキ、どうした？　楽しかったから、またやろう？　ああ、もちろんだ。


　屋敷に戻ったら、酒スライムがホーリースライムを迎えにきた。仲良くやっているようで。

　そして、鬼人族メイドが荒《あら》ぶっているな。酒スライム、また盗み飲みをしたのか？　違う？　鬼人族メイドが零《こぼ》したのを飲んだだけ？　それなら仕方がないかな？

「残念ながら、お酒を鍋《なべ》に入れるのを、お酒を零したとは言いません」

　鬼人族メイドが怖い顔をして、そう言った。

　…………。

　うん、俺もそれは零したとは言わないと思うな。酒スライムを叱ろうとしたら、ホーリースライムとともに消えていた。すばやい。鬼人族メイドは酒スライムを捜索すべく駆《か》け出した。

　あー……とりあえず、クロの子供たちとはここで解散。よしよし。また遊ぼう。


　俺はクロとユキを従え、自分の部屋に向かう。

　…………。

　俺の部屋に逃げていたのか、酒スライム。

　違う？　俺の背中に隠れていた？　え？　そうなの？

でもって、俺の部屋に入る前に離れて、先回りしたのか。すごいな。

ちなみに、現在も俺の背中にホーリースライムがいる？　………本当だ。気づかなかった。クロとユキは知っていたのか？　そうか、次からは教えてほしいな。

あと、酒スライム。鬼人族メイドが鍋に酒を入れているのだから、料理に使っていたのだろう。

つまり、鍋は火にかけられる可能性が高い。注意しないと煮《に》られるぞ。まあ、そんなドジはしないだろうけど。

で、酒スライムが俺の部屋までついてきたのは……コタツが目的ね。まだコタツを出すには少し早いが、俺の部屋は特別扱いで用意してもらった。冬に備える仕事をするようになれば、忙しくなるからな。いまのうちにということだ。

保温石《ホットストーン》はセットしていないので、温かくはないけど。それでもかまわない？　まあ、いいけど。

クロとユキも………自然とコタツの中に潜り込んだな。ホーリースライムもコタツに入るか？

そうか、それじゃあ酒スライムの横に。

俺は自分の飲み物を用意し……酒じゃないぞ、酒スライム。

コタツの上に飲み物をセット。クロ、もうちょっと右に移動してくれ。ああ、すまない。

俺はコタツに足を入れ、クッションを背中に置いてそのまま仰向《あおむ》けになった。

ふう。夕食まで、まだ少し時間があるが……今日はこのまま、のんびりするとしよう。

うん、こんな日も悪くない。

2 村長の休日（ザブトンたちと頑張る）

屋敷には衣装室がある。そこは衣装を並べるだけでなく、衣装の制作もしている。最初からその用途で作った部屋ではないが、ザブトンたちがそこで服を作り出したのでそうなった。

ちなみに、衣装を保管する部屋や倉庫の数は、昨年ぐらいにそれぞれ十を超えたので数えるのをやめた。現在はどうなっていることやら。

話を戻して衣装室。

衣装室では、半畳ぐらいの大きさのザブトンの子供たちが衣装を作っている。作っているのは冬の新作と、来年のパレード用だろう。俺が作った何体ものマネキンが、着飾られては脱がされ、また別の服で着飾られるを繰り返している。

その横で、俺はザブトンからの採寸《さいすん》を受けていた。別段、体形が変わったとは思わないのだが、微妙《びみょう》な変化はあるらしい。なので、季節《きせつ》ごとに採寸を受けている。

まあ、ザブトンの手際がいいので、手間ではない。ザブトンに挨拶しに行ったついでにといった感じだ。

ん？　希望？　いつも通り、地味なやつでお願い。機能重視で。派手なのは黙っていてもザブトンが作ってくれるからね。

　わかっている。ちゃんと村を出るときは、派手なのを着るようにしているから。プギャル伯爵を捜しに行ったときは、急ぎだったので地味な服で行ってしまったけど。

え？　いつでも着替えられるように、衣装部隊を作る？　必要ないと思うけど……たとえば、どんな部隊になるんだ？

　ザブトンぐらいの大きさのザブトンの子供たちに、道具棚と衣装棚を背負って運ばせる？　いや、力は疑っていないから問題なく運べるだろうけど。

　さらに、状況に合わせて衣服を作るザブトンの子供が同行？　状況にって……あー、冠婚葬祭《かんこんそうさい》ね。たしかに状況を選ぶ。主催者《ホスト》と服の基本色がかぶらないようにする必要も、たしかにある。

　俺が作業中でも着替えられるように、着替えさせる係も用意する？　いや、さすがに作業中は無理じゃないか？　脱ぐのだって……あー、着ている服は切っちゃうのね。でもって、完成した服もバラバラにして、俺に着せていくわけか。そこまで面倒はかけられないから、ちゃんと自分で着替えるよ。

　とりあえず、それが衣装部隊なんだな？

え？　まだ足りない？

指揮官にアラクネを起用？　ああ、たしかに指揮官がいないと困るか。

アラクネたちの指揮力の高さは、わかっている。なにせ、〝大樹の村〟にあるダンジョンの転移門は、アラクネたちで守られていると言っても過言ではない。

アラクネ単体でもそれなりに強いらしいが、それに驕《おご》らず、ダンジョン内にいるザブトンの子供たちとの連携を欠かさない。ザブトンの子供たちだけでなく、ラミア族や巨人族たちとも連携することもある。そのときの指揮は、大抵がアラクネだ。

まあ、発声ができて指示できるのがアラクネだけということもあるが……少なくとも、俺よりは指揮できるだろう。アラクネのアラコは、確実に。

ん？　ただ、いまいるアラクネのなかで、衣装部隊の指揮官を任せられるほどセンスがある者がいないと。

あー……まあ、アラクネたちは、戦闘向きだからな。今後の成長に期待だな。

衣装部隊も、指揮できるアラクネが育ってからということで……わかっている。ちゃんと用意された服を着るよ。うん、嘘《うそ》じゃない。ちゃんと着る。最近は、派手な服でも俺が断らないギリギリのラインのデザインだからな。

……………。

あれ？　俺が慣れただけかな？　ま、まあ、派手な服も悪くない。ザブトンたちが頑張って作ってくれたわけだしな。

俺は衣装室を出て、隣の部屋に向かう。

その部屋の中央では、拳《こぶし》大サイズのザブトンの子供たちが長い板の上に並んでいた。長い板の短い辺に、一列で。

そして、その場に糸の先端をくっつけ、糸を伸ばしながら長い板の反対側の辺に向かって移動。長い板に、拳大サイズのザブトンの子供たちの糸が綺麗《きれい》に並んだ形になる。

拳大サイズのザブトンの子供たちは糸を持ったまま、飛び跳ねる。同時にではなく、半分だけ。一匹置きに。先頭から番号をつけて、奇数《きすう》番号、偶数《ぐうすう》番号で交互に飛んでいる感じかな。

そして、飛んでいる糸のあいだをすばやく移動する一匹の拳大サイズのザブトンの子供。このザブトンの子供も糸を出している。

この部屋のザブトンの子供たちがなにをやっているかというと、布を作っている。そう、ザブトンの子供たちによる機織りだ。

なので、糸のあいだを移動するザブトンの子供が数回往復したら、動きを止めて糸を端に寄せるのだが、これは別のザブトンの子供たちがやっている。見事な連係作業だ。すごい早さで長い板一面に布が織られていく。

長い板一面に布が織られたら、体の大きい半畳サイズのザブトンの子供が長い板をひっくり返す。今度は裏面だ。列になっていた拳大サイズのザブトンの子供たちがまた糸を伸ばす。

これを繰り返し、長い布を織っていく。

いまはザブトンの子供たちの糸で布を織っているが、〝五ノ村〟や〝シャシャートの街〟で仕入れた糸を使うこともある。その場合も手法は一緒だ。ただ、その場合は拳大サイズのザブトンの子供たちが、糸巻を持っているだけで。

おっと、作業に見惚《みと》れていてはいけない。俺がこの部屋を訪れたのは、機織りの手伝いだ。

といっても、部屋の中央でやっている機織りに、俺の手伝いは必要ない。俺の手伝いを必要としているのは、部屋の隅《すみ》で機織りを練習しているザブトンの子供たちだ。

ザブトンの子供たちは総じて器用だが、努力もせずに器用なわけではない。ちゃんと練習しているのだ。特に仲間と協力することは。

よーしよし。頑張っているなー。まだまだ上手《うま》くできない？　なに、すぐに上手くなるさ。俺の手伝いなんて必要ないかもしれないが、協力させてくれ。ああ、俺が打つ太鼓《たいこ》の音に合わせて、ジャンプするんだ。おっと、全員が一斉に飛んじゃ駄目なのはわかっているだろ？　太鼓の真ん中を叩《たた》いたトンの音でジャンプする組と、縁《ふち》を叩いたカッの音でジャンプする組に分かれるように。

まだ列は作らなくていいから。そうそう。それじゃあ、いくぞー。

トン、カッ、トン、カッ、トン、カッ、トン、カッ……。

おおっ、ちゃんとできているじゃないか。それじゃあ、今度は列を作ってやってみようか。

トンの音でジャンプする組と、カッの音でジャンプする組で交互に列を作って……うん、周囲に惑わされずにジャンプするんだぞ。それじゃあ、いくぞー。

俺はザブトンの子供たちと一緒に機織りの練習をした。

…………。

山エルフよ。

ここで機織り機を持ってくるのは、違うと理解しているよね？　新機能とかそういう問題ではなく。頑張っているザブトンの子供たちを見て、出せるのなら出してもいいぞ。よし、わかってもらえて嬉《うれ》しい。

その機織り機は、ゴロウン商会に持ち込んでおくよ。


休憩《きゅうけい》。

ザブトンやザブトンの子供たちも、無限に糸を出せるわけではない。ちゃんと栄養を補給しなければ、しっかりした糸を出せないのだ。

よしよし、わかっている。ジャガイモを蒸《ふ》かそう。ああ、焼いたジャガイモも作ろう。生《ナマ》がいいのは、そっちだ。

普段はジャガイモを齧《かじ》りながら服を作っている一部のザブトンの子供たちも、俺がいればちゃんと休んで食事をとってくれる。ならば、しっかりした料理を用意しないといけない。

イモ煮も作ろうか。さすがに俺一人で調理するのは厳しいので、鬼人族メイドたちに協力を要請する。量は多く作ろう。料理を作っていれば、ここにいないザブトンの子供たちもやってくるだろうからな。

ザブトンの子供たちだけでなく、クロの子供たちも来るかもしれない。

「村長」

鬼人族メイドたちが俺に声をかけたあと、視線を横に動かした。

俺がその視線を追うと……俺の子供たちがいた。どうやら、今日の勉強の時間は終わったようだ。

ザブトン、俺の子供たちも交ざっていいかな？

ザブトンたちは、歓迎《かんげい》のポーズをとってくれた。

ははは、ありがとう。たくさん、作るからな。

山エルフ、すまないが食糧庫からジャガイモを取ってきてもらえるか。ここにある分では足りなさそうだからな。

ああ、大丈夫だ。お前たちの分は、最初っから数に入っている。機織り機はあれだったが、お前たちも頑張っているからな。のけ者になんかしないさ。

褒めなくていいから、追加分を頼《たの》んだぞ。

3 同行者を探す

朝。

顔を洗い、着替える。起きてからそれなりに音を立てて動いたと思うけど、クロとユキは気にせずに寝ている。まあ、わざわざ起こすこともないか。

部屋のコタツの中には……ザブトンの子供たちが数十匹。こっちは起きているけど、もう少し温まってから活動したいらしい。ああ、無理するな。そのまま温まっていていいぞ。俺？　俺はいつもの、屋敷の中の見回りだ。ありがとう、頑張るよ。


屋敷の中の見回りは、問題なく終わった。まあ、問題があったことはないけどね。

おっと、油断はよくない。それに、俺がこうやって見回らないと、挨拶できない者も出るしな。屋敷に住む人も多くなった。


部屋に戻ると、部屋の前に不満げなクロとユキがいた。清掃の邪魔だと、鬼人族メイドたちに起こされて追い出されたようだ。

そう怒るな。朝に掃除《そうじ》が入るのはわかっているだろ？　ほら、朝食に行くぞ。

コタツの中にいたザブトンの子供たちは……廊下の梁《はり》の上から、挨拶してくれた。追い出される前に部屋を出ていたようだ。さすがだな。お前たちも一緒に朝食に行こう。ああ、遠慮するな。


賑《にぎ》やかな朝の食事だった。

名残《なごり》惜しいが、席を立つ。今日はこのあと、〝四ノ村〟こと太陽城に行く予定だ。

クロとユキは一緒に……俺の部屋で寝なおすようだ。ザブトンの子供たちは……それぞれ、仕事があるのね。了解。頑張ってね。


しかし、同行者がいないとなると…………おっと、そこの酒スライム。一緒に行くか？　うん、〝四ノ村〟。

………。

酒スライムは、俺に気を使いながらも同行を断った。そうか、酒スライムは〝四ノ村〟に行く理由がないもんなぁ。

〝四ノ村〟にも酒はあるが、あそこはある種の閉鎖《へいさ》環境なので生産量、消費量は厳密に計算されている。さすがの酒スライムも、そんな場所で盗み飲みをするほど悪辣《あくらつ》ではない。

まあ、だからと言って〝大樹の村〟での盗み飲みが許されるわけじゃないけどな。ちゃんとお前の飲み分として、ほかの住人より多くの酒が定期的に渡されているだろ？　一応、ドワーフたちの造った酒の良しあしを計る仕事をしているしな。

もらった酒より、盗み飲む酒？　そうかもしれないが……もらった酒は、ほかのスライムたちに分けてる？

いや、たしかにお前以外のスライムたちには酒を渡していないが……全てのスライムが飲むわけじゃないが、飲むスライムは存在すると。そうか……じゃあ、ちゃんと分配してやらないとな。ん？　そのあたりは酒スライムがもらった酒でやるから、任せてほしい？　ふむ……それなら任せたぞ。量が足りない場合は、言ってくれ。

スライムたちは、村の衛生を守るために見えない場所で働いている。酒が欲しいというなら、渡そうじゃないか。

だが、何度も言うが、それで盗み飲みが許されるわけじゃないぞ。俺が許しても、アンたち鬼人族メイドが許さない。うん、怖いんだ。だから、ほどほどにな。

酒スライムが去っていくのを見送りながら、俺は同行者をどうしようかと悩む。

一人というか、万能船の船員がいるし、行き先も〝四ノ村〟だから身内の場所。同行者は必要かと聞かれると、いらないと答えるのだが、俺の妻たちは俺が単独で行動することにいい顔をしない。

ドースなどは、妻の顔色をうかがってどうすると言うが、ドース自身は妻《ライメイレン》の顔色をうかがっているので説得力はない。

それに、俺としては妻たちの顔色をうかがっているのではなく、心配させたくないだけだ。なので同行者は必要だと結論。

ん？　空飛ぶ絨毯が、私がいるじゃないかとヒラヒラしていた。

…………。

その空飛ぶ絨毯には、ハクレンの娘であるヒミコがくっついていた。

どうしたんだ？　さっきまでヒミコをあやしていた？　寝たので置いてきたが、いつのまにかいたと？

空飛ぶ絨毯はゆっくりとヒミコを床《ゆか》に降ろし、距離を取ろうとするが……すぐに掴《つか》まれた。

生後、まだ一年経《た》っていないのになかなかの握力のようだ。いや、竜だからかな？

空飛ぶ絨毯が振りほどこうとしても、振りほどけない。まあ、空飛ぶ絨毯もヒミコを怪我《けが》させないように、全力で逃れようとはしていないが。

「こんなところにいたのね」

ハクレンがヒカルを抱きながらやってきた。ヒカルも空飛ぶ絨毯のところに行きたいのかジタバタしている。

ヒカルとヒミコは双子だ。生まれたときヒカルは目が開けられないぐらい光っていたり、ヒミコはなにも見えないぐらいの闇に包まれていたが、現在はそういった様子はない。コントロールできるようになったのかと思ったが、まだまだ未熟らしい。

なので、俺が近づくとヒカルは光るし、ヒミコは闇に包まれる。まだまだ未熟だから。けっして、俺が嫌われているわけではない。親子のコミュニケーションの時間を増やそうとは思うけど。

「気にしなくて大丈夫。照れているだけだから。ヒミコ、連れて行くね」

ハクレンはヒミコを抱きかかえ、部屋に戻っていった。ヒミコの手はぎゅっと空飛ぶ絨毯の端を掴んで離さなかったので、空飛ぶ絨毯も一緒に。

空飛ぶ絨毯は、俺に同行できなくて申し訳ないと謝ってくれた。いやいや、謝る必要なんてないんだぞ。その気持ちだけで十分だ。

…………。

ただ、父親として娘《ヒミコ》に気に入られている空飛ぶ絨毯に、嫉妬《しっと》の気持ちがあると言えば、ある。俺も飛べるようになったら、ヒミコに気に入られるだろうか？　魔法の勉強も、頑張ってするようにしよう。

とりあえず、話を戻して同行者だ。

収穫後で、武闘会の前なので、俺以外の者はいろいろと忙しい。クロとユキもいまは寝ているが、昼になれば冬に備えての食糧を確保するため、子供たちを引きつれて狩りに励《はげ》む。

どうしようかなと思っていると、意外な者が立候補してくれた。フェンリルたちだ。

最初のフェンリルは、クロの子供の一頭がどこかから拾ってきたんだったよな。拾われた当初は子犬みたいでかわいかった。

そのフェンリルの世話を拾ってきたクロの子供がやっていて、いつのまにかフェンリルとそのクロの子供がパートナーになって、子沢山《こだくさん》になっていた。いまではフェンリルたちは冬の防衛の要だ。

よしよし。それじゃあ、一緒に行くか。

と言いたいが……全員は無理だ。数を絞《しぼ》ってくれ。

うん、数が多すぎるとちょっと……フェンリルは通常状態でも体が大きいからな。ああ、万能船に乗りたい希望者が多いのね。わかったわかった。それじゃあ、全員で行こうか。

ただ、〝四ノ村〟で一緒に行動するのは数を絞るぞ。わかったら、返事。よし、いい返事だ。

4　広がる〝四ノ村〟

お昼過ぎ。

俺は万能船に乗り込み、天空にある〝四ノ村〟を目指す。屋敷を出る直前、勉強が終わった子供たちが見送ってくれたので、俺のやる気はアップだ。

子供たちを連れて行くことも考えたが、子供たちは子供たちでやることがある。武闘会のあとの宴会で発表する演劇の準備と練習だ。

子育てで先生を休んでいるハクレンのために、子供たちが発案したらしい。基本、子供たちだけでとなっているが、グーロンデと死霊魔導師《デスウィザード》が監督をしてくれている。また、大道具や小道具は、こっそりとハイエルフや山エルフの有志が協力している。

これを邪魔するなんて、俺にはできない。

気を取り直して。

〝四ノ村〟への同行者はフェンリルたち。フェンリルのパートナーであるクロの子供たちも一緒だ。

全部で……四十頭ぐらい？　なので、万能船の甲板《かんぱん》はそれなりに手狭《てぜま》になっている。押し合って、落ちるんじゃないぞ。

俺が注意していると、万能船の船長であるトウが出航してもいいかと俺に聞いてきた。

ああ、問題はない。〝四ノ村〟まで頼む。

「あいよ、任せておきな。野郎どもっ！　出航だ！」

トウの声掛けに、ほかの船員たちが威勢《いせい》よく返事して、万能船が浮かび出した。

最初の浮遊《ふゆう》感に、初めて万能船に乗ったフェンリルたちやクロの子供たちが不安そうな声を出す。

そして、万能船の高度が上がると、数頭のフェンリルが無言で船室に向かった。よく見ると、足が震えている。高いところが怖いのだろう。

わかるわかる。慣れないと怖いよな。だが、船室は荷物でいっぱいなんだ。すまないが、無理やりに入ろうとするのはやめてくれ。

あと、船首に陣取っているフェンリルたち。高いところでテンションが上がったのだろうけど、揃《そろ》って遠吠《とおぼ》えするのはやめてくれ。お前たちの声は、遠くまで聞こえるから。ほら、下の森でなにやら騒ぎになっている。村とは逆方向に向かっているようだから、いいけど……。

村に戻ったら、警備をしているクロの子供たちや天使族に謝っておこう。驚かせてしまったかもしれないからな。ほらほら、落ち着いて。

〝四ノ村〟まで、ちょっと騒がしかった。

〝四ノ村〟に到着。

あー、フェンリルたち。万能船と〝四ノ村〟を繋《つな》ぐ桟橋《さんばし》が怖いのかもしれないが、そのままだと荷降ろしの邪魔になるから……落ちても大丈夫なようになっているから。魔法的なもので。原理は俺もよく知らないけど。

〝四ノ村〟に到着しても、ちょっと騒がしかった。

〝四ノ村〟で俺を出迎えてくれたのは、〝四ノ村〟の村長代行である悪魔族のクズデン。それと、マーキュリー種のベルとゴウ。

出迎え、ありがとう。待たせてすまなかった。ああ、無事にフェンリルたちは降りることができた。万能船が、桟橋を下から支えてくれてな。そう、腕で。

万能船の腕は、荷物の積《つ》み込みや積み下ろしに大活躍している。全ての船に装備するのもいいんじゃないかと思えるぐらいだ。船は万能船しか持ってないけど。あ、いや、エルフ帝国《ていこく》の船があったか。帆《ほ》がなくても動く船なのに、無理やりに帆をつけた船が。正確には俺の船ではなく、ヒイチロウの船になるけど。

あの船、マイケルさんに運用を任せているんだよなぁ。いま、どうなっているだろう？　今度、聞いておこう。

とりあえず、いまはクズデンとベルとゴウだ。

今日はよろしく頼む。おっと、俺の同行者としてのフェンリル二頭を忘れてはいけない。それなりに若い個体だが、万能船で大人しくしていたので選んだ。万能船から降りるのも、早かったしな。ほかのフェンリルたちから文句が出ているが、これから行くところは〝四ノ村〟の端。つまり、景色のいい場所になるぞと言ったら、静かになった。

すまないが、帰るまでそのあたりで待機しててくれ。そう時間はかからないさ。


さて、俺が〝四ノ村〟に来たのには、理由がある。

〝四ノ村〟の拡張案の検討だ。

前々から〝四ノ村〟で栽培《さいばい》している香辛料《こうしんりょう》の収穫量に関して、問題が出ていた。需要量に対し、供給量が少ないのだ。

栽培する量を増やせばいいのだろうけど、土地に限りのある〝四ノ村〟ではなかなか難しい。畑にできる場所は、ほぼ全て畑にしている現状ではなおさらに。

そこで〝四ノ村〟から提出された拡張案。

「簡単に説明すると、現在の〝四ノ村〟を大きくするだけなのですが……村長の許可なく行うのはどうかと思い、提案させていただきました」

ベルの説明に俺は頷くが、事前に〝大樹の村〟で話を聞いている。

拡張作業の安全は確保されているらしい。拡張後の〝四ノ村〟の運航にも問題はない。必要なのは俺の許可。

さすがに現場を見ずに許可を出すのも問題かと思い、ここにやってきたのだが……〝四ノ村〟の端には、小さな土の山ができあがっていた。

「作業をしても？」

ベルの確認に、俺は声に出して許可を出す。

やってよし。

「ありがとうございます」

ベルは俺に向けて一礼したあと、小さな土の山に向かって魔法を放った。

小さな土の山が崩れ、意思があるように動きだしたかと思えば、そのまま〝四ノ村〟の端にくっついて広がっていく。十メートル四方ぐらい広がったかな？　最初にあった小さな土の山の量から考えると、狭い気もするが……圧縮具合や、厚くしなければいけない部分などあるのだろう。

さすがにこの一回だけで拡張作業が終わりではなく、これを何回も繰り返す予定だ。目標は、現在の畑面積が倍になるぐらい。

ただ、ベルの魔力の回復や、拡張用の土の用意などを考えると、作業完了は来年の春だな。ベルの計画では、今年の冬のあいだに終わらせるそうだが……無理はしないように。

「承知しました。それと、ゴウのほうからいくつか提案がありまして」

ゴウから？　事前に聞いていない内容だよな？

「すみません。経費計算に苦戦しておりまして、資料としてはまだ揃っていないのですが、見ていただければ」

ゴウの案内で、〝四ノ村〟の中心に向かう。

そこにあったのは……直径十メートルぐらい、厚さが一メートルほどの円盤《えんばん》が二枚。一枚は地面に。もう一枚は、地面にある一枚の……十五メートルぐらい上に浮かんでいた。

なんだこれ？

「下も浮きます」

ゴウが指を鳴らすと、地面にあった円盤が一メートルほど浮かんだ。

上にある円盤も、同じように一メートルほど高くなった。下の円盤と上の円盤は連動しているのか。でもって、下も浮くから……。

「太陽城の別邸として計画されていたものです」

別邸？　ああ、なるほど。この円盤の上に建物を建てるのか。

「はい。土を盛れば、畑としても使えます」

なるほど。ベルの拡張案は、〝四ノ村〟自体を広げる案だったが、ゴウは新しく浮遊する土地を用意する案か。

「はい。さらには、上のふたを増やすことで多層構造にすることもできますし、端いっぱいまで使うのは難しいですが水を入れることで巨大な貯水池にすることも可能です」

おおっ！　ベルには悪いが、こっちだけでよかったんじゃないか？

「残念ながら、予算面がすごいことになりそうでして…………まだ計算の途中ですが、削れる部分を削っても、だいたいこれぐらいは……」

ゴウが見せてきた紙には、〝大樹の村〟の一年間の売り上げ金額に近い額が書かれていた。これはちょっと腰が引ける。

「それに、畑を増やすことで香辛料の収穫量は増えますが、増えた分だけ需要が満たされ、取引価格にも影響するでしょうし……」

無理に畑を増やしても費用の回収が難しいとゴウは判断しているようだが、香辛料の需要は大きい。数倍に増える程度では値は変化しないだろう。

実際、いまの供給量で賄《まかな》えているのは〝シャシャートの街〟の《マルーラ》とゴロウン商会、あとは〝五ノ村〟にある《酒肉ニーズ》と《麺屋《めんや》ブリトア》、《麺屋ブリトア》が仕入れを手伝っているラーメン屋ぐらい。

ゴロウン商会への香辛料の問い合わせを考えると、収穫量が十倍になっても値は動かないと思う。増えた土地で生産される香辛料の儲《もう》けを考えると、俺としてはこの予算を出せる。腰は引けたが出せちゃう。ならば躊躇《ちゅうちょ》することはない。実行だ。

「よ、よろしいので？」

よろしいのだ。やっちゃえ。完成を楽しみにしているぞ。

「はい。お任せください」

ゴウが勢いよく頭を下げた。そして、こっちを見る。

ん？　なんだ？

「ここにあるのはサンプルで、実際には直径が百メートルぐらいの大きさになります」

あー……そうか。

太陽城に来る客の別邸なら、それぐらいのサイズは必要か。

「一基を三層から四層の多層構造にするとして、四基ほど浮かす計画です」

一層が直径百メートルの……えっと、円の面積は、半径×半径×π《パイ》（3・14）だったよな？

まあ、四角の面積の七割から八割ぐらいの大きさになるはずだ。それでも、かなり畑が広がるだろう。

…………。

まさか、必要経費が増えるの？

「いえいえ。予算は先ほどの金額に収めます」

よかった。

ん？　それじゃあ、なにが言いたいんだ？

「畑をかなり広げることができますので、その……」

ゴウが少し迷ってから、言った。

「城の内部の畑を、そちらに移動することは許されるでしょうか？」

あー……ゴウとしては、見慣れた城の内部がいつまでも畑なのは抵抗があるか。気が利かなくて、すまなかった。

「い、いえ……畑であることにも見慣れましたので……そうではなく、その……」

ゴウが言おうとするのをクズデンが止め、代わりに言った。

「悪魔族、夢魔族の子供が増えて、居住環境の改善が必要になりました。最初は、この別邸のほうに移動する案もあったのですが、全員が同じ場所というわけにはいかなくなりますので……村長にとって大切な畑を移動させる愚案《ぐあん》ですが、お許しください」

愚案って……待て待て。さすがの俺でも、畑より居住環境だ。子供たちが絡むとなれば、なおさらな。

俺がそう言ったら、めちゃくちゃ驚かれた。俺ってどう思われていたんだ？

「畑の守護神」

ベル、ゴウ、クズデン。声を揃えて言うんじゃない。

あと、同行してくれたフェンリル二頭よ、お前たちも頷くのか？　いや、たしかに畑を荒らす者には容赦《ようしゃ》しないけどな。

ともかくだ。

居住環境の改善を優先。最悪、香辛料の収穫量が減ってもいいから。

〝四ノ村〟の拡張計画も、ベルの案とゴウの案を同時にやるということで。必要なものがあったら、遠慮なく言ってくれ。

頼んだぞ。

〝四ノ村〟での用事は終わったが、万能船の出航準備ができていない。トウの話では、あと二時間ほどかかるそうだ。

なので、〝四ノ村〟をぶらぶら。

フェンリルたちは……ゴウが用意した直径十メートルぐらいの円盤に乗って遊んでいる。行きの万能船で怖がっていたフェンリルたちもだ。

これは地面からあまり離れていないから、怖くないと。なるほど。

見えている地面は空を飛ぶ〝四ノ村〟のだから、実際はかなりの高度なのだが……それが感じられなければ、大丈夫なわけか。理解はできる。

ああ、だからってそんなに暴れたら壊れるんじゃないか？

「あの程度では大丈夫です。まあ、乗った直後は少し沈み、降りた直後は少し浮きますが、すぐにもとの高さになります」

ゴウとクズデンは居住環境の改善案をまとめに城に戻ったので、残ったベルが説明してくれた。

たしかに、フェンリルたちが乗ると少し沈み、フェンリルたちが降りると少し浮く。だが、すぐにもとの高さに戻っている。

「大きな重量が動けば、どうしても反応してしまいますので」

フェンリルたちは、一頭でもそれなりに重いからな。仕方がないだろう。

しかし、これは円盤のサイズが大きくなっても同じなのか？

「いえ、サイズが大きくなれば、重量の変動に対する許容量が増えますので大丈夫です。人の乗り降り程度では、微動だにしないはずです」

へー。

ところで、この円盤は自力で浮遊しているのだろうけど、この場所での固定はどうやっているんだ？　〝四ノ村〟の移動に置いていかれるんじゃないのか？

「〝四ノ村〟を包む力場《フィールド》がありますので。でなければ、気圧や風圧でとても生活は……」

たしかにそうだな。

しかし、ゴウはこれを〝四ノ村〟の周囲に浮かせるのだろう？　〝四ノ村〟を包む力場は大丈夫なのか？

「そのあたりを強化できる目途《めど》が立ったので、今回の提案です」

〝四ノ村〟の機能は、武装以外は全盛期を取り戻しつつあるらしい。

「ただ、問題もありまして……竜族です」

竜族？

「はい。万能船のときに、竜族の監査が入ったと聞いております。あの円盤……正式には、浮遊庭園と呼ばれるものですが、ある意味で万能船と似た機能を備えていますので」

似た機能？　つまり、腕か？

「え？　腕、あったほうがいいですか？」

い、いや、ないならいいんだ。

「ゴウに言って、腕の装着を検討させますよ」

便利そうではあるが、ゴウは嫌がりそうじゃないか？

「嫌がるでしょうねぇ。ふふふ」

わかっていたら、そういう方向に話を持っていかないように。まあ、言い出したのは俺だけど。


話を戻して。

ルーが万能船を造ったとき、たしかにドースと今後の製造に関していろいろと話し合っていた。ドースも嫌がらせで止めているわけではなく、竜族が魔道具の進化速度を管理しているからだ。このあたり、ドースたちと〝シャシャートの街〟に行ったときに聞いたな。

しかし、万能船のように自由に浮遊移動できるわけじゃないんだろ？

「いえ、できます」

そうなの？

「小さな太陽城みたいなものですから」

そう言われると……そうか。

「なので、浮遊庭園を使って、地上との往来もできますよ」

どういうことだ？

「昇降《しょうこう》機《き》として使えるということです」

昇降機……つまり、エレベーター。

「〝四ノ村〟を着陸させるのは大変ですが、小さな浮遊庭園なら着陸しても影響が小さいですしね。私たちが生まれた時代では、一人乗りできるサイズのものを建物内で使っていました。ああ、王侯《おうこう》貴族か大手の商人だけですよ。庶民《しょみん》には手が出る値段ではなかったので」

なるほど。

つまり、いまフェンリルたちが乗っている円盤が、そのまま地上に向かって降下することができるわけか。

「安全な速度での降下ですので、危険は少ないですよ」

そう説明したとしても、フェンリルたちが恐怖に慄《おのの》くだろうなぁ。

俺とベルの会話を聞いていたのか、フェンリルたちがゆっくりと円盤から降りて、距離を取り始めた。ははは。無理に乗せたりしないよ。

「また話が逸《そ》れました。すみません。話を戻します。ええと、竜族にこの浮遊庭園の使用を止められる可能性があります」

だが、それならゴウは話を進めないだろ？　俺に説明する前に、ドースたちに話をすると思うのだが？

「ドライムさまに相談をしております」

そうなんだ。

「ハクレンさま、ラスティさまは、子育てに忙しそうでしたので」

あー、そうだな。

「そこに、ダイコンを持って踊《おど》っているドライムさまが通りかかり……」

通りかかったのか。まあ、でも、ドライムに相談できたなら、問題はないんじゃないのか？

「それがその……」

？

「浮遊庭園が独立しているから問題なのであって、それを解決するために〝四ノ村〟と浮遊庭園をロープなどで結び、〝四ノ村〟の一部と主張すれば問題ないとのアドバイスをいただきまして……」

えー……それでいいの？

「ですよね？　それでいいのと思いますよね？　ですが、ドライムさまのお言葉ですし、ゴウもそれを受けて前向きに話を進めだしまして……正直、私は不安がいっぱいです」

な、なるほど。えーっと、ベルには苦労をかけるなぁ。

一応、俺からドースに円盤……えーっと、浮遊庭園の話をしておくよ。

あと、個人的なお願いなんだけど。

「よろしくお願いします」

「はい、なんでしょう？」

浮遊庭園の話に問題がなかったら、ロープだけじゃなく吊《つ》り橋《ばし》もかけて、飛べない者でも移動できるようにしてくれると助かる。

「あ、なるほど。承知しました」

村に戻ってドースに早速報告。

「〝四ノ村〟の拡張が目的であろう？　ドライムから聞いておる。ロープで繋ぐ案も問題ない」

ドライム、ちゃんとドースに報告していたんだ。すまない。ちょっと心配していた。

だが、浮遊庭園に関してはそれでいいのか？

「うむ。ただ、昇降機の利用はこの森の中だけにしてほしい。要は万能船と同じ扱いを希望する」

わかった。ゴウたちに言っておく。

「対価は必要かな？」

いや、いいよ。値段が高いみたいだし、普及《ふきゅう》させようとは思わないから。

普及させたら絶対に落下事故が起きる。ベルたちの生まれた時代なら、空飛ぶ絨毯などを利用して空を飛ぶ魔法使いも珍しくなかったらしいが、いまの時代だとなぁ。

天使族の休憩場所には適しているかもしれないけど。

村に戻ってきての会話。

「あ、浮遊庭園の案、通ったんだ」

ルーが俺にそう言ってきた。

知ってたのか？

「そりゃね。万能船を造ったのは私よ。似たようなものを造ろうと思ったら、私に相談しに来るでしょ？」

なるほど。ゴウはルーにも相談していたのか。

「だけど、あれってかなりお金がかかるはずなんだけど……〝四ノ村〟で出せるの？」

ああ、俺が出すことにしたよ。〝四ノ村〟の生活環境の改善が目的。香辛料の収穫量を増やしたかったからもあるけど。

「……」

なんだ？　変な顔だな。

「えーっと……」

どうした？

「お金がかかる原因は、私が用意する魔法素材なの」

え？

「その魔法素材のほとんどが、この村の薬草畑《やくそうはたけ》や温泉地で取れる鉱石なんだけど……」

つまり？

「私が村で用意できる物に、適切な価格をつけたのがあの値段なのであって……村長が支払うって話になるなら、お金が行って戻ってくるだけなんだけど」

……えーっと、外部から仕入れるのは？

「ゴロウン商会や王都のダルフォン商会に頼めばできるけど、商会の仕入先がこの村になるわよ。まとまった量を用意できるの、この村ぐらいだから」

………。

「帳簿《ちょうぼ》の上でだけ、お金を動かしておく？」

面倒なことをして、文官娘衆たちに負担をかける気はない。一番簡単な方法で。

「じゃあ……お金のやりとりはなし。〝大樹の村〟が〝四ノ村〟に素材を提供するという形にするわね」

それで頼む。

だが、〝四ノ村〟の拡張が目的でゴウから相談を受けたんだろ？　最初っからそっちで話を進めてくれれば……。

「村長、普段は各村の独立採算を求めているでしょ。だからよ」

むう。たしかに。なんでもかんでも、世話をするのは違うと思う。

つまり、ルーの行いは正しい。

だが、今回は生活環境の改善が目的。急務。

あと、香辛料の収穫量が増えれば、回収できるだろうなぁと思って。だから、俺の行いも問題はない。ないはず。

…………。

〝四ノ村〟だけ特別扱いはよろしくない。〝一ノ村〟、〝二ノ村〟、〝三ノ村〟にも、困ったことがないか確認に行くとしよう。

〝五ノ村〟は、困ったことがあればヨウコが言ってくるだろうから大丈夫。

まあ、あとで聞いておくけど。

6 天使族の憂鬱《ゆううつ》

〝大樹の村〟の俺の屋敷の大きな一室に、天使族の大人組が勢揃《せいぞろ》いしていた。

ティア。

殲滅《せんめつ》天使と呼ばれたりする、最強の天使族。

…………。

最強？

「天使族の中で一番という意味でとらえてください」

あ、はい。

えーっと、ティゼル、オーロラの母親でもある。

「二人とも、元気に育ってます」


グランマリア。

皆殺し天使を構成する三人組の一人。ローゼマリアの母親。

「騎兵槍《ランス》のグランマリア。そうお呼びください」

そんなふうに呼ばれているの？

「いえ、自称です。言い続ければ、そのうち言ってもらえるようになりますので」

へー。


クーデル。

皆殺し天使を構成する三人組の一人。急降下でクロたちの角が装着された槍《やり》を投げるのが好き。

「百発百中で当ててますよ」

うん、そんな感じだよな。

「はい」

だからって、練習で角が装備された本物を投げる必要はないよな。

「あの爆発がいいのです。あれは本物でなければ……」

それで、この持ち出し申請か。ちゃんと申請したのは褒めてやりたいが……百本は多いよな？

「百発百中を証明したくて」

しなくていいです。

「えー」

二本だけ許可しよう。

「わーい」

これでも、ララーデルの母親である。

コローネ。

皆殺し天使を構成する三人組の一人。トルマーネの母親。

…………。

「もっと個性を出せるように頑張ります」

いや、無理する必要はないんだぞ。

「いえ、このままでは三人組の名前が出ない一人となりそうで」

俺は忘れることはないが、努力する姿勢は大事だ。頑張れ。

「はい、頑張ります」


スアルリウとスアルコウ。

双子の天使族。

「双子だからと一緒に扱うのはどうかと」

「そうです。ちゃんと個人を見てください」

いや、そう言われても。

「なんですか？　私たちには双子ぐらいしか個性がないというのですか！」

「ですか！」

そう言うなら、二人で揃った動きをしないでもらえるかな？

「揃って動くと、喜んでもらえるので」

「笑顔のためです」


キアービット。

天使族の長《おさ》であるマルビットの娘。〝ガーレット王国〟の元天翼《てんよく》巫女《みこ》。

天使族の規律に厳しいようだったが……。

「まあ、細かいことを気にしても仕方がないってわかったからね」

かなりくだけたようだ。そういや、久しぶりな気もするな。

「なかなか〝ガーレット王国〟が離してくれなくて」

ここにいるってことは、離してもらえたんだ。

「逃げてきたのよ」

それって大丈夫なのか？

「細かいことは気にしないの」

それでいいのか？


マルビット。

キアービットの母親であり、天使族の現在の長。おっとりした面もあるが、策略家の面もあり、甘く見てはいけない。

キアービットが天翼巫女の地位を放り出したので、天翼巫女をゴービットの偽名《ぎめい》で兼任している。

「〝大樹の村〟のチェスチャンピオンでもあるわね」

誇《ほこ》らしげに胸を張っているが、部屋の外でクロヨンが待っているからな。

クロヨンはマルビットとチェスの勝負で互角だ。現在のチャンピオンはマルビットだが、クロヨンがチャンピオンだった時期もある。

「ふっ。今年の冬も、コタツを満喫《まんきつ》するためにしっかりと防衛させてもらうわ」

ルィンシア。

天使族の補佐長。ティアの母親であるので、ティゼルやオーロラのお祖母《ばあ》ちゃんになる。

「最近は孫がかわいくてかわいくて……」

積極《せっきょく》的にお世話してもらっているようで、助かります。ただ、ティゼルに変なことを教えるのは止《や》めてもらえれば。

「天使族として、恥《は》ずかしくない教育をしているだけです。まあ、綿《わた》が水を吸うかのように知識を吸収するので、ついつい教えすぎてしまうことはありますが…………ティゼルは優秀なので、大丈夫です」

本当に大丈夫なら問題はないのだけど……。

ティアが、ちゃんと見てるから大丈夫とサインを送ってくれた。ありがとう。

でも今度、ティゼルが村に戻ってきたときに家族会議をやろう。うん、魔王の奥さんである学園長や、内政担当のランダンから、ティゼルに関する意見書が届くんだ。

苦情じゃない。意見書。ただ、文章の端々《はしばし》から「お宅《たく》のお子さんの教育は、どうなっているのですか？」といった意思を感じるから。

俺の考えすぎならいいんだけど。

ラズマリア。

髪の毛がゴージャスで胸もゴージャス。

柔らかい物腰と言動から天使族というより、女神っぽい感じ。でも天使族。

グランマリアの母親であり、ローゼマリアのお祖母ちゃん。

「孫の優秀さでは、ローゼマリアも負けていませんから」

ローゼマリアはまだ小さいからな。

競わないように。子供は全員《みんな》、優秀でかわいい。それでいいじゃないか。

スアルロウ。

背が低く、幼女に見えることもあるが、これでもスアルリウ、スアルコウの母親であり、天使族の強硬《きょうこう》派であるロヒエール派の筆頭天使。

以前は穏健《おんけん》派であるマルビットたちと敵対……対立していたらしいが、いまではマルビットと一緒のコタツに入ってミカンを食べるぐらいになっている。

まあ、その強硬派とか穏健派とかはすでに瓦解《がかい》しているらしい。なぜ瓦解したのだろうか？

「この村の存在を知れば、強硬派とか穏健派とかで争うのが馬鹿馬鹿しくなりますので」

〝大樹の村〟が争いを止められたなら、嬉しいことだな。

「天使族は一つとなり、〝大樹の村〟のために働きます。今後とも、よろしくお願いします」

ああ、よろしく。


レギンレイヴ。

天使族の長老衆の一人で、最古の長老。

近年は寝て過ごすことが多かったが、最近は普通の生活リズムになっているらしい。

「刺激のある生活は大事ということですね」

そうだな。適度な刺激は大事だ。

「最近は食欲も旺盛《おうせい》で、自分でも驚いています」

健啖《けんたん》なのはいいことだ。村の収穫量も増えているし、遠慮することはないぞ。

「はい、ありがとうございます」


これで全員かな？

マルビットやキアービットたちが引きつれたほかの天使族もいるが、彼女たちは部屋の外で休んでいる。彼女たちが到着したのは昨日で、森の上空を飛ぶのに気を張ったとかで疲れているそうだ。天使族の自己紹介みたいなことをしたのは、俺が天使族の大人組を覚えているかどうかのチェックだそうだ。

まあ、天使族の見た目は若い女性。そのことを知らなければ、全員が姉妹に見えてしまう。それゆえのチェックだそうだが……。

ティアやグランマリアたちをチェックする必要はあったのかな？　さすがに忘れないぞ。スアルリウやスアルコウも、ずっと村にいるし。

キアービットやマルビット、ルィンシァは忘れられない個性《キャラ》だ。ラズマリアは、天使族の子供たちの世話をしてくれている。

スアルロウは村にいるときは村の警備、レギンレイヴは俺の護衛役をやってくれているのだ。忘れることがあるだろうか？

まあ、冬しか来ない天使族の紹介をしていると思えば、問題ない。

誰に紹介しているのだって？　天使族の子供たちにだ。大人組で揃っているから、気になったようだ。

ララーデルとトルマーネは、鬼人族メイドが抱っこしながら連れて来た。オーロラは全員を覚えているようだ。

ローゼマリアは……ラズマリアに懐《なつ》いているなぁ。ルィンシァ、対抗しない。

あ、ララーデルとトルマーネはまだ小さいから、無理しなくていいぞ。ふんわりとでいいからな。

スアルリウ、スアルコウ、入れ替わりで子供たちを混乱させない。そういうことをするから、双子を強調されるんだぞ。

「双子という珍しい生まれを利用しなければ」

「まったくです」

はいはい。久しぶりに揃ったんだ。話し合うこともあるだろう。

食事と酒を用意している。遠慮なく食べて、飲んでくれ。ああ、移動してきた者は無理しないように。武闘会の開催に間に合わせたのだろうけど、無理すると満足に戦えないぞ。

俺はそう言って、子供たちを引きつれて部屋を出ようとした。

キアービットに止められた。

ん？　子供たちだけ、部屋の外？　鬼人族メイドたちが料理や酒を運んで来るのも、止めた。クロヨンもまだ？　どうしたんだ？

「少し真面目な話があって」

なんだろう？

キアービットだけでなく、全員が真面目な顔をしている。

「言いにくいのだけど……」

こっちは聞きたくないのだけど……聞かないわけにはいかないよな。

え、遠慮なくどうぞ。

「えーっと、私たちのいた国なんだけど……」

〝ガーレット王国〟だな。

「分裂《ぶんれつ》しちゃった」

………。

は？

7 他国の話

キアービットから〝ガーレット王国〟の分裂の話を聞いた。

なんでも、四つの勢力に分裂したそうだ。

天使族の助言通りにやっていこうとする【従順派】。天使族による助言からの卒業を願う【脱却《だっきゃく》派】。〝ガーレット王国〟を捨てる天使族を敵と定めた【敵対派】。天使族がどうとか気にせず、ただ強力な国家を目指そうとする【独自派】。

というのがキアービットの説明。

えーっと……つまり、現状維持《いじ》で温厚なのが【従順派】かな？

「残念。彼らは私たちを追って〝魔王国〟に移住し、その後の独立建国を考えているのよ」

違った。過激だった。

「ちなみに、一番大きい勢力」

最悪じゃないか！

〝ガーレット王国〟の規模を知らないので、一番大きい勢力と言われても人数が予想できないが、百人や二百人じゃないのはたしかだろう。分裂したとはいえ国の規模なんだから、万単位だよな。

そんな大人数の移住が、問題を起こすのは誰だってわかる。俺でもわかる。

〝五ノ村〟を作ったときも大変だった。希望者が各地から集まり、種族や生活習慣の違いで問題が頻発《ひんぱつ》した。

ヨウコの活躍で、〝五ノ村〟では大事にはならなかったが……〝魔王国〟はその規模の移住や移民を受け入れられるだろうか？

いや、〝魔王国〟のこれまでの歴史から、〝魔王国〟の行動方針に恭順《きょうじゅん》しての移住なら苦労してでも受け入れるだろう。だが、移住のあとで独立建国を考えているなら受け入れない。それはただの反乱勢力だ。

魔王に連絡…………いや、その前に確認。現状はどうなっているんだ？　もう移動を開始しているのか？

「【従順派】に絡めとられた天使族《どうぞく》が止めてるわ」

よかった。

あ、いや、絡めとられた天使族は大丈夫なのか？

「自分から好んで絡めとられた者だから、気にしなくて大丈夫よ」

キアービットの説明がちょっと理解できなかったので、ティアに視線を送ったら横にいたルィンシアに男女の関係で残った者だと教えてもらえた。

「結婚は例の厳しい試練《しれん》できませんでしたが、それでも別れずに八十年。男性側は人間種なのでそろそろ寿命《じゅみょう》を考えるころで……それゆえ、捨てられないとのことです」

な、なるほど。

「割り込んでしまい、失礼しました。キアービットさま、続きをどうぞ」

ルィンシアから促《うなが》され、キアービットが話を続ける。

「その男性は、現在の〝ガーレット王国〟の国王の叔父《おじ》にあたる人物よ。先王の弟ね。〝ガーレット王国〟での発言力もそれなりにあり、実質的に【従順派】を止めている人物なのよ」

実質的？

「天使族の基本姿勢《スタンス》は助言者《アドバイザー》だからね」

実際に動いているのが、その先王の弟ってことか。

ん？　待って。その先王の弟が寿命を迎えたら【従順派】が移動を開始するってこと？

「そうなっちゃうかな」

…………な、なんだったら世界樹《ユグドラシル》の葉を持っていくか？

「ありがと。でも、当人が寿命を迎えることを望んでいるからね。パートナーの天使族も納得しているし、こっちの都合で先送りにしてってわけにはいかないでしょ？」

……まったくもって、その通り。反省。

「まあ、問題はそれより緊急のことがあって」

緊急の問題？

「【従順派】は移住を考えて海に面した場所に移動を開始していたのよ。止められたから国外に出てないけど、国の東側は【従順派】が支配している状態」

まあ、そうなるか。

となると、問題は東側に元いた別の勢力との抗争かな？

「それもあるのだけど……えっとね」

キアービットが言いにくそうにして、周囲に助けを求めている。だが、周囲の天使族はそっぽを向いた。事前の話し合いで、キアービットから伝えることになっているようだ。キアービットは諦《あきら》めたようだ。

「【従順派】が支配している場所というか勢力なんだけど……」

ふむ。

「〝ガーレット王国〟を改めて、〝六ノ村王国〟を名乗っちゃって」

……か、変わった名前の王国だな。

「だよねー。ははははははは……」

すぐに変更するように。

「やっぱり？」

当然だ。知っている人には、〝大樹の村〟が関わっていると思われる。

「知らない人は……六つの村から始まった王国と考えることも」

かもしれないが、余計な問題を招きたくない。

俺が国名をどうこう言うのもおこがましいが、キアービットやマルビットなら変更させることもできるのだろ？　〝六ノ村王国〟という国名は困る。変えさせてくれ。

「そこでお願いがあるんだけど……」

ん？　お願い？

「実のところ、私たちもその国名は問題があるだろうと思って、変えるように命じようとしたんだけど……」

命じようとした？　してないのか？

「たとえば。そう、たとえばの話だけど、〝大樹の村王国〟という国名はどう？」

は？　〝ガーレット王国〟の【従順派】の支配地域の国名だよな？　駄目に決まっている。いや、俺が駄目というのも変だけど。

〝大樹の村〟は、この村の大事な名前だ。勝手に使わないでほしい。

「うん。そこでお願いに繋がるのだけど……国名を考えてほしいの」

俺が？　【従順派】の支配地域の国名を？

「変更しろと命じたとして、次の国名がどうなるかわからないでしょ？」

まあな。

「向こうの活動方針から、こちらに不満のある国名になる可能性が高いと思うの。そこで、こっちから国名を押しつければいいと思うのだけど、私たちで考えても村長の判断次第になるなら、村長に任せたいなって」

…………。

な、なるほど。キアービットのお願いは理解した。

だが、俺に国名を考えるという大役を与えないでほしい。天使族から候補を出して、そこから選ぶ形にさせてくれ。

「わかったわ。それじゃあ、これが候補の一覧ね」

え？

「ちゃんと用意してるわよ」

数枚の薄い板に小さい字で書かれた国名は、ぱっと見ても百を超えている。

…………。

そして、どれもこれもぱっと考えた国名ではなさそうだ。国名の横に由来とか理由とか考えが書かれている。

ここから選ぶの？

俺がそう聞くと、ルィンシアがわかっておりますと頷き、天使族が動き出した。そして用意された巨大な板。板には各所に国名が書かれており、その国名を囲むように溝《みぞ》が彫られている。

その板が壁《かべ》に立てかけられ、ルィンシアから渡されるナイフ。

つまり……。

「投げて、当たった場所の国名にしましょう！　ちなみに、板からはずれた場合は〝あああ王国〟とします！」

……。

天使族のみなさんは盛り上がっているけど、さすがにこの決め方は酷《ひど》い。

あと、真ん中にある《全部》ってなんだ？　全部の国名を繋げるのか？　冗談だよな？


抵抗したけど、結局はナイフを投げて〝正統ガーレット王国〟になった。

ルィンシアが、思いっきり舌打ちしていた。

「村長を煩《わずら》わせる勢力など、〝あああ王国〟で十分でしたのに」

怖いなぁ。

確認だけど【脱却派】【敵対派】【独自派】は問題を起こしていないんだな。よかった。

俺、【脱却派】【敵対派】【独自派】を支持したい。他国の話だけど。

8 天使族のあれこれ　～ミカンを添えて～

〝ガーレット王国〟分裂の話は驚きだったが、すぐに村の生活に影響がある話ではない。

【移住派】……………じゃなかった。【従順派】に関しては、天使族が交代で監督してくれることになった。

その監督を最初に担当するのは、ラズマリア。くじ引きで負けたらしい。

「グランマリア。無念ですが、お役目です。ローゼマリアのことをよろしくお願いしますね」

「お母さま。ローゼマリアは私の娘です。お願いされるまでもありませんよ」

ラズマリアはグランマリアと笑い合ったあと、十人ほどの天使族を引きつれて〝ガーレット王国〟に戻っていった。

【従順派】の支配地域の新しい国名も伝えてもらわないといけないしな。よろしく頼む。

ラズマリアが戻ってくるのは……次の春らしい。結構、早く戻ってくるんだな。

「都市間を移動しにくい冬の状況が、悪事を育みますので。そこさえつぶせば、なんとでもなります。また次の冬には監督役を送らないといけませんが」

グランマリアがそう説明してくれたので、そんなもんかと納得しておく。

ちなみに、監督役を決めるくじ引きの前。

「村長の護衛から離れるのは不満ですが、村長のお心を煩わせるのはよろしくありません。ここは私が行って監督しましょう」

そうレギンレイヴが監督役に手を挙げたが、レギンレイヴ以外の全員が反対した。曰《いわ》く、レギンレイヴは過激らしい。

最悪、【従順派】が全滅する可能性を考えれば、レギンレイヴに監督を任せるのはありえないそうだ。

………。

全滅の可能性があるのか？

「過去の功績を考えると……」

グランマリアが目を逸らしながら、呟《つぶや》いた。

それは功績ではなく、悪行ではなかろうか？　いや、考えてみればティアやグランマリアたちも、殲滅天使や皆殺し天使など物騒な二つ名を持っていた。

天使族はその見た目に反して、物騒なのかもしれない。

「まあ、昔の天使族は短気で短絡《たんらく》的。頭脳よりも筋肉で解決する方法を好む。そう世間で言われてたからねぇ」

俺の部屋にやってきてコタツに入り、ミカンを手にしたマルビットは、俺の質問にそう答えてくれた。

　昔の天使族……。

「例の黄金の装備に似た物をまとっていた時代の話よ」

　少し前にお披露目してもらった天使族の黄金装備を、村にやってきたマルビットたちにも見てもらったが、複雑な顔をしていた。

「天使族の全盛期……というのはちょっとあれだけど、輝いていた時代の装備だから。栄光もあったけど、恥《はじ》も多くて」

　つまり、神人族を名乗っていた時代かな？

　おっと睨《にら》まれた。失礼、神人族の単語はタブーだった。

　マルビットが三つ目のミカンに手を伸ばしたところで、マルビットと一緒にやってきてクロヨンとチェスをやっていたキアービットが嘆《なげ》いた。どうやら、負けたようだ。

「キーちゃん、時間稼ぎぐらいしてよー」

「こっちの作戦、全部読まれてるから無理ー」

　クロヨンとキアービットは、先に三勝したほうが勝者のルールで…………クロヨンのストレート勝ちだったようだ。

「仕方がない。キーちゃんの仇《かたき》は私がとる！」

　マルビットのやる気に、クロヨンが不敵に笑った。キアービットとの勝負で、肩慣らしは終わったという感じかな。

どちらも頑張れ。

マルビットをクロヨンにとられたので、俺の話し相手はキアービットに。

「うーん、疲れた頭にミカンが染みる」

それはなにより。

「あー、そうそう。こっちに来るのが遅くなってごめんね。収穫を手伝いたかったんだけど」

まあ、そっちも仕事なんだろ？　気にしなくていいさ。

「そう言われても冬の間はお世話になるし、到着したのが収穫が終わったタイミングだったから申し訳なくて……」

空の見回りを手伝ってくれているだろ？　それに、今回は手土産《てみやげ》もあった。〝ガーレット王国〟で採《と》れる緑色の魔鉱石《まこうせき》が五百キロほど。

ルーは研究に使えると喜び、ガットを中心とした鍛冶《かじ》仕事をする者たちは、その魔鉱石を使って作る物を悩んでいたぐらいだ。それなりに価値があるものだろう。

「あはは。同行者があれだけ多くなるとねー」

今回のキアービットたちの同行者は、百五十人。天使族の総数が三百人ぐらいだって話だから、半数が村に来ていることになる。

まあ、十人はラズマリアが連れて帰ったけど。

「話だけだと、信じない人もいたからね。一度は見せておかないと」

なるほど。

まあ、天使族の移住の話は聞いている。土地はあるから、こっちはいつでも受け入れられるが、マルビットやキアービットは徐々に人数を増やしていく方針だそうだ。

「〝ガーレット王国〟……分裂しちゃったけど、お世話になっていたからね。簡単には捨てられないのよ」

先王の弟の件もあるし？

「それもだけど、似たような話がほかにもあってね」

ははは。

例の試練、もっと早くつぶすべきだったんじゃないかな？

「うーん、あの試練は試練で〝ガーレット王国〟での天使族の地位を維持する側面もあったから、はっきりとどうこうは言いにくいかなぁ。私はこだわりすぎだったみたいだけど」

自分を見つめられるようになって、なによりだ。

「むう」

キアービットは二つ目のミカンに手を伸ばした。

ルィンシアは別室でビーゼルに〝ガーレット王国〟の現状を話していた。

ビーゼルのほうでもある程度の情報を摑んではいたらしいが、現地を知るルィンシアの情報量には敵《かな》わないだろう。無益な争いを起こさないためにも、〝魔王国〟と情報の共有をしてほしいと、俺がルィンシアに頼んだのだ。

他愛《たわい》もない話が重要だったりするので、一言も逃さないようにビーゼルはメモを……。

ん？　ビーゼルの横に控える文官娘衆が、木の板にメモを取り続けていた。

ビーゼルは……うん、ビーゼル、膝の上のフラシアを降ろそうか。ルィンシアも、膝からオーロラを降ろして。孫を自慢し合っているようにしか見えないから。なんだったら、フラシアとオーロラを俺が預かろうか？

「いえ、大丈夫です」

ビーゼルがルィンシアからオーロラを受け取り、二人を膝の上に乗せた。

そして、ルィンシアが文官娘衆から木の板を数枚、受け取り……〝ガーレット王国〟の情報を、一気に書き上げる。

「読んだら、処分してください」

ルィンシアが、書き上げた木の板をビーゼルに渡し、フラシアとオーロラを受け取る。

ビーゼルが木の板に書かれた情報を急いで読み…………わかったわかった。フラシアとオーロラを持っていかないから、ゆっくりと読んでくれ。間違いがあると大変だ。

ところで、最初っからその方法にしなかったのは？　互いの孫を自慢したかったからと。自慢をし合っているように見えたのは、気のせいじゃなかったのね。

俺からすれば、二人とも娘なんでほどほどに。ミカンをいくつか部屋に置いていくよ。フラシアとオーロラも食べていいからな。

　ただ、食べすぎないように……言わなくてもビーゼルとルィンシアが一緒なら大丈夫か。

　庭を見ると、レギンレイヴとスアルロウがハイエルフとリザードマンの数人に武術を指導していた。武闘会に向けてだろう。

　おっと、獣人族の女の子たちも習いに行っているな。元気なのはいいことだが、無理はしないように。


　ティア、グランマリア、クーデル、コローネは普段通り……ではなく、村に初めて来た天使族の案内をしているのか。

　トラブルを防ぐためにも、よろしくお願いする。特にクロたちとザブトンたち、あと竜一家との顔合わせはしっかりと。

　牧場エリアで、馬や牛にも挨拶を忘れずに。うん、馬や牛が拗《す》ねるから。特に馬が。

　フェニックスの雛《ひな》のアイギスと鷲《ワシ》は、夕食のときにでも。妖精女王は……子供たちと遊んでいるから、こっちも夕食のときだな。今日の夕食にはフルーツを使ったアイスがデザートとして出ると伝えている。顔を出さないってことはないだろう。

　それじゃあ……ん？　ティアが俺を引き止めた。どうした？

「彼がこの村の村長であるヒラクさまです」

あ、そういえば俺と挨拶をしていなかったか。

初めて村に来た天使族の大半が、森の上空を長く飛んでふらふらだったので、挨拶は後回しにしたんだった。

えーっと、ティアとグランマリアとクーデルとコローネの夫でもあります。よろしく。

できるだけ朗《ほが》らかに挨拶したのだが、なぜか珍獣《ちんじゅう》を見るような目で見られた。なぜだ？

俺がミカンの補充を持って部屋に戻ると、クロヨンが褒めて褒めてと寄ってきた。なるほど。

負けたマルビットは？　キアービットに聞くと、温泉地に行ったとのこと。

「移動の疲れが残っていたんだって。負け惜しみでしょうけど」

だろうなぁ。俺はクロヨンの頭をわしゃわしゃと撫《な》でた。

閑話　心の整理

こんにちは。はじめましての方、はじめまして。一般天使族です。

名前？　名前は勘弁してください。目立ちたくないんです。派閥とかも言えませんって。偉い天使族の後ろに並んでいる一人だと思っていただければ十分です。

名前がないと不便？　では……スクルドとお呼びください。はい、偽名です。昔の偉い天使族の名前を参考にしました。さあ、どうぞそうお呼びください。ほほほほほ。

レギンレイヴさまから、姉の名を使うなと叱られました。

長《マルビットさま》からは、スクルドさまと同じ働きを期待していいのかなーって嫌みを言われ、補佐長《ルィンシアさま》からはボディーに一発いただきました。

無言でのパンチはずるい。避けられないじゃないですか。まあ、調子に乗った私が悪いのですけどね。

さてさて。

私はいま、〝大樹の村〟にいます。〝大樹の村〟です。長や補佐長から話は聞いていましたが、本当にあったんですねー。こんな危ない場所に村が。

そして、本当にいたんだ。ティアさまやグランマリアさま、クーデルさま、コローネさまを娶《めと》った男性が。まさか実在するとは。孫が欲しいルィンシアさまやラズマリアさまたちの妄想だと思っていたのに。

ティアさまの長女であるティゼルさまとはお会いできませんでしたが、次女のオーロラさまとはお会いできました。

うん。さすがはティアさまの娘で、ルィンシアさまの孫だ。優秀そう。いや、すでに私より上かもしれない。ここは変にお姉さんぶらずに、丁寧に接して将来に繋げるのがよいでしょう。

わかっています。わかっていて、逆らうのが私。全力でお姉さんぶりました。

ついでにティアさまやルィンシアさまの失敗談も話しました。オーロラさまは困った顔をしながらも、笑ってくれました。ふふふ、かわいらしいですね。


ルィンシアさまから呼び出されました。

屋敷の裏ってどこでしょう？　凶暴《きょうぼう》な鶏がいる中庭のことですか？　まだこの村に詳しくないんですけど？

あ、ルィンシアさまがいた。屋敷の裏って、大きい木の裏のことだったんですね。

…………。

ルィンシアさまの無言の打撃を私は避けます。同じ打撃を二度くらうほどボケてはいません。

そして、殴ってきたということは殴り返しても大丈夫ということ！　ふははは。普段の恨みを込めての左連打《ジャブ》。

それをルィンシアさまが腕で払う《パリィ》。だが、甘い。それは私の仕掛けた罠《わな》だ！

ルィンシアさまが左に意識を寄せたのを見ての必殺の打ち下ろしの右ストレート《チョッピングライト》！

上体逸らし《スウェー》で避けられた？　そんなあっさり？　読まれてた？　いや、それよりもまずい。私の脇腹《わきばら》がから空き。ルィンシアさまが踏み込んだ。巻き込むような打撃《フック》がくる。この距離だ。避けられない。ならば耐えろ！　頑張れ私の脇腹！　あばら骨の一本や二本はくれてやる！　そのあとで反撃だ！

　ルィンシアさまの拳が私の脇腹に当たった。

…………無理、耐えられない。なにこの威力！　そんなに失敗談を話したのが駄目だったのー！
孫にいい顔したいお祖母ちゃんって、こんなに怖いんだー！

　私の体は横にくの字に曲がりました。

　通りかかった白いスライムに治癒魔法をかけてもらい、復活しました。危ないところでした。とっさに翼を出して浮いていなければ、死んでいたでしょう。まあ、浮いたのでごろごろと遠くまで飛ばされてしまいましたが。

　ここはどこでしょう？　そして、そこに控えてらっしゃるのはティアさまですか。そうですか。わかっています。いいでしょう。もう一試合です。

　あ、白いスライムさん。申し訳ないけど、もう少しだけここにいてもらえませんか。うん、すぐにお願いすることになると思うから。ええ、すみません。このお礼は必ず。

　では、行くぞ最強《ティアさま》！

　最強は最強だから最強なんだなぁ。

空を見ながら、私はそう思います。悔《くや》しくないと言えば嘘になります。

でも、私は前線でばりばり戦うほうではなく、後方でいろいろと手配したり準備したりするほうなので。まあ、登る山が違うと思っておきます。ええ、負け惜しみです。

あ、えーっと、インフェルノウルフの誰かはわかりませんが、ご心配をおかけしました。白いスライムさんに治癒魔法をかけてもらったので大丈夫です。

デーモンスパイダーさんも、ありがとうございます。ええ、自分で起きられます。あ、屋敷の場所だけ教えてもらえますか？　ちょっと現在地がわからなくて。

飛べばすぐにわかるのですけど、打撃戦のあとで飛ぶのはちょっと危ないですから。殴られた側は特に。

あちらですか。すみません。案内まで？　助かります。

私はインフェルノウルフとデーモンスパイダーに案内され、屋敷に戻りました。

グランマリアさまの娘、ローゼマリアさま。クーデルさまの娘、ララーデルさま。コローネさまの娘、トルマーネさま。三人に挨拶をしました。もちろん、お姉さんぶりました。ええ、グランマリアさま、クーデルさま、コローネさまの失敗談をたっぷりと話してあげました。

まだ小さいので話の意味はわかっていないでしょうが、喜んでもらえたようです。なによりです。

では、屋敷の裏に参りましょうか。

グランマリアさま、クーデルさま、コローネさまの順番でいいですか？　さすがに三対一はなしですよ。なしですからね？

ん？　なんですか？　どうして、殴られるようなことをと？　まあ、簡単に言えば八つ当たりです。こちとら必死で〝ガーレット王国〟を支えていたのに、あっさりとつぶされましたからね。不満もありますよ。

天使族の一員ですから、長の指示には従いますが……心の整理がつきません。なので、こっちの勝手な心の整理に、つき合ってもらっているわけです。すみませんね。迷惑をかけて。

あと、たぶんですが同じようなことを何人かすると思いますが、遠慮なくつき合ってやってください。ああ、他種族には喧嘩《けんか》を売りませんし、売らないように指導はしていますよ。

勝てそうな相手のほうが少ないですし、勝てそうな相手に勝っても後ろが出て来るでしょ？

村長？　あれが一番の危険人物じゃないですか。

わかりますよ。貴女《あなた》たちより長く天使族をやっていますからね。

一応これでも私、マルビットさまやルィンシアさまより上の世代なんですよ。そうは思えないってよく言われますけどね。

さて、ぐだぐだ喋《しゃべ》ってもなんですから、そろそろやりましょうか。ルィンシアさま、ティアさまとの二試合を経験して強くなった私をお見せしますよ。

ちょうど、白いスライムさんにも来てもらえたようですからね。

9 お金持ちごっこ

武闘会が始まった。

なんだろう？　ステップを踏んで距離を測り、小刻みなジャブで牽制《けんせい》。相手の隙《すき》を見つけたタイミングで踏み込んでのストレート。反撃される前に後ろに下がって防御姿勢。

…………。

打撃戦が中心の試合が増えた？　ボクシングを見ているみたいだ。

「新しくやってきた天使族の一人が、ああいったスタイルを教えたようで」

俺の横にいたハイエルフのリアが教えてくれた。

やってきてからの短い期間で普及させたのか？　すごいな。

それで、その本人は？　出ているんだろ？

「書類仕事ができると判明して、フラウさんに確保されていました」

そ、そうか。試合に出たかっただろうに。

「でしょうね」

あとで労《ねぎら》っておこう。名前は？

「それが、頑《かたく》なに名乗らない方で……こう、髪型は首ぐらいまでの長さの髪がふわっとした感じで、紐のような足輪《アンクレット》を右足につけている……」

あ、ああ、知ってる。

俺が山エルフたちと、お金持ちごっこをしていたらやってきた天使族だ。明るくノリのいい天使族で話しやすかったけど、名前だけは絶対に名乗らなかった。たぶん、彼女だろう。

「名前はマルビットさまかルィンシアさまに聞くしかなさそうですね。ところで、お金持ちごっことは？」

ん？

「お金持ちごっこです。なんです、それ？」

ああ、ほらキアービットがお土産《みやげ》で持ってきた緑色の魔鉱石があっただろ？　魔鉱石を使いやすいようにルーが小粒《こつぶ》状に加工してな。

「魔鉱石に限らず、金や銀などでもよくやることですね。それがお金持ちごっこですか？」

いやいや、そうではなく。

魔鉱石を小粒状にしたら、一粒で金貨一枚ぐらいの価値だとルーに言われてな。そこそこの量があったから、小粒状の魔鉱石を手で掬《すく》って零《こぼ》してみたんだ。

「ああ、なるほど。それがお金持ちごっこと」

いや、そうじゃない。貴重品で遊ぶなとルーにしこたま叱られたから。

「あー」

その様子を見ていた山エルフたちが、中庭に小屋を建ててだな。始祖さんやドライムたちが手土産で持ってきた高級な家具や布で飾ったんだ。

そして、金貨を机や床に並べている。

「見慣れぬ小屋があるなぁとは思っていましたが……それがお金持ちごっこですか？」

そうだ。

その小屋には仕掛けがあって、金貨が天井《てんじょう》から降ってくるんだ。

「金貨が？」

そう。

小屋の中央に設置された椅子に座っていると、周囲に金貨が降ってすごくお金持ちの気分が味わえる。降った金貨は自動で床下に回収されて、天井に運ばれて降る仕組みなので、ずっといられる。

「えーっと……なんとも言えません」

そうだろうな。

俺も座ってみたが、一分ぐらいで心が痛くなった。山エルフたちも。

だが、その小屋に現れた一人の天使族が、高そうなガウンを羽織《はお》り、高笑いをしながら一時間ぐらい堪能《たんのう》したんだ。あの堂々とした姿は、世界一のお金持ちに見えたな。

思わず、猫を彼女の膝の上に乗せて、ワイングラスを持たせてしまったぐらいだ。

「はぁ」

それはそれとして、あの小屋は反省の意味を込めてしばらくはそのままにしてある。金貨を床下に回収して、天井に運ばれる仕組みは応用がいろいろとできそうだからな。

「子供たちには近寄らないよう、注意しておきます。教育に悪そうなので」

それには及ばない。すでにハクレン、グーロンデ、死霊魔導師の教師たちから叱られているから。

なので、小屋は残しているが中の家具や金貨は回収されている。現在は俺が作った木製の家具が並べられ、中銅貨が落ちてくるだけだ。

「それはそれで価値がありそうですが……」

見た目が茶色なので、お金持ち感はないぞ。中銅貨は、回収システムの確認用だしな。

ちなみに、俺はそのシステムを応用し、ゲームセンターによくあるメダルを投入してメダルを落とすゲーム台を作った。

台の中で動く役物《ゴーレム》や、払い出し演出など改良できそうな箇所がたくさんあるので、山エルフたちが全力で改良している。冬の間には何台か完成するだろうから、〝五ノ村〟か〝シャシャートの街〟に持ち込んでみたいけど……メダルの代わりに中銅貨を使っているから、完全なギャンブル台なんだよなぁ。身を持ち崩す人が出ないようにしたい。

ところで、あのメダルを落とすゲーム、正式名はなんなんだろう？　メダルゲーとかしか呼んだことないんだよなぁ。実際にやったこともないし。俺の知識は、テレビで見たことが大半……。

「村長」

考えていると、リアから声をかけられた。

おっと、決勝が始まるのか。ちゃんと見ておかないとな。

「あの中銅貨《コイン》を投入するゲーム台だが……危険だと思う」

武闘会が終わった夜の宴会で、ヨウコからそう言われた。俺が作った試作品を見た感想だ。

「見せてもらったのは昨日の夕食後。少し触らせてもらったら、朝を迎えていた。なにかの魔法にでもかけられたのかと思ったほどだ」

そ、そんなにか。

「台の中に積まれた中銅貨が、ガラス越しに見えるからな。射幸心《しゃこうしん》が刺激される。というか……中銅貨だけではなかったのか？　大銅貨や銀貨が交じっていたぞ。思わず、それを落とそうと中銅貨を流し込んでしまった」

それは山エルフたちのアイデアでな。

「試作の実験ということを思い出さねば危なかった」

ヨウコが投入した中銅貨はこっちで用意したものなので、落とした中銅貨も返してもらうと最初に注意しておいた。

村の中でギャンブルを流行《はや》らせるつもりはない。しかし、ヨウコでそうなると……普及は諦めたほうがいいか。

「うむ。我は賛同できぬ。まあ、限られた金持ちしか集まらない場に置いておくぐらいなら、許されよう」

そうか。どっちにしろ数は出せないな。

山エルフたちに、ほどほどにするように言っておこう。

「山エルフたちがなにかやっておるのか？」

台の改良をな。

「なるほど。……台ができたら一番に見せるように」

気になるのか？

「やりすぎていないかを確認するだけだ。ああ、そういえば我のあとにマイケルがあの台を触っておったぞ」

マイケルさんが？

「うむ。中銅貨がたくさん見えるからな。興味を惹《ひ》かれたのであろう」

そういえば、武闘会の最中にマイケルさんの顔を見ていないが……。

「そういえば、この宴会の席にも姿がないな」

…………。

まさか？

「いや、ありえる」

ありえちゃうかー。

俺とヨウコは、コインを投入してコインを落とすゲーム台を設置した場所に急行し、マイケルさんを救助した。

「待って！　あと少し、あと少しであの山が崩れるからっ！」

お金持ちが集まる場所に設置するのも考え直そう。

10 関《かん》節《せつ》痛《つう》と世界樹の畑

武闘会が終わったので、冬の準備を本格的に進める。

といっても、前々から少しずつ準備はしているし、各自がやることをわかっているので、慌てるようなことはない。

今日の俺の仕事は、蜂《ハチ》たちの小屋の確認。傷《いた》んでいる箇所を見つけ、修理するのだが……。

傷んでいる箇所が見つからない。まあ、傷んでいたらザブトンの子供たちから報告が上がるしな。

蜂たちからも問題はないと言われたので、蜂たちの小屋の確認は終了。まるまると太った女王蜂も元気そうで、よかった。ん？　最近、足の関節が痛い？　太りすぎだ。運動をしなさい。

なに？　運動したくても足が痛くてできない？　むう、肥満《ひまん》による関節痛か……あれ？　外骨格《がいこっかく》なのに？　そもそも、昆虫に痛覚ってあるのか？

い、いや、俺の常識にとらわれてはいけない。ここは以前とは違う世界。痛いと言うのだから、痛いのだろう。

ルーに頼んで、なにか薬を用意するか、世界樹の葉を使うかなんだが……女王蜂が、世界樹の葉は恐れ多いと言うので、ルーに薬を頼むことにしよう。あとで持ってきてやるからな。

ははは、嬉しいのはわかるが激しく動いて大丈夫なのか？　やっぱり痛いか。薬は急ぐとしよう。

屋敷に戻ってルーに蜂の関節痛を治すか緩和《かんわ》する薬を頼んだら、変な顔をされた。

「外骨格なのに？」

うん、本人がそう言っているからね。

「ふーん。まあ、栄養価の高い物を食べさせれば自然に治ると思うけど？」

肥満による関節痛だから、さらに太らせるのはちょっとな。

「ああ、患者《かんじゃ》はあの女王蜂なのね。となると……これかな」

ルーが持ってきたのは四角い木片。これが薬？

「ううん、胴体を乗せる台。足を浮かして使わせないようにすれば治るわ」

なるほど。薬はないのか？

「関節痛を治す薬はあるけど、蜂に使うと効果が出すぎて危ないのよ。時間がかかっても、足を使わない方向が一番じゃないかな」

そうか。

ならば仕方がない。この台を持っていくとしよう。

ん？　ザブトンの子供……薬棚で脱皮して生まれた、背中の模様がかっこいいザブトンの子供がいた。たしか、カーススパイダーエリートとかいう種族名だ。

毎年、数体が生まれては各地で働いているのだが……蜂の関節痛の治療は任せろ？　治癒魔法でなんとかなる？　そうなのか？　それなら頼むが……どうしたルー？

「魔法でいいなら私がするけど」

いや、ルーはルーで冬の準備があるだろ？

「魔法でいいなら私がするけど」

あー……結果、俺とルー、そしてカーススパイダーエリートで蜂のところに戻ることになった。

まあ、その場でセカンドオピニオンができると思えば、悪くないのかな？　とりあえず、順番を決めるクジを用意していく俺だった。


新しくやってきた天使族が三十人ほど、世界樹の周囲で祈っていた。天使族にとって世界樹は大切なものだそうだからな。

おっと、何人かの天使族が世界樹に近づきすぎて、世界樹に住む巨大な蚕《かいこ》に攻撃されている。待て待て。双方、慌てるな。喧嘩は駄目だぞー。

蚕よ。蚕の糸で縛った天使族を、びたんびたんと地面に叩きつけるのを止《や》めるんだ。そりゃ、恍《こう》惚《こつ》の顔で世界樹に頬《ほお》ずりしようとしたのはよくないけど。

天使族のほうも冷静になって。深呼吸。そう、ゆっくりとね。

蚕のほうは、縛った天使族を解放して。うん、こっちで注意しておくから。

「村長さま。ぜひとも、世界樹のお世話を私たちに！」

興奮しない興奮しない。あと、お世話ってなにをするんだ？　水やりか？

「世界樹を取り囲み、毎日のように祈り踊ります」

…………。

「世界樹を取り囲み、毎日のように祈り踊ります」

聞こえなかったわけじゃないんだ。ちょっと理解ができなかっただけ。えーっと……。

とりあえず、世界樹はそっと見守るように。祈り踊るのは世界樹にも蚕にも迷惑だから。

「そんなっ！」

そんなっ、じゃないんだ。

なんだろう？　この天使族たちの熱心さは？　世界樹を大事にしているとは聞いていたが、ここまでとは思わなかった。

ティアやグランマリアたちには、そういった面はなかったのにな。キアービットやマルビットたちも。

？

ここにいる一部だけなのかな？　いつのまにかやってきたグランマリアが、強く頷いていた。

「天使族で信奉《しんぽう》される宗教みたいなものですので」

そうか。ならば放置は愚策だな。禁止も危険。だが、祈り踊ることを許すのは迷惑。

………よし、決めた。世界樹を大事に思う天使族に、大切な仕事を与えよう。

「仕事……ですか？」

ああ。

だが、悪い話じゃないと思うぞ。俺は天使族たちを引きつれ、村の北にある花畑……の横にある世界樹の畑に案内した。

ここの世界樹たちは成長が遅く、苗木から少し大きくなった程度。だが、数がある。ここの世話をしてもらいたい。

これまで、この畑の世話は獣人族の女の子たちが担当し、クロの子供たちやザブトンの子供たちが様子を見ている。

ただ、世界樹は手間いらずなうえ、益虫《えきちゅう》はついても害虫はつかないので不人気だった。しかし、世界樹を信奉するなら喜んで世話をしてくれるだろう。

どうだこの名采配《めいさいはい》！

……………ん？　あれ？　案内した天使族たちから反応がない？　瞳《ひとみ》から光が消えてる？　どうした？

俺は一緒に移動していたグランマリアに助けを求めた。

「えーっと、唯一神だと思っていたら、その神に兄弟がいっぱいいたのを知った……という感じでしょうか」

なるほど、よくわからん。

「まあ、お任せください」

グランマリアはそう言って、パンッと手を叩いた。

「各自、お世話したい世界樹を選んでください。先着順です。ここには多くの世界樹がありますが、貴女《あなた》たちよりも数は少ないですよね」

グランマリアが先着順と言ったあたりで、反応のなかった天使族の瞳に光が戻り……グランマリアが数は少ないと言ったあたりで、走り出した。


えーっと、殴り合わないように。世界樹の前だぞ。礼節を忘れないように。そこ、畑に線を書いて縄張りを主張するんじゃない。

そうだ、名札《なふだ》。世界樹に名札をつけるように。あと、一本の世界樹を複数人で世話してもいいから。話し合って決めるように。全ての世界樹を大事にだぞ。そのうえで、自分が担当する世界樹を大事に。それを忘れちゃ駄目。

つまり？

こっちが大きいとか、こっちのほうが葉が多いとか争わないってことだ。わけがわからないという顔をするんじゃない。


「信者を分断し、争わせて叩く。見事な策です」

いや、褒めてくれるけどやったのはグランマリアだよね？　あと、俺は別段、誰がなにを信仰してもかまわない。周囲に迷惑をかけなければな。

「コーリン教の教えですね。あれは素晴らしい」

だな。

まあ、ここは村から離れた場所だから、祈り踊られても被害は少ないだろう。ただ、三十人に勝手に仕事を与えてしまったわけだから、マルビットたちに謝らないと駄目かな？

「謝る必要はないですが、報告はしておいたほうがいいかと」

そうなのか？

「ええ、彼女たちにも村の警備の仕事はさせますから。世界樹のお世話といえど、ずっと張り付いている必要はありませんしね」

…………そうだな。

よろしく頼む。

11 追加人員

アルフレートたちが村に帰ってきた。

屋敷の玄関を開け、待ち構えていた俺たちに大きな声で挨拶をする。

「ただいま！」

一番、声が大きかったのはウルザだな。

そのウルザにザブトンとハクレンが駆け寄る。特に冬眠に入る前にウルザに会えたザブトンは、すごく喜んでいる。おっと、ウルザが困っているから、取り合いしないように。

ウルザを連れて行く？　ナートたちのところにだな。かまわないぞ。夕食は豪華にするから、遅れないようにな。

おっとルー。アルフレートを連れて行くのはちょっと待ってくれ。俺もちゃんと挨拶をしたい。

「ただいま戻りました」

よく戻ってきた。元気にやっていたか？　いや、手紙で様子を知らされていたがな。ははは。

元気そうでよかった。しかし、大きくなったなぁ。

まだ中学生ぐらいの年齢のはずなのに、高校生みたいだ。子供の成長は早い。俺が感慨《かんがい》にふけっていると、ルーがまだかと催促《さいそく》してきた。悪かった。

アルフレート、ルーの相手を頼む。ああ、あとでゆっくりと話をしよう。

アルフレートをルーに預け、俺はティゼルに……ティゼルは、天使族に囲まれていた。

母親《ティア》と祖母《ルィンシア》が誇らしげに、ほかの天使族に紹介している。えーっと、あとにするか。

学園でのアルフレートたちの生活のサポートをしてくれているアサ、アース、メットーラに挨拶。

いろいろと大変だったろう。すまなかった。アルフレートたちはまだ卒業しないようなので、来年も頼む。なにか要望があれば聞くぞ。

「いえいえ。お役目を十全《じゅうぜん》にこなせたとは言えず、申し訳ありません。この冬は改めて己を鍛《きた》え直そうと思います」

それが要望だとアサが言うと、アースが続く。

「私は店のほうで配慮いただいておりますので特には。ただ、店を開いたことのしわ寄せがメットーラさんに行っています。メットーラさんの要望を叶《かな》えていただければ」

わかった。アースはそう言っているが、メットーラはなにか要望があるのか？

「はい。自身の未熟をさらすようで申し訳ないのですが……一つ、よろしいですか？」

できることならな。

「では。追加人員をお願いします」

………。

「追加人員をお願いします」

聞こえている。えーっと、三人では仕事が厳しいということかな？

「そうです。現状はゴールさま、シールさま、ブロンさま。それとハイエルフのリグネさん、混代竜族《エルダードラゴン》のオージェス、ハイフリーグータ、キハトロイ。グラッツ将軍の部下たち、ダルフォン商会の手を借りていますので、なんとかなっています。ただ、このままだと、なんともならなくなります」

…………。

「人数は必要ありません。現地で雇《やと》えますので。武力も必要ありません。そばに魔王がいますので。欲しいのはアルフレートさまやティゼルさま、ウルザさまに意見を言え、〝大樹の村〟の意を汲《く》み、部下を統率できる者です。希望を言わせてもらえるなら、〝シャシャートの街〟にいるミヨさまを寄越してください」

ミヨは駄目だ。ミヨを引き抜くと、〝シャシャートの街〟の《マルーラ》が困る。それに、ビッグルーフ・シャシャートの運営にも関わっているし、イフルス代官にもミヨは〝シャシャートの街〟に留めるようにお願いされている。

「ヨウコさまでもかまいません」

そうすると〝五ノ村〟がつぶれる。わかって言ってるな。

「それほどの人材を配していただかなければ、王都での活動に支障が出るということです」

むう、そんな人材がいるか？　ぱっと思いつくのはキアービットだが、彼女は天使族の仕事があるから無理だろう。

マルビットやルィンシアも無理。〝ガーレット王国〟が落ち着くまでは、天使族は厳しいだろう。

となると……誰がいる？

…………フローラ。研究室から出ないよな。部下を統率するタイプでもない。

セナは……村の獣人族のリーダーだ。長期で村から離すと、獣人族の中での序列に影響が出てしまう。それに、セナの娘のセッテもまだまだ子供だ。村の外でというのは厳しい。

ガットも……統率力はあるかもしれないが、慣れない王都で頑張ってくれと言われても困るだろう。それに、鍛冶《かじ》仕事を取り上げるわけにはいかない。

ダガやガルフは武人タイプ。戦闘の指揮や、部隊の運用はできても、どっかりと座って部下に指示は……怪しい。いや、現場に出ていくな。

メットーラが欲しいのはミヨやヨウコのように、自分では極力動かず、部下を使って物事をこなしていくタイプ。ティゼルが大きくなれば、ぴったりだと思うのだけど……。

「そのティゼルさまの代理をできる方が欲しいのです」

むう。

しかし……それほどの人材を必要とするほど、学園での世話は大変なのか？　ゴールたちのときは……ああ、彼らはすぐに卒業して先生になったから状況が違うのか？

「いえ、そうではなく……はっきりと言えば、アルフレートさま、ティゼルさま、ウルザさまが問題に直面し、解決するたびに組織が大きくなってしまっているので……」

組織？

「貴族学園内での派閥とお考えください。本来、その派閥を管理するのはティゼルさまでしたが、王城に持っていかれていますので」

ティゼルの警護にアサが同行し、アースは店に。残るメットーラが一人でアルフレートとウルザの世話をしつつ、その派閥の管理を代行していると。

「派閥に属する生徒で優秀な者がいるので、そちらにある程度は任せていますが、大人がいないと困る場面もありまして……ゴールさま、シールさま、ブロンさまも常に王都にいるわけではありませんから」

なるほど。

しかし、誰がいる？　村の外だと……〝五ノ村〟のピリカ。ピリカが、アルフレートやウルザに意見できるだろうか？　それに、〝五ノ村〟の警備隊を率いる仕事はどうする？　ピリカの代わりがいるのか？

………。

ここで考えても仕方がない。ほかの者と相談しよう。

なのでメットーラ。すまないが返事は保留だ。頑張ってみるよ。

「よろしくお願いします」

さて、ティゼルは……まだ無理っぽいな。

となると……あれ？　ウルザの友だちのイースリーがいたと思うが？　どこに行った？　ドースたちが連れて行った？　麻雀《マージャン》だな。また賭け金を積み上げなければいいが……あとで様子を見に行こう。

とりあえず、今日の夕食の準備を手伝うか。

あー、ティア。ティゼルの手が空いたら、呼んでもらえるかな。よろしく。


夕食後。


「村長。メットーラさまの要望の件なのですが」

食後の紅茶《こうちゃ》を運んできたアンが、提案してきた。

「推薦《すいせん》したい人材がいます」

え？　誰を？　まさか、アンやラムリアスじゃないよね？

アンやラムリアスに長期に抜けられると、屋敷が回らなくなる。

「ありがとうございます。ですが、推薦したいのは別の者。私の息子です」

アンの息子って……トラインか？　まだ十歳にもなっていないだろ？　生まれて九年目のはずだ。

「ですが、優秀です」

知ってるよ。ルーやハクレンも褒めてたもん。

でも、まだ子供だぞ。

「角は生《は》えましたよ」

角は生えていたけど。いや、角ってかなり前に生えてたろ？　理由にならないぞ。

学園に送るとしても、メットーラの望む追加人員としてではなく、アルフレートたちの後輩としてだろう。

「学園の生徒にしても、かまいません。それくらいはこなすでしょう。ただ、体の小ささはどうしようもありませんから、補佐に山エルフから一人、お願いします」

山エルフからの一人。心当たりがある。

トラインとよく一緒にいる山エルフだ。正確には、トラインの出したアイデアを形にする山エルフだ。彼女はトラインの専属技師みたいになっている。

「はい、彼女です。二人でなら、なんとかなるかと」

なんとかなるのか？

「なんとかしますよ。私と村長の息子ですから」

そう言われてもなぁ。

「それに、あと一人が自動でついていくでしょうから。当面はその一人に任せれば、問題解決です」

…………？

どういう意味だ？　トラインについていく？　自動で？　鬼人族メイドの誰かか？

「いえ、彼女です」

アンがそう言って視線を向けた先には、キアービットがいた。そのキアービットは、話題のトラインを見ている。

トラインはアンたちと同じように、紅茶を配っていた。鬼人族メイドのお手伝いだな。感心だぞ。

そんなトラインの様子を、キアービットは微笑《ほほえ》ましく見ている。

「非公式ですが本人から、トラインの妻にどうでしょうかと打診《だしん》されております。もちろん、トラインがもう少し大人になってからですが」

…………………………。

えええええええええええええええっ！

12 アンとラムリアス

うーん。トラインとキアービットか。考えたことのない組み合わせだなぁ。

年齢の差は……まあ、考えないとして。トラインがまだ若すぎる。

俺としては本格的に話を動かすのはトラインがもう少し大人になってからにしてほしい。少なくとも、親の意見に反発できるようになってから。

ただ、話があったことは覚えておく。

「承知しました。よろしくお願いします」

よろしくもなにも、自分の息子のことだ。ちゃんとするよ。アンの意見も聞きたいしな。

「私は村長のお考えに従います」

メイドとしてはそれでいいだろうけど、トラインの母親としてはそうはいかないだろ？　そして、今回は母親として考えるところだ。まあ、ちょっとずつ話し合っていこう。

「……わかりました」

と言っても、アンがこの話に前向きなのは感じている。キアービットならある程度の性格も知っているし、息子の相手と考えれば不満が少ないのだろう。

じゃあ、なにを話し合うんだとなるが、それはそれ。息子を取られる母親として、不満がまったく出ないことはない。絶対にない。

しかも、アンはトラインを溺愛《できあい》している。過剰《かじょう》なぐらいに。

将来を考えてアンはトラインを厳しく鍛えてはいるが、それもトラインを愛しているからだ。

そのトラインに妻になりたいと思う者がいることは、母親としては嬉しいだろうが、同時にトラインが離れていくことに不安や寂しさを感じるだろう。

このあたりをしっかりと整理しておかないと、相手が誰かはおいておいて、トラインが結婚するときに揉《も》める。

…………。

あれ？　ちょっと待て。変だ。おかしい。

アンがトラインの結婚に関して前向き？　あまつさえ、賛成している？　どういうことだ？

普段のアンなら……。

「あの天使族、私のトラインに目をつけてました。ぶち殺してもいいですか？」

ぐらいは平気で言う。

そして実際は、俺に言う前に殴っている。そう、すでに殴っているはずだ。

なのに、素直に打診を受けて俺に報告している？　んん？　殴り合ってアンが負けたとか？　ありえない。

殴り合いになるなら、アンは負けない状況《フィールド》とタイミングでやる。なんでもありだとしてもアンの実力はたしかだ。なにせルーと殴り合えるからな。キアービットには劣《おと》らないだろう。

アンが負けるとしたら、空から奇襲を受けたときだろうけど……さすがに村の中では不可能。クロの子供たちやザブトンの子供たちに妨害される。一部のクロの子供たちは、俺よりもアンに従っている節《ふし》があるしな。ご飯を与える者は、強い。

まあ、そういったクロの子供たちも大きくなれば俺に従ってくれるのだけど……。

おっと、思考がずれた。戻して……。

なぜアンがトラインの結婚に前向きなんだ？　わからないことは、ちゃんと聞いて確認しよう。

「アン、なにがあった？」

キアービットから裏取引でも持ちかけられたか？　それとも、トラインの結婚後の生活に条件でも付けたか？

孫は渡せと脅した可能性もあると、俺は考えている。まさか、トラインへの愛情を失ったとかはないよな？

「そういったことはありません」

本当に？

「はい。ただ、キアービットさまは機を見るのが敏《びん》だったということです」

どういうことだ？

「村長。改めてご報告があります」

ん？　なんだ？　急に？

「子を宿しました」

…………。

……………………………………。

子を宿したって……妊娠《にんしん》したってことだよな？　誰が？　アンが？　え？　あ、うん、わかっている。わかっている……。

アンが懐妊！　二人目！　おおおおっ！

「まだ妊娠の初期段階ですので、出産は来年の夏ぐらいになりそうです」

そ、そうか。いや、めでたい。めでたい！　すごいぞ！

そして、いろいろと理解した。

なるほど。アンはトラインへの愛情を失ったわけではなかった。

二人目が判明したから、トラインを任せられる者を探しただけか。用意周到《しゅうとう》だな。

……あれ？　それならラムリアスに任せればいいよな？

「村長。もう一つ、ご報告があります」

え？　なんだ？　まさか……。

「はい」

アンが頷くと、少し離れたところにいたラムリアスが寄ってきた。

「やりました」

ラムリアスもか！　おおおっ！

いや、たしかに最近、一緒にいることが多かったように思えるが……そうか。めでたい！

「ありがとうございます。私も、出産は来年の夏ぐらいになりそうです」

ああ、わかった。仕事のほうは、アンと相談して調整するように。なんだったら、出産まで休んでもいいぞ。アンもだ。

……あれ？　ちょっと待って。

アンとラムリアスが妊娠で休暇《きゅうか》？　そうすると……誰が屋敷の運営を管理するんだ？

これまで屋敷の運営の管理はアンに頼るところが大きかった。いや、任せっきりだった。ラムリアスはそのアンの片腕。

その二人が欠けるとなると、残りの鬼人族メイドで回せるか？　交代制でやっているとしても、アンのように指揮できる者はいるのか？　俺は無理だ。アンやラムリアス並みにメイドたちを指揮しろと言われても困る。

俺がやれるのは料理の手伝い。それも、数人分。何十人分の料理は厳しい。

いや、アンやラムリアスのために頑張ろうという気持ちはあるが……。

「メイドたちの指揮はトラインに任せることも考えていたのですが、まだ早いです。なのでトラインは学園のほうに」

「トラインなら、学園でも十分にやっていけるでしょう」

アンの言葉に、ラムリアスが頷く。

俺も頷きたいが、心配事が……。

「村長、屋敷のことはご安心を。こういった事態を考え、用意しております」

おおっ、アンの頼もしい言葉。

「そうです。二人が欠けた程度で立ち行かなくなる、我らではありません」

ラムリアスも頼もしい。

「ただ、手の数が不足することは、どうしても発生する問題でしたが……」

アンがそう言いながら、ちらりと横を見る。

「運よく」

ラムリアスも、ちらりと横を見る。

二人の視線の先には、夕食後のお茶を楽しむ天使族の一団。新しくやってきた者たちだ。

「資質のある者を捕ま……失礼。勧誘して鍛えてなんとかしましょう」

えーっと、アン。

意気込むのはわかるけど、定住の意思がある者だけにしてね。

「今後を考えれば、そうですね。定住していただかなければ、鍛え甲斐《がい》もありません」

ラムリアス、妊娠中だから危ないことは駄目だぞ。わかっているならいいんだけど。

まあ、二人もすぐに休みに入る気はないようだ。だが、少し先を考えて動けるうちにいろいろと準備しておきたいのだろう。

頑張りすぎないようにな。必要な物があれば、なんでも言ってくれ。

そう言った俺の言葉に返事をしたのはラムリアスだった。

「では、遠慮なく」

なにが必要だ？

「はい。すっぱい果物を」

ラムリアスがそう言って、微笑《ほほえ》んだ。

なんでも、妊娠した者がこういったことを言うのに、少し憧《あこが》れていたそうだ。ラムリアスにも、そういった一面があるんだな。

俺用に確保している分からなら、レモンでもオレンジでもミカンでも自由に食べてかまわない。足りなければ、〝五ノ村〟や〝シャシャートの街〟で買ってこよう。

アンも、遠慮なく言ってくれ。

ああ、二人目だからと油断はしないように。慣れたときが失敗するタイミングだ。料理とかで経験があるだろ？　俺も経験がある。油断は駄目。

あと、二人の妊娠は誰が知っているんだ？　村のみんなに報告しておかないと。ああ、そうだな。明日にでも発表しよう。

だが、アンにはその前に報告しないといけない者がいるだろ？　うん、トラインだ。恥ずかしがらないように。一緒に報告しよう。祝ってくれるさ。

13 父は親子で語らいたい

ザブトンとザブトンの子供たちが冬眠の準備を始めた。毎年のことだけど…………今年は少し様子が違った。

具体的に違いを指摘すると、布団《ふとん》を用意していた。掛け布団の重さにこだわりがあるらしい。

…………。

冬眠って、そういうものなのかな？　冬眠しているところを見たことがないのでなんともいえないが、穴の中とかでじっとしているイメージだったのだが？

まあ、ザブトンとザブトンの子供たちが布団を使うと言うなら、使うのだろう。邪魔はしない。一部はパジャマにナイトキャップも用意しているが、邪魔はしない。うん、似合っているぞ。

パジャマは全部の足に袖《そで》を通すとなると、着るのが少し大変そうだけどな。伸縮性《しんしゅくせい》があるから、大丈夫？　パジャマとしての吸水性《きゅうすいせい》もばっちり？　へー。よくできているんだな。

俺の分のパジャマも作ってある？　パジャマはすでにあるが……そうか、新作か。わかった、寝るときに使わせてもらおう。

ところで。うん、ところでなんだが……。

邪魔をするつもりはないのだけど、どうしても一つ、抑えきれない疑問があってな。すまない。簡単な疑問だ。いいかな？　うん、本当に簡単な疑問なんだ。

そのパジャマを着て、ナイトキャップをつけて、布団を使って冬眠するとき、仰向けなのか？　それともうつ伏《ぶ》せなのか？

………。

へー、個々に好みがあるのか。そうかー。そりゃそうだよなー。なるほどなるほど。

えーっと、仰向けで寝る者は死んでると驚かれるかもしれないから、注意だぞ。

冬への備えはほぼ終わっているので、基本はのんびりまったりモード。でも、やることがないわけじゃない。

たとえば、褒賞《ほうしょう》メダル作り。これは俺の仕事だ。

毎年、冬のあいだに新規で何百枚か作っている。春までに完成すればいいので時間的に余裕はあるが、のんびりしているとあとで困ることになるので、手が空いたときにちまちまとやっている。

褒賞メダルの交換用の家具や遊具も作らないといけない。こっちはハイエルフや山エルフたちが手伝ってくれるので、昔よりは楽になった。

あとは……ダンジョン内での畑作り。基本的にダンジョンで生活する者たちの食料用だが、緊急事態では俺たちの非常食にもなる。なのでいつも多めに作る。まあ、これまで非常食にするような事態には遭遇《そうぐう》していないのだが、油断は禁物。無駄になってもいいつもりで作業。

仕事以外にもやるべきことはある。

親子の交流だ。特にアルフレート、ティゼル、ウルザの三人とはしばらく会っていなかったからな。

あ、ちょっと前に〝シャシャートの街〟で会ったか。まあ、気にしない。久しぶりと俺が言えば、久しぶりなんだ。

改めてなにを話すんだと問われると困るが、ともかく語らいは大事だ。うん、大事。

なのに、どうして俺はウルザの友人であるイースリーと麻雀《マージャン》をやっているのだろうか？　麻雀は基本的に四人でやる遊戯《ゆうぎ》。麻雀をやっていたドマイムが負けすぎて精神的にダメージを負い、強制休憩。人が足りなくなったからだ。

なので、メンバーは俺、イースリー、ドース、それにドライムで麻雀卓《たく》を囲んでいる。

まあ、イースリーからアルフレートたちの学園での様子が聞けるから、かまわないと言えばかまわないが……。

「ドライムよ。手はどうだ？　索子《ソーズ》は余っているか？」

「父上。負けているからと、不正は駄目です」

「不正ではない。ただの雑談だ。その証拠に、ワシは索子を欲していない」

「そういった言動は駄目だって前に注意されたでしょう。巻き込まないでください！」

「ドライムよ。父は悲しいぞ。勝つための手段を選ぶとは」

「ルールを守ってこそ、勝利が輝くのです」

「ふっ……ドライムよ。大きくなったな。ん、ドライムの手番だぞ」

「おっと、失礼。これが不要かな」

「おっと、その三ソーでロン！　１１６００《ピンピンロク》！」

「ち、父上ぇぇぇっ！！　索子は不要って言ったのに！」

「ふっ、勝負は非情なものよ」

そっちは親子で語らえて、いいなぁ。

まあ、俺とドース、俺とドライムも義理ではあるが親子だが……親子の子ではなく、親子の親として語りたい。

ちなみにだが、麻雀には最初に配られた点数を全て失うとそこで勝負が終了する【箱割《はこわ》れ】や【箱下《はこした》】と呼ばれるルールがあるのだが、この村では採用されていない。すぐに終わってつまんないという意見が通ったからだ。なので、全員が親番を二回終わるまで勝負は続行となっている。

結果、ドースとドライムのあいだで一万点ぐらいのやりとりがされても、まったく手が届かない場所にイースリーがいる。もちろん、俺も届かない。【箱割れ】は弱者救済ルールなんだなと改めて思う。

この勝負、まだまだ終わりそうにない。つまり、アルフレートたちとの語らいは遠そうだ。

そんな俺の様子を見たからか、イースリーが気を使ってくれた。

「あの、なんでしたら接待しますけど」

ははは、ありがとう。

しかし、それは悪手だよイースリーくん。俺は平気だけど、負けている者にとってそれは煽《あお》り行為だ。そして、竜族は煽りに耐性がない（俺調べ）。

種族的に生物の上位にいて煽ってくる相手がいないのだから、耐性がつくはずもない。

「ほほほ。退屈させたようですまんなぁ」

「まったくですな父上。ここは気を引き締めていきませんと」

ほら、ドースとドライムが静かに切れた。まあ、切れたからと勝てるわけではないのが麻雀。

「ツモ。８０００、１６０００」

「ロン。３２０００」

「ツモ。１６０００オール」
・・・・・・
イースリーの連続アガリによって場が進んでいく。

俺も巻き込まれて点数を失っているので、不毛な争いは止めてほしい。そして、協力してイースリーの親を終わらせよう。

ああ、協力といっても不正なことをするわけじゃない。それぞれがアガリを目指しつつ、一番早そうな人に阿吽《あうん》の呼吸でサポートするだけだ。

そんなプロっぽいことができるのか？　できる！　俺たちならできるはずだ！

俺の視線による提案に、ドースとドライムが目で応えた。

それで、手はどうだ？　俺は駄目だ。重い。（意味：アガリまで手順がかかる）

ワシも無理。重い。（意味：ポンやチーで鳴いて進めるのも厳しい）

私も駄目だ。重い。（意味：この局《きょく》は無理、捨て局）

…………。

なるほど、つまり……。

「ツモ。１６０００オールと一本場」

イースリーが早いってことか。

うん、落ち込まず、頑張っていこう。なにごとも前向きにだ。


俺が麻雀卓から解放されたのは、それから一時間後であった。

ああ、麻雀は続いているぞ。いまのメンバーは、イースリー、ハクレン、ウルザ、ヒイチロウ＋ライメイレンだ。

ウルザが参加するなら残ってもよかったのだけど、大敗北による精神へのダメージが大きすぎてちょっと厳しい。ウルザとはあとで話そう。

アルフレートは……ルーとなにか難しそうな話をしているな。内容はよくわからないが、単語から魔法学的なことだろう。参加したいけど、参加できない。アルフレートとはあとで話そう。

となると……残るはティゼル。戻ってきたときは天使族に取られたが、いまなら大丈夫だろう。

居間でお茶を飲んでいるティゼルを発見。親子の語らいをしよう！

「お父さま！　私もお話ししたいことがありました！」

おおっ、さすがティゼル！　なんでも聞いてくれ。

「お父さまの話はいいのですか？」

後回しでかまわない。

俺の目的は、親子の語らい《コミュニケーション》なのだから。

「そうですか。では、私の結婚相手は誰ですか？」

………………んん？　すまない。聞き間違いかな？　結婚相手は誰と聞かれたような気がしたのだが？

「そう聞きました」

なぜ？　どうしてそんな話になる？

「トラインのお相手が決まったと聞きましたので。てっきり私も決まったのかと」

どうしてそうなる。

「母は違えど、私はトラインの姉ですから。姉のほうが先に嫁《とつ》ぐものではないでしょうか？」

あー……その順番はわからなくもないが、絶対じゃない。ほら、ハクレンも弟のドライムのほうが先に結婚しただろ？

たぶん、周りに聞けば順番が前後していることもあるはずだ。

「学園では、順番通りの方々ばかりでしたが」

んー……あそこは貴族の学園だからなぁ。順番通りに結婚しないと、いろいろと問題があるのだろう。あそこは例外としてほしい。

「天使族の方々も、順番は大事と」

え？　そうなの？　天使族はそういったことを気にせず、殴って決める文化じゃないの？

「殴るのは最終手段。殴る前に解決するのが秩序《ちつじょ》だと、マルビットさんが言ってました」

そ、そうか。

秩序を体現できているか疑問なところは多々あるが、悪くない考え方だ。今後も大事にしてほしい。そして、そこも例外で。

「例外ばかりですね」

そうだな。

それと、誰に聞いたかは知らないが、トラインの結婚は決まったわけではない。打診があったというのを確認しただけだ。俺としては、トラインの意思を大事にしたい。もちろん、ティゼルの場合もだ。だから、ティゼルに黙って相手を決めるようなことはしないよ。

「お父さま……」

逆に、ティゼルが結婚相手にいいなと思った者がいたら、遠慮なく村に連れて来て、俺に紹介してほしい。

「そんな。トラインの話を聞いて私も結婚かと思いましたが、私が結婚なんてまだまだ早いです」

そうか？　だが、ティゼルはかわいいからな。男性のほうが放っておかないだろう。だから、いいなと思った時点で、村に連れて来るんだ。わかったな。

「はい。お父さまの言う通りにします」

うん。


ティゼルが部屋に戻り、居間に残った俺が親子の語らいに満足していると、ティアがやってきた。

「よろしいのですか？　ティゼルが選んで連れて来ても？」

聞いていたのか？

「聞こえてしまった。というのが正しいですね」

そうか。

「それで、よろしいのですか？」

俺は娘《ティゼル》を信じている。そうそう悪い相手は連れて来ないだろう。

「そうですか？　利害関係だけで結婚相手を決めそうなところもあるのですが……」

あー……ありそう。

まあ、男女の仲は複雑怪奇《ふくざつかいき》。流れで結婚することもあるし、口うるさいことは言わないさ。

んー。違うな。口うるさい父親であると、ティゼルに思われたくないだけだな。俺もティゼルの結婚は、まだまだ早いと思う。

あと十年。いや、二十年は子であってほしい。

「かわいがりすぎて、嫁ぎ損ねるのも困るのですが……天使族でティゼルの相手を探すという話もありますよ」

そっちで進めると、断れない相手とか出てきそうだからやめて。

「そうだと思って止めてます。まあ、強引に進めても誰も喜びませんしね」

そうだな。

「ですが、簡単にティゼルの夫になれると思われるのも困ります」

え？

「天使族の例の試練ほどではないにせよ、なにかしらの試練を用意して歓迎するぐらいは許されるでしょう」

えーっと……。

「余興《よきょう》ですよ。余興。ちょっと竜族と戦ってもらうぐらいで」

…………。

「もちろん、竜の姿でですよ。人の姿だと、かなり力が制限されますからね」

ティア。ティゼルの結婚の話はここまでにしよう。ティアが反対なのはわかったから。ああ、まだまだ先の話さ。それまで、ティゼルは俺たちの娘だ。

閑話 鬼人族メイドたちの思惑

こんにちは。私は〝大樹の村〟で働く鬼人族メイドの一人です。

こんな紹介をしても、〝大樹の村〟以外にいる同族を見たことがないのですけどね。うふふ。

さて、私たち鬼人族には一つの問題がありました。それは鬼人族は女しかいないということ。

他種族と交わって子を産むことは可能ですが、鬼人族は他種族とのあいだに子が生まれにくいと言われています。それに、鬼人族の女は一生に一人の相手としか添い遂げません。そこらの男とのあいだに子を儲《もう》けようとは考えないのです。

そんな面倒くさい私たちを相手してくださるかたなど、そうそう見つからないだろうと思っていたのです。ですが、まあ、その、ご存じの通り解決しまして。

私たちの代表であるアンさまとのあいだに、一子を儲けられました。

トラインさま。鬼人族にとって待望の男の子です。一族の復興の象徴となるかたです！

とまあ、喜んだわけなのですが…………〝大樹の村〟にいる鬼人族の女は、基本的にヒラクさまに娶《めと》ってもらっているような感じです。つまり、トラインさまのお相手がいません。

困りました。村の外に生き残りの鬼人族を捜しに行くかどうか、鬼人族内で真剣に話し合われたぐらいです。

ヒラクさまに相談もしました。

ヒラクさまとしてはトラインさまのお相手を考えるのは早いように思われておりますが、準備はしておかなければいけないことです。

鬼人族一同の意見として、生き残っている鬼人族の捜索をヒラクさまにお願いしました。

ヒラクさまはそれを引き受けてくださり、一安心。そう思ったのですが、ヒラクさまは独自で動こうとしたので慌てて止めました。

さすがの私たちも、ヒラクさまに捜索に行ってほしいわけではなく、〝大樹の村〟として鬼人族の生き残りがいるかどうかを調査してほしいだけなのです。ええ、冒険者ギルドに依頼するとかの方向で。

正直、生き残りの鬼人族が見つかっても、問題はありまして。

言いにくいのですが、鬼人族が私たちだけになったことに、鬼人族にまったく責任がないわけではなく……隠しても仕方がないので素直に言いましょう。

鬼人族は基本的に乱暴です。

攻撃性が強いというべきでしょうか。個々の能力が高いこともあって、ほかの種族と揉めます。全方向に喧嘩を売るスタイルなのです。

幼いころにルーさまやフローラさまに保護された私たちとは、性格というか性質が違うと考えてもいいでしょう。

ですので、まあ、その、見つけても〝大樹の村〟に誘うのか？　いや、そもそも〝大樹の村〟に移住を許されるかという問題がありまして。

見つけたあと、そのあたりを話し合えればと思います。

ちなみにですが、先ほど鬼人族一同の意見として、生き残っている鬼人族の捜索をヒラクさまにお願いしましたと言いましたが、一人だけ反対している人がいます。

アンさまです。

鬼人族ということだけで、トラインさまのお相手にするのは抵抗があるらしいというか、猛反対でした。

トラインさまの相手は自分が用意するとまで言っていたのですが、事情に変化がありまして……。

はい、アンさまの妊娠発覚です。二人目です。

さらに、鬼人族のナンバー2であるラムリアスさまも妊娠です。

どちらもヒラクさまとのあいだの子なのですが、これで鬼人族の考えは大きく変化しました。

わざわざ生き残りの鬼人族を探さなくても、なんとかなるんじゃないかなと。

鬼人族全員が、頑張ってヒラクさまとのあいだに子を儲けることができれば、鬼人族の復興と言えるのではないかと。

もちろん、トラインさまのお相手が誰でもよくなったわけではありません。ただ、鬼人族にこだわらなくなりました。

そして、そうなると候補者がいます。

山エルフの娘なのですが、トラインと気が合うのかよく一緒にいます。

見た感じ、男女のあれこれはなさそうというか、ただの友人関係のようです。それゆえ、アンさまは見逃していますが…………私はありだと思うのです。

まあ、私が口を出す問題ではありませんので、見守っていこうと思います。

…………。

そんなふうに考えていたのに、まさか天使族のキアービットさまがトラインさまの夫になりたいと言い出すとは……。

楽しくなってきました。

アンさまは反対のようですが、現在は妊娠中。激しい感情はいけません。アンさまを宥《なだ》めつつ、キアービットさまをとりあえず受け入れる方向で話を進めます。

なぜって？

キアービットさまが加わることで、トラインさまとあの山エルフの娘の関係が動くかもしれないじゃないですか。

私はどちらがいいとは言いません。決めるのはトラインさまです。ええ、これ以上の手だしはしません。あとはキアービットさまがどう頑張るかです。

ふふふ。

〝大樹の村〟に移住してからというもの、楽しくて仕方がありません。

ああ、生き残った鬼人族の捜索は続けてもらっています。

トラインさまのお相手という理由はなくなりましたが、同族です。

生き残り、問題なく生活しているのであれば、それはそれでよし。生活に困窮《こんきゅう》しているようであれば、援助の手を差し伸べたいと考えております。

鬼人族は意外としぶといので、きっとどこかで残っているでしょう。会える日が楽しみです。

まあ、最初はどちらが上かを教え込む殴り合いになるでしょうけどね。

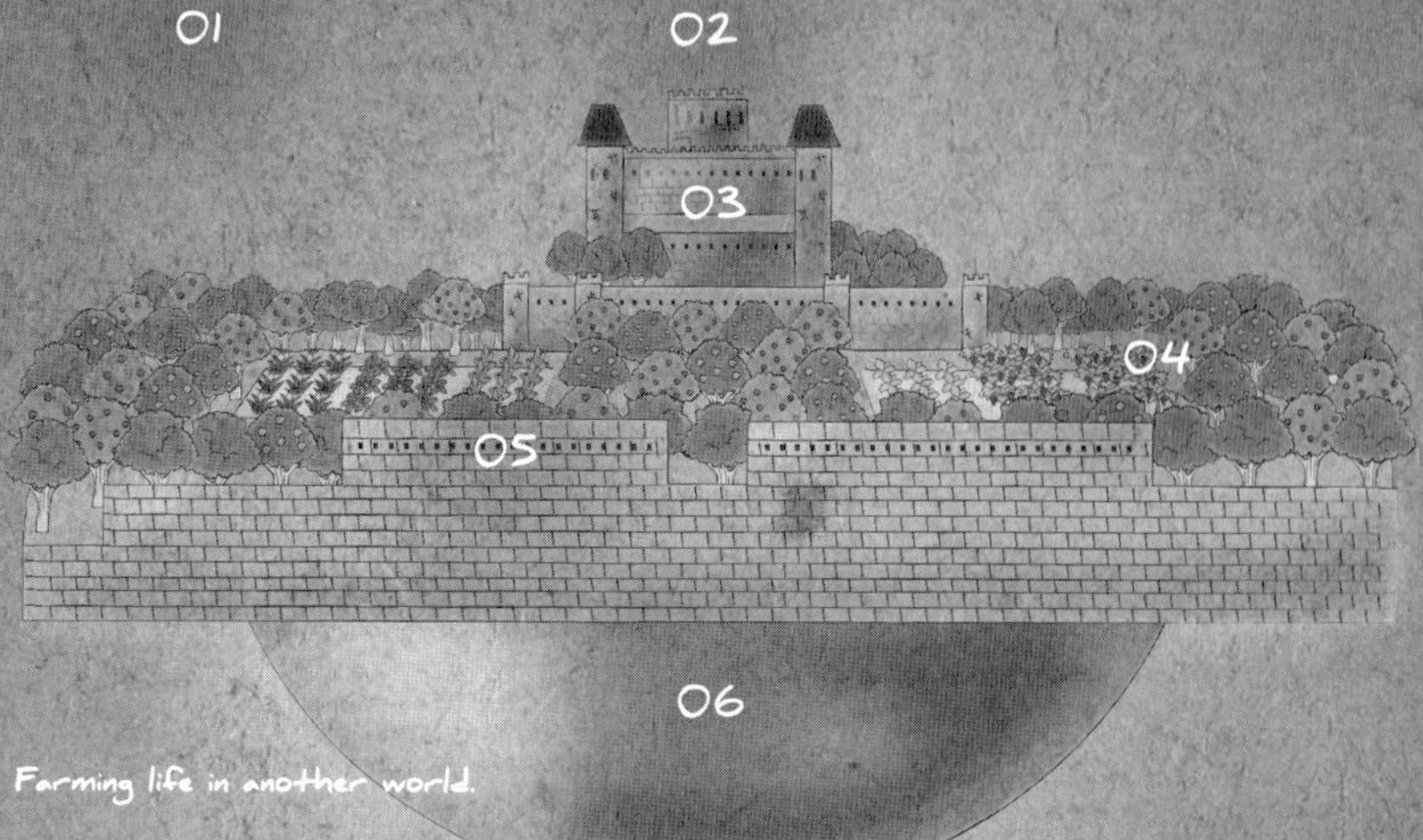

Farming life in another world.

Chapter,3

Presented by
Kinosuke Naito
Illustrated by
Yasumo

〔三章〕

いつもの冬

01.四ノ村　02.太陽城　03.城　04.畑や果樹　05.側壁　06.底部(半円球)

1 冬が始まる

ザブトンとザブトンの子供たちが、冬眠した。春までお別れだ。

寒さに耐性がある冬眠しないザブトンの子供たちが、気合いを入れている。無理はしないように。

もちろん、頼《たよ》りにしているぞ。

だが、保温石を持たないと駄目な個体《もの》は、ちゃんと持つように。持たなくても大丈夫な個体も、油断しないように。寒いからな。

スライムみたいに外で凍《こお》って春までそのままとか嫌だろ？

そんなことを言っていたら、スライムたちから怒られた。しかし、凍っているのは事実だろ？　数は減ったが。俺に怒る前に、種族全体で注意するように。


そして、ザブトンたちに続いてため池のポンドタートルたちも冬眠。また春に会おう。

…………えーっと、ルーよ。こっちは別れを惜しんでいるところなんだ。ポンドタートルの甲羅《こうら》の皮を抱えてダンスをするのは止《や》めてもらえないかな。

それに、毎年、それなりの量をもらっているんだ。踊るほど珍しくないだろ？

「そうは言っても貴重なものなのよ。幻の素材なんだから！　使い道もいろいろあるし、どれだけ

あっても困らないんだから」

踊るのは止めてくれたが、歩くステップが軽快だ。よほど嬉《うれ》しいのだろう。

まあ、ポンドタートルの甲羅の皮は薬になるだけでなく、魔法の触媒《しょくばい》になったり、魔道具の部品としても使えるらしい。ルーとしては、冬のあいだの研究に使える新鮮《しんせん》な素材を入手できたようなものか。

だからといって独占はよくないぞ。フローラやティアが使いたいと言ったら、渡すように。

「わ、わかってるわよ。言われたら渡すわ」

それならよし。ところで、竜たちの鱗《うろこ》も貴重だが、嬉しいのか？

「あれはあれで貴重なんだけど、加工が手間だから」

加工するのに、別の貴重な鉱物が必要だったりと、いろいろと面倒らしい。

「それに、捨てるほどあるのを見せつけられるとねー」

捨てようとすると、周囲から必死で止められるけどな。来年は鱗用の倉庫を増やさないと。


そして、冬が到来。急に吹雪《ふぶ》いた。びっくりした。

しかし、備えは万全。困ることはない。ふふふ。この程度の吹雪《ふぶき》ではびくともせんぞ。

などと思っていたのだが。

翌日。

吹雪が収まって村の状況を確認すると、牛小屋の壁の一部が壊れていた。

馬鹿な！

牛小屋が壊れたことなど、これまでなかった。少し前に手入れもしている。あの程度の吹雪で壊れるものか！

「どうやら、壊したのは牛のようです」

若い牛が、吹雪の音に驚いて暴れてしまったようだ。それなら仕方がない。

幸いにして、被害は牛小屋の壁だけで牛たちは無事だった。寒くはなかったか？

牛たちが寒さからか小屋の中で密集していたので心配したが、牛の周囲から保温石を持ったザブトンの子供たちが現れた。

おおっ、保温石で牛たちを温めていてくれたのか。ありがとう。助かったぞ。

ん？　連絡できなくて反省？

いやいや、吹雪いていたんだ。無理に外に出るのはよくない。ここで待機していて正解だ。

しかし、ザブトンの子供たちの数が多いな。牛小屋を守るため、交代で何匹かが住んでいるのは知っていたが、ここまでじゃなかったはず。

まさか、吹雪の中を移動したのか？　違う？　牛たちが急に温泉に移動することがあるから、事前に監視として数を増やしていたと。なるほど。

そして、数を増やしていたから牛たちを十分に温めることができたと。運がよかった。

そう、牛たちや俺は運がよかった。ザブトンの子供たちが備えてくれたことで、その運を引き寄せてくれた。

改めて、ありがとう。助かった。

さて、小屋を壊した牛も反省しているようだし、同じ失敗を繰り返さなければ問題にはしない。

牛小屋以外に、被害がある場所もなし。となれば、牛小屋の修理を急がなければ。

まずは小屋の中に入った雪を外に放り出し、壊れた箇所をむき出しにして被害状況を確認する。

土台や柱に被害はなさそうだ。牛小屋の壁が崩れただけのようだから、すぐに修理できる……かな？

ちょっと不安になったところで、ハイエルフや山エルフ、獣人族の女の子たちが手伝いに来てくれた。助かる。

ああ、ザブトンの子供たちも手伝ってくれるのか。ありがとう。高い場所は任せるぞ。よし、また吹雪く前に終わらせよう。

四時間ほどかけて、牛小屋の修理は無事に終了。

それを見守ってから、牛たちは出かける準備を始めた。

どこに行くんだ？　温泉？

それなら、修理を待たずに行けばよかったのに。見張ってなくても、ちゃんとやるぞ。

そうじゃない？　俺たちが頑張っているのに、温泉でのんびりできない？

そうか、気を使わせたな。よしよし。温泉でのんびりしてくれ。

知ってはいたが、牛たちが自分で扉を開け閉めする賢《かしこ》さには感心する。

勝手に開けられないように、何度も改良した鍵をつけているのだけどなぁ。

ちなみに、馬や山羊《ヤギ》も扉の開け閉めができる。うちの動物たちは総じて賢い。

まあ、危ない場所に行こうとするのでなければ、ザブトンの子供たちが開け閉めをやってくれるのだけど。

そのザブトンの子供たちは、何匹か牛たちに同行するらしい。道中でなにかあったときのためだな。よろしく頼む。

あと、温泉地の死霊騎士《デスナイト》たちに、よろしくと伝えておいてくれ。ああ、俺も冬のあいだに何度か温泉地には顔を出そうと思う。冬場の温泉は至福だからな。

屋敷に戻ると、すっかり日が暮れていた。だが、夕食には……まだ少しかかりそうだ。これはアンたち鬼人族メイドがさぼっているわけではなく、ただ日が暮れるのが早くなっただけだ。

夕食作りの手伝いを申し出たが断られたので、部屋でのんびりと待つことにする。

…………。

俺の部屋では、クロたちがコタツに入ってまったりとしていた。

クロ、ユキ、クロイチとアリス、クロニとイリス、ウノとクロサン、クロヨンとエリス。クロたち一家の初代組が勢揃《せいぞろ》いだ。

まあ、冬はフェンリル一家が村の警備の主力だからな。それはいいとして……。

今日、俺のそばに一頭もいなかったのはどういうことだ？　屋敷を出るときに、何頭かに見送ってもらっただけだぞ。

俺の問いかけにクロたちは少し考え、一斉にコタツの中に姿を隠した。仲のいいことだ。

まあ、寒いからな。怒ってないよ。

ほら、俺もコタツに入るから、潜ってないでスペースを作ってくれ。


ふう、暖《あたた》かい。

今日、大活躍だったザブトンの子供たちのために、明日にでもイモ料理を作ってやろう。なにがいいかな。

マッシュポテト……冬場だから、温かいほうがいいかな？

となると……蒸《ふ》かしイモ！　バターをたっぷりと載せた蒸かしイモ！　悪くない。

あ、いや、珍しい料理のほうが喜ぶかな？

考えながら、のんびりと夕食を待つ俺だった。

2 雪の跡

朝。朝食をすませて少しまったり。

冬なので、大きな仕事はない。気が楽だ。

だが、やることはある。

まずは外の天気を確認し……うん、晴れだな。三十センチほどの深さに積もった雪が綺麗《きれい》だ。

しかし、その雪がすでに荒らされている。足跡から、若い世代のクロの子供たちだろう。年配世代のクロの子供たちは、雪の少ない場所を選んで歩くからなぁ。

そんな足跡に交じり、スキーで移動した痕跡《こんせき》もある。幅の広さから、子供用のスキー板かな？

それが数人分。子供たちがスキーで出かけたので、護衛としてクロの子供たちが同行したということかな。

心配としては、子供たちが誰にも言わずに出かけている可能性があることだが……。

鬼人族メイドたちに確認したら、出かけたのはアルフレート、リリウス、リグル、ラテで、ちゃんと行き先と目的を伝えてあるらしい。いい子たちばかりだ。

「あと、二人ほど護衛が同行しています」

その痕跡は気づかなかった。

護衛はハイエルフだそうだから、魔法でも使ったのだろうか？　あとで確認しておこう。

子供たちに問題はなかったので、俺も外に。

うん、寒い。

しかし、日が出ているので凍《こご》えるほどではない。ちゃんと防寒具を着込んでいるしな。

目的は牧場エリア。

馬や牛、山羊、羊、豚たちのチェックがメインだけど、牧場エリア全体も確認する予定。牛小屋のように壊れてたらいけないからな。

……ん？　あまり沈んでいない大きい靴跡《くつあと》。これはハイエルフや獣人族の女の子たちが使う雪用のブーツの跡だな。スパイクでつけられた穴もあるから、獣人族たちだろう。

靴跡も牧場エリアに向かっているし、間違いないと思う。


牧場エリアに到着すると、予想通り獣人族の女の子たちがいた。どうやら動物たちの小屋に異常がないか調べているようだ。

動物たちの世話は雨や雪の日でも欠かすことはできないので、毎日のように誰かが小屋を見ているのだが、雨や雪の日はどうしても視界が悪いからな。晴れた日のほうがチェックしやすい。

俺も手伝おうと思ったが、ほぼ終わっているようだ。来るのが遅かったか。

「いえいえ。村長がいると動物たちも喜びますから」

そうか？　山羊が突進してくるだけだと思うが？

そう思って周囲を見ると、ユニコーンとペガサスが俺に駆《か》け寄ってきた。

おおっ、どうしたどうした？　ん？　馬のことは意識しても、俺たちのことを忘れているんじゃないかと？

ははは、お前たちのことを忘れたわけじゃないぞ。馬として一括《ひとくく》りにしただけで。

一緒にするな？　似たようなものだと思うが？　わかったわかった。一緒にしない。別扱い。それでいいか？　よしよし。

ところで、ユニコーンとペガサスは着飾っているな。馬着《ばちゃく》というものだったか？

ペガサスは、馬着が翼の動きを邪魔しないようになっている。刺繍《ししゅう》が綺麗だから予想はつくが、どうしたんだ？

ザブトンたちが作ってくれたと。やはりそうか。ちゃんとお礼を言ったか？　言ったならいいんだ。大事にするんだぞ。

牧場エリアを見回り、異常なしを確認。

積雪量もそれほどじゃないが、小屋の上の雪は落としておいた。

あと、小屋にできた氷柱《ツララ》も折っておく。危ないからな。

ちなみに、氷柱を舐《な》めて水分補給をしていたとある動物が、舌と口を氷柱にくっつけてしまい動けなくなった事故があったことは秘密だ。動物の名誉のために、村の外では言ってはいけないことになっている。

　おっと、馬に頭突きをされてしまった。言ってないのに。

　屋敷に戻る途中、スキー板を着《つ》けたアルフレート、リリウス、リグル、ラテを発見。また出かけるところのようだ。昼食に戻ってきていたのかな？

　護衛のクロの子供たちが俺に気づいたらしく、アルフレートたちに教えている。手を振って挨拶。入れ違いのようで残念だ。

　…………。

　しかし、アルフレートたちの後ろを行く奇妙な生物というか、ふわふわ丸い存在。白い防寒着を着込んだ護衛のハイエルフのようだ。

　だが、注目すべきは防寒着ではなく、その足。ハイエルフたちは足の底に細い棒を立てて装着していた。

　竹馬《たけうま》……いや、手を使わないから、一本歯下駄《げた》……みたいなものかな？　靴底にあるのは歯ではなく、棒だけど。だから、その足跡は細い穴があるだけ。

　なるほど、足跡がなかったのは魔法ではなく、あったけど俺が見落としていただけか。

　しかし、その棒も長いな。一メートルぐらいありそうだ。

通りかかったハイエルフにあれはなんだと聞くと、雪の中に隠れている変なものを踏む危険への対策だそうだ。

「導入したばかりです。使ってみて、効果が高いようであればほかの種族にも勧めてみようかと」

なるほど。

見た感じ、足首への負担がきつそうだけど、実は棒は脛《すね》で固定されており、いざというときはワンタッチで外せる仕組みになっているそうだ。だから足首を痛める心配は少ない。

欠点は、習得にそれなりの時間が必要なこと。あと、見た目が面白いことだそうだ。

まあ、面白いのは認めるとして、採用しているからには有用だと思っているのだろう。

「魔獣や魔物が雪の中に隠れることもありますから」

用心は大事だな。

「はい。まあ、私たちが近づく前にクロ殿のお子さんが退治してしまうので、活躍の場というか変な物を踏むことはないのですけどね」

ん？　冬場だと、活動するクロの子供たちの数が少ないだろ？　大丈夫か？

「いえ。森に入ると言えば、いつも通りの数が護衛について来てくれますよ」

そうなのか？

「冬場は私たちも森に入ることが減りますから、護衛役のクロ殿のお子さんたちが暇《ひま》をしているように見えるのではないでしょうか」

そう言われると……そうか。

ふむ。クロたちを少し見直さないといけないな。

そんなふうに思いながら屋敷に戻ると、俺の部屋で仰向けに寝ながらイビキをかいているクロ。その周囲で、静かに寝ているユキと子供たち。

………。

俺は寝ているクロを静かに抱きかかえ、重いな。

だが、頑張ってそのまま屋敷の外に……途中でクロが起きた。目と目が合う。

………。

あ、逃げた。

「お父さん、クロを虐《いじ》めちゃ駄目だよ」

その様子を見ていたフラシアに咎《とが》められた。

フラシアは優しいな。だが、虐めたんじゃないぞ。ちょっと雪と戯《たわむ》れさせてやろうと思っただけだ。

「クロが望んでないならやっちゃ駄目だよ」

まあ、その通りだけどな。ちょっとしたイタズラだ。

「イタズラも駄目」

うん、そうだな。反省。

いつのまにか、逃げたクロがフラシアの後ろにいて、さすがフラシアと満足げな顔をしていたので、謝って仲直り。

はいはい。しばらくはコタツを自由に使っていいよ。俺が許可しなくても使うだろうけど。

3 冬のとある日

アルフレートが、リリウス、リグル、ラテの三人とまた出かけるようだ。

今日は〝一ノ村〟に行くらしく、クロの子供たちの護衛の数が多い。

途中の川で落ちないようにな。気をつけて行くんだぞ。

そして、少し遅れてついていくハイエルフの護衛たち。

…………。

前に見たときよりも棒が長くなっているけど大丈夫か？　歩き方も、大股《おおまた》というか足を大きく上げて……もこもこの防寒着もさらに厚くなっていることから、なんだか違う生物のようだ。

いや、迷彩《めいさい》としては正解なのかな。子供たちをよろしく頼む。

アルフレートたちを見送ると、俺は屋敷の遊戯室に移動する。遊戯室の一角では、人だかりができていた。その人だかりの中央には、イースリー、ウルザ、ナート、トラインが囲む麻雀卓《マージャンたく》。

子供大会かな？

「違う。最強位決定戦だ」

近くで見ていたドライムが教えてくれた。なんでも、ここ最近の麻雀の成績上位者が揃った卓らしい。へー。イースリーはともかく、ウルザやナート、トラインが強いのは驚きだ。

少し見ていると、誰も上《あ》がれない流局《りゅうきょく》が多い。また、上がったとしても点数が小さい。あまり見どころがない。

「なにを言う。高度な戦いが行われているぞ。ほれ、誰かに大きい手が入ると、残りの三人でつぶしにかかっている。今回はウルザの手がいい。だが、それを察してナートとトラインが鳴いてウルザの手番を減らし、その隙にイースリーが上がりを目指している」

それだとイースリーが上がって終わりじゃないのか？

「ここでイースリーがナートとトラインの働きを無視して大物手を上がったら、その次からイースリーは三人に徹底《てってい》して狙われる。さすがのイースリーも、それは遠慮したいのだろう。わざと手役をつぶし、安手で上がろうとしている」

へー。

しかし、それだと、どうすれば決着がつくんだ？

「もちろん、このままでは勝負がつかない。だから、どこかのタイミングで抜け出す。周りにいる者は、それがいつかと見守っておるのだ」

　見るのにも技量がいるのか。俺にはわからんな。

　ところでドライム。あっちの卓はなんだ？

　ドースにギラル、ドマイムにクォルンで囲んでいるが、麻雀を教えているのか？

「あそこは最弱王決定戦だ。一応、父に決まったのだが抵抗してな。麻雀に詳しくない者を引き込んで、継続している」

　あ、うん、わかった。ドライムは抜けられたんだな。

「この村には長くいるほうだからな。麻雀にも触れる機会はほかの者より多い」

　それはなにより。

「こっちも質問だ。アルフレートたちが出歩いているが、なにをやっているのだ？」

ん？　ああ、王都にいたときの生活を教えてまわっているんだ。村の住人全員が屋敷にいるわけじゃないからな。

「わざわざ自分で行って、語っているのか？」

　本人がそうしたいって。

「ふむ。王として育っておるな」

　そうなの？

「うむ。喜ばしいことだ。私も協力は惜しまん。必要なときは声をかけてくれ」

わ、わかった。

「遠慮なぞせんでいいからな。わははははは」

あ、ありがとう。アルフレートたちにも伝えておくよ。

俺はもう少しだけイースリーたちの麻雀を見物した。


屋敷の客間の一室に、珍しく猫たちが勢揃いしていた。

父猫のライギエル、母猫のジュエル。姉猫のミエル、ラエル、ウエル、ガエル。妹猫のアエル、ハエル、ゼエル、サエル。

虎のソウゲツの姿はない。つまり、猫たちだけの会議かなにかかな？

…………。

これは会議ではなかった。母猫のジュエルが姉猫、妹猫たちを叱《しか》っているだけだ。

父猫のライギエルはこの場から離れたそうだが、その素振《そぶ》りを見せるとジュエルに叱られると考えて、じっとしている。あ、俺に気づいた。助けてとサインを送ってくるんじゃない。ほら、姉猫や妹猫たちも俺に気づいたから、一斉に俺の背後に走って隠れた……違うな。

俺の足を押して、俺をジュエルに差し出した形だ。俺を巻き込むんじゃない。

で、なにが原因で叱られているんだ？　窓から外を見たらわかる？　窓の外を確認。

なんだろ？　雪景色の中庭だが……特に変わったことはないと思うが？　手前？　雪の塊がいく

つかあるが……あ、わかった。雪ダルマだ。
たぶん、複数体あったであろう雪ダルマが、無残にも全て壊されている。猫たちが壊したのか？
魔法の的《まと》にしたと……はぁ。

誰が作ったか知らないが、頑張って作ったのだろう。それを壊すのはよろしくない。もうちょっと、叱られているように。

こらこら、俺に抗議するんじゃない。反省のポーズで、ジュエルから叱られなさい。

ん？　ライギエル、どうした？　……あの雪ダルマを作ったのは天使族？　ティゼルやオーロラ、ローゼマリア、ララーデル、トルマーネなど村の若い子たちのために頑張っていたと。幸いにも見せ終わってはいるが、壊れたところを見せるのは忍びない。なんとかならないかと？

たしかにその通り。わかった。雪ダルマを直しておこう。

もとの形を知らないから、天使族たちにも声をかけて。ああ、一緒に行って謝ってくれるのか。すまないな。

雪ダルマの事情を話したら、ティアが魔法でさっと直した。すごいな。

「ゴーレム操作の魔法の応用です」

へー。

「しかし、その猫たちもやりますね」

ん？　どういうことだ？

「雪ダルマが壊れないように防御魔法を張ってあったはずですし、万が一、壊されたとしても爆発する仕掛けの痕跡がありました。猫たちは防御魔法を突破し、なおかつその仕掛けを回避したのですから、やりますねと」

…………。

村で、なにを作っているんだ！　危険物を設置するんじゃない！

「いえいえ、雪ダルマが冬のあいだ持つように防御魔法を張るのは基本です」

爆発するのは？

「散り際《ぎわ》は美しくという方針ですね。雪ダルマに抱きついていても、死なない威力ですよ」

本当だろうな。

「嘘《うそ》なんか言いませんよ。中庭には鶏もいますし、子供たちも歩くんですから」

わかった。

だが、防御魔法はともかく爆発する仕掛けは禁止だ。周知するように。

「はーい」

姉猫、妹猫たちの事情が変わった。

変な仕掛けがあったから攻撃した可能性がある。姉猫、妹猫たちは村の安全のために、雪ダルマを攻撃したのだ。

そう思った俺に抱えられていたライギエルが「ないない」と首を横に振った。

そうか、ないか。


日が暮れる少し前。アルフレートたちが村に戻った。

護衛のハイエルフたちが普通に歩いている。なにかあったのか？

〝一ノ村〟の住人にハイエルフたちが魔物と間違われ、攻撃された？

あー、アルフレートたちを見守っているつもりでも、視点を変えればアルフレートたちを追いかけているようにも見えるもんな。

怪《け》我《が》人は？　なし？　アルフレートたちがすぐに止めたと。よかった。

あとで〝一ノ村〟には俺から謝っておくよ。驚かせてすまなかったと。

4 雪とグラルのお洒落

雪が降り積もり、深くなっていく。雪《ゆき》かきが大変だ。

ただ、魔法で雪を溶《と》かすのはお勧《すす》めできない。溶けて出た水が凍って逆に危ないから。

フェニックスの雛《ひな》のアイギスは、炎で屋根の雪を下ろしている？　なぜかあの炎で溶かされた雪は、水にならずに蒸発《じょうはつ》しているんだ。だからあれは例外。

話を戻して……魔法と同じく爆破も駄目。

雪を吹き飛ばすだけだし、溶けた雪もすぐに凍って危ない。いや、それだけじゃない。爆破の振動で、建物の上に積もっていた雪が落ちるかもしれない。それは危ないだろ？

だから、クロたちの角の使用許可は出せない。クーデルがどれだけ甘えても出せない。

…………。

娘《ララーデル》を使うのはずるいぞ。

結局、五本ほど使用許可を出してしまった。自分の意志の弱さを反省。

まあ、村の近くでやらないようには言ったが……村の近くじゃない場所で爆破しても、雪かきにはならないよなー。

なのに笑顔で受け取っていたから、ただ急降下爆撃がしたいだけか。あいかわらずだ。

俺はララーデルをあやしながら、ああいったところは似るんじゃないぞと願った。

あやしていたララーデルがお昼寝したので、ララーデルの部屋のベッドに寝かしに行く。

このまま見守っておこうかと思ったら、何人かの天使族が見守りは任せてくださいと志願してきた。村に新しくやってきた天使族で、ララーデルとは仲良くやっている天使族たちだ。

いいのか？　退屈だぞ？　俺は自分の娘だから、それほど苦痛ではないが……。

本でも読みながら交代で見守るとのこと。それと、天使族の子供はめったにいないので、見守りたいそうだ。

ティアやクーデルにも事前に許可をもらっているとのことで、俺的には任せて問題はない。よろしく頼む。

なにかあったときは、鬼人族メイドか部屋の天井にいるザブトンの子供たちに言ってくれ。俺が上を指さすと、何匹かのザブトンの子供たちが足を上げて挨拶。

ん？　どうした？　防犯が完璧だと感心したと。

そうかそうか、ザブトンの子供たちは優秀だからな。


ララーデルを天使族に任せ、廊下をぶらぶらしていると、中庭で珍しい組み合わせが雪ダルマを作っているのを見た。

グーロンデ、オルトロスのオル、ヒイチロウだ。いや、実際に作っているのはグーロンデとヒイチロウで、オルトロスのオルはグーロンデの周囲にいるだけだけど。

俺は防寒着を着て中庭に。

おーい、ライメイレン。ライメイレンはどうしたんだ？

「ライメイレンさまは雪山作りに出かけました。夫とドースさまを連れて」

なるほど。

それで、グーロンデがヒイチロウを預かったのか。すまなかったな。

ライメイレンも俺かハクレンに預けてくれればいいのに。

「私だと、すぐに返してもらえるからでは？」

たしかにそうだな。

「それと、ハクレンさんはヒカルさんとヒミコさんを見てますから」

それもあるな。

俺もヒカルやヒミコの世話をしたいのだが、ヒカルとヒミコはまだ上手《うま》く力の制御ができないので、万が一を考えて俺はあまり近づけさせてもらえない。寂しいが、子供にトラウマを植えつけるわけにはいかないからなぁ。

おっと、ヒイチロウを無視したわけじゃないぞ。一緒に雪ダルマを作ろうか。よしよし。

…………あれ？　グラルは？

ヒイチロウのいるところにはグラルがいるイメージ。ライメイレンのいないときは特に。なのにいない？

「おめかししてます」

グーロンデが教えてくれた。

「ザブトンさんが冬眠前に作ってくださった服がありまして、それを着るために家のほうに戻ってます」

ほう。

グラルの行動は、ヒイチロウに見せるためだろうな。まあ、ペアルックの強制とかでないなら、問題なし。俺は雪ダルマの頭を作りながら、そう考えた。

雪ダルマの胴体部分はヒイチロウ。父親として息子に力を見せたいが、種族的な差はどうしようもない。頭を胴体に乗せるのもヒイチロウに頼む。

うん、悪くない。グーロンデのほうも完成したな。

グーロンデの作った雪ダルマは、胴体は半円のカマクラ型で、その上に丸い頭が乗っている。

「胴体をカマクラにしようと思っていたのですが、胴体に穴を開けると頭が落ちて沈みますよね」

そうなるだろうなぁ。

カマクラは冬になれば村のあちこちにできるので、グーロンデも知っている。雪ダルマに実用性を与えようとしたのだろうが……。

「計画倒れでした」

まあ、そう落ち込むことはない。

俺も似たようなことをやって、頭を実際に落としている。途中で止めることができたグーロンデのほうが優秀だ。

「ふふふ」

カマクラはカマクラで作ろう。ヒイチロウもやる気だ。

オルトロスのオルは……グーロンデの作った雪ダルマの頭の上に登り、ご満悦《まんえつ》な顔だった。

少しして、グラルがやってきた。

おおっ、黒と赤を基調にした冬服！　第一印象は……神官服！　冬服なのに、あまりもこもこしておらず、神聖さが重視されている気がする。

寒さは大丈夫か？　問題はない？　だったらいいのだけど。

しかし、グラルの灰色の鱗の色と相まって、すごく似合っている。

って、人の姿用の服ではなく、竜の姿用の服か！　来るのが遅いなと思っていたが、着るのに時間がかかるのも納得だ。

おっと、着陸は待ってくれ。雪ダルマが壊れる。

そこはカマクラを作ってる最中。そのあたりで……静かにだぞ。

よし、見事な着陸。ヒイチロウ、グラルの姿を見て一言どうぞ。

「つ、翼がいっぱい……」

……。

たしかに竜姿のグラルには、翼が一対《いっつい》ではなく三対《さんつい》ある。

あれ？　前からそうだっけ？　グラルの竜姿は何度か見ているが、一対の普通の竜だったような気がするが？

「まだ上手く扱えないので出していなかっただけです」

グーロンデの補足。

なるほど、そうだったのか。上手く扱えないと言っているが、空中で静止しているとき、三対の翼をそれぞれ動かしてポーズを決めているのはかっこよかった。

まあ、そのせいで、実は堕天使《だてんし》とか闇司祭《やみしさい》とかを神官服より先にイメージしたのは内緒だ。神官服と言えた俺、すごい。

それはいいとして…………ヒイチロウ、翼がいっぱいって感想はどうだろうな。もうちょっとあるだろ？

グーロンデの首がいっぱいある竜の姿もうらやましい？　うーん。

グラルがこっち……いや、ヒイチロウをチラチラ見ている。せっかく着飾ったのだからな。仕方がない、もう一回だ。

ヒイチロウ、グラルの姿を見て一言どうぞ。

しかし、まだ子供なヒイチロウに空気を読むのは無理だろう。なので、俺はヒイチロウに小声でアドバイスをする。

ヒイチロウも、ああいった服を着たいか？

「うん、グラルの服、かっこいい！」

つまり、似合っているということだな。

大丈夫だとは思うが、通訳しておいた。グラルは……まんざらではなさそうだ。よかった。

お？　グラルは人の姿に戻るのか。え？　服はどうなるんだ？

魔法で収納？　便利だな。

って……グラルよ。その姿はなんだ？　高校生ぐらいのサイズになっているぞ？

でもって、人の姿でも闇司祭……じゃなくて、神官服？

人の姿用も作ってもらっていたのか。ああ、似合っている。

が、その、なんだ……竜族の人の姿が自在なのは知っている。

普段は威厳とかを考え、それなりの年齢の姿のライメイレンが、若い姿でいたりするからな。グラルとしては服が似合う姿になっただけなのだろう。だが、悪手だ。

俺はちらりと横のヒイチロウを見た。あきらかに機嫌を損ねている。

そりゃ、同じぐらいだと思っていたグラルが、一足先に成長した姿になればなぁ。微妙なお年頃の男の子としては、似合うとか綺麗だとか言う前に、嫉妬《しっと》が先にくる。

グラルもそれに気づいたようだ。どうする？

「早く、私の横《となり》が似合うようになってください」

煽《あお》ったぁ！　す、すごいぞグラル！　追いかけるだけじゃなかったんだな。

そんなグラルの姿に、グーロンデも感慨《かんがい》深く頷《うなず》いていた。

オルトロスのオルは……退屈させてすまない。カマクラを完成させようか。

グラルは、ずっとその格好でいられるのか？　無理？　グラルは、いつもの姿に戻った。服もそれに合わせてリサイズされて……あ、うん、かわいいぞ。

えーっと、そっちに意味は通じないだろうけど、七五三《しちごさん》みたいだ。

「意味は？」

愛らしいってことだ。

とりあえず、拗《す》ねたヒイチロウは任せて大丈夫か？　よし、任せた。……違う。ヒイチロウの妻として認めたわけじゃないから。

前々から言っているように、そういったことは二人……グラルは大丈夫そうだから、ヒイチロウがしっかりと判断できるようになってから。

その後、完成したカマクラの中で、汁物で温まった。

5 王都の防災について話す

ライメイレンたちが、村の南側に三十メートルぐらいの雪山を作った。毎年作っているが、雪山の出現に子供たちは大興奮だ。

おっと、子供たちよ。雪山に行く前に、雪山を作ってくれたライメイレンたちに感謝を伝えるように。

あと、ちゃんと朝食はすませたな？　薄着は駄目だぞ。暖かい格好をするように。

汗《あせ》をかいた場合は……まあ、これは同行する鬼人族メイドが指導してくれるだろう。

子供たちはスキーやソリを持って、雪山に向かった。俺もあとで行くとしよう。

ちなみに、雪山を作ったライメイレンたちに気を使い、初滑《はつすべ》りはヒイチロウとグラルでと子供たちは考えたが、ヒイチロウがみんなで遊ぼうと言ったのでそれはなしになった。

ライメイレンは、ヒイチロウが立派になったと涙《なみだ》ぐんでいるが、ヒイチロウは前々から立派だと俺は思う。父親の贔屓目《ひいきめ》だろうか。


朝食後。

ヨウコが〝五ノ村〟に行かず、村に残っている。このあと、ここで魔王とビーゼル、ランダンがやってきて会談する予定だからだ。

会談の主題は、〝魔王国〟と〝五ノ村〟の経済的な関係の再確認と擦《す》り合わせ。まあ、これらは事前に何度か話し合っているので、大きなトラブルはないだろう。

事実、魔王たちがやってきて五分ぐらいで主題は終わった。終わったが……どうして、俺に報告する形になっているのかな？　〝五ノ村〟はともかく、〝魔王国〟は自由にしていいんだぞ。

ん？　雑談？　ああ、かまわないがどうした？

ランダンが板に書かれた資料を取り出した。

「実は王都での火災発生件数が問題になっておりまして……」

ランダンが見せてくれた資料では、今年の春から秋にかけて大小合わせて二十七件の火事が王都で起きている。二十七件は……多いか。年間だとしても、一月に二回以上は火事が発生していることになる。

「年々増えている状況です。対策を検討しているのですが、そこで話題になったのが〝五ノ村〟の火災発生件数です。今年は知りませんが、去年、一昨年《おととし》と一件も発生していない。素晴らしい。これらに関して、なにかしらの仕組みや取り組みがあるのでしたら、お教えいただきたいのですが……」

仕組みや取り組みと言われてもな。

普通に火災訓練……消火や避難《ひなん》の訓練をするように住人に促しているだけだが。

「いやいや、村長。それだけではないぞ」

ヨウコが補足してくれる。

「村長は〝五ノ村〟を作るときに、防災の意識が高かった。避難路、避難地の確保はもちろん、万が一の火事の際、延焼を防ぐために家と家の間の幅を厳しく決めていた」

まあ、それは当然。そういったのは、どこもやっていることだろう？

俺の質問に、魔王、ビーゼル、ランダンは顔を背けた。

………え？　やってないの？　街の設計をしていないのか？

魔王の言い分。

「防衛施設と貴族の屋敷の場所を決めたら、あとは勝手にできあがるから……」

訳）王都は最前線に近く、街のことは気にしていなかった。


ビーゼルの言い分。

「すでにある街を改造して王都にしたものですから、手を出しにくい部分もありまして……」

訳）街の設計をしても、それを実現する労力を考えると後回しになっていた。


ランダンの言い分。

「自治、頑張ってもらってます」

訳）住む場所を変えろと命令しても、なかなか聞いてもらえないです。


よくこれで国家を運営してこられたものだ。

いや、他国との戦争を考えないといけないから、街のことが後回しなのはわかるがな。ここ十年ぐらいは争いがないわけだし、街の整備も考えていかないと。

「励みます」

「頑張ります」

「やってみせます」

いやいや、なぜそう畏《かしこ》まる。冗談なのはわかるし、ノリが軽いのも悪いことじゃないがな。

話が長引きそうなので、鬼人族メイドたちが新しく持ってきてくれたお茶……緑茶だな。

それと、お茶請《ちゃう》けの黄粉《きなこ》モチがそれぞれの前に配られた。黄粉モチだから、緑茶か。ナイスチョイス。

黄粉モチは去年のモチを使っているけど、味に問題はない。ああ、まだ今年は搗《つ》けていないんだ。ある程度の人数が集まれる天気のいい日にやろうと思ってな。

今日なんかは最適なんだけど、雪山に取られた。


話を戻して、火災に関しては発生の原因追究《ついきゅう》が大事だ。

なにが原因で火災が起きているかを調べ、それに対策していく。並行して、避難路や避難地を確保していくことだろうな。いざとなれば、大きい庭を持っている家に避難させることも考え、事前交渉しておく必要もある。

「なるほど」

そうランダンが感心するが、俺としてはたいしたことは言っていない。

火災の原因を調べるとか、これまでやっていなかったのか？

「あー、その……」

言いにくそうにしている。

どうしたんだ？　促すと、ランダンが口を開いた。

「火事が起きると、その周辺が騒がしくなるのと、火事場泥棒《どろぼう》の対策で手いっぱいでして……それらが落ち着いたとしても、火事を起こした者は街から追い出されるか処刑されますので……」

調べたくても調べられないのか。再発防止を考えると、それだと困るなぁ。

そのあたり、〝五ノ村〟はどうなんだ？　ヨウコにそう聞くと、ヨウコは胸を張った。

「〝五ノ村〟では、火災原因は警備隊が徹底して調べることになっている。過去の火災原因としては、魔法の暴発。松明《たいまつ》、たき火の管理ミス。料理中の失火などが上がっている。もちろん、それぞれに対策を講《こう》じているので、同じ原因での失火はほぼない」

おおっ、知ってはいるが、さすがだ。ヨウコは続けてランダンに。

「王都に物申すのはおこがましいが、防火は情報の蓄積《ちくせき》の結果だ。しっかりと調べる体制を作るほうがよい」

「わかった。街長《がいちょう》に伝え、調べる体制作りをさせよう」

ん？　街長って……王都の？　魔王じゃないのか？

「魔王様は〝魔王国〟の運営者であって、王都の運営者ではありませんから。もちろん、私も〝魔王国〟の内政担当であって、王都の内政担当ではありません。私の部下の一人になります」

へー、そうだったのか。

「必要であれば、挨拶に来させますが？」

必要ない、必要ない。

あ、でも、火災訓練はするように伝えてもらえるかな。住人に消火と避難を体験させれば、嫌でも火事を意識し、心構えが変わる。それだけでも火災の発生は少なくなるはずだ。

「わかりました。ヨウコ殿、〝五ノ村〟での火災訓練の資料などをあとでいただけないだろうか？」

「王都が燃えてなくなられては、経済的に困る。提出に問題はない。ああ、火災訓練はいきなり大々的にするでないぞ。混乱するし、本物の火災に繋《つな》がりかねん。小規模なものから始めて、周知させるべきだ」

「ふむ、わかった」

「あと、参加者は希望制にすることだ。強制参加では意味がない」

「そうなのか？　しかし、それでは人が集まらないのでは？」

「火災訓練の名目を火攻め対策とすればよい。参加者に困ることはないぞ」

そういえば、前に〝五ノ村〟のピリカの火災訓練の話をしたときも、火攻め対策と聞かれたなぁ。


その後、俺はヨウコとランダンで火災訓練について話をした。

魔王とビーゼルは、その話を静かに聞いて……ないな。魔王は黄粉モチを楽しみつつ、妹猫たちと戯れていた。

ビーゼルはいつのまにやらフラシアを膝《ひざ》の上に乗せて、ご満悦だった。王都の防災の話なんだけどなぁ。

「こういったのは担当者に任せるのが最良だ。下手《へた》に口を出すと、混乱する」

「同じく」

そうですか。

とりあえず、雑談は終わった。このあと、俺は雪山に子供たちの様子を見に行くけど、そっちはどうする？

ランダンは戻って、今の話を街長に伝えると。頑張ってくれ。火事の被害者は少ないほうがいいからな。

ビーゼルはランダンを王都に送ったら、こっちに戻ってフラウやフラシアと家族の団欒《だんらん》と。

魔王は…………雪合戦用の陣地を構築する？　ああ、昨日からグラッツがハイエルフたちと一緒にやっていたのはそれか。どうやって分けているかは知らないけど、今回はグラッツも魔王側なんだな。まあ、無理しないように。

雪山に行ったあとになるけど、温かいものでも差し入れに行くよ。

ヨウコは〝五ノ村〟……じゃなく、今日はお休み？　ヒトエとコタツでまったりすると。ああ、かまわないさ。ちゃんと〝五ノ村〟には連絡しているのだろ？　ならば問題なし。

6 竜と雪山

昼過ぎ。俺は雪山に向かった。

子供たちは雪山で食事をしたらしいので、差し入れは甘い物でいいかな。イチゴ……いや、ドライフルーツにしようか。

ドライフルーツ。果物を乾燥《かんそう》させたものだ。果物の水分を減らしているので甘味が凝縮《ぎょうしゅく》される。フルーツをそのまま食べるのとは違った味わいが楽しめる。

そんなドライフルーツを村では何度か作っているが、ほぼ全て妖精女王のオヤツになってしまっていた。作った量が少なかったからだろう。

村の住人たちが妖精女王のオヤツになることを受け入れているので問題にはしないが、住人の口に入らないのは困ったことだ。対策として果樹エリアを拡張して果物の生産量を増やし、ドライフルーツを作る量を増やした。

おかげで、村の住人たちの口に入るようになった。評判は悪くない。

魔王やマイケルさん、ドライムたちの口にも入り、持ち帰りたがったが当面は村の外に出す予定はない。多く作ったから、失敗もそれなりに出るんだ。厳選はしているが、万が一にでも外に出したものに失敗が交ざったら困る。

村の中でなら笑い話だが、外向けでそれをやると信用問題だ。村の外に出すのは、もう少しドライフルーツ作りの技術を育ててからにしたい。

ちなみに、干《ほ》し柿もドライフルーツの一種だが、こちらは村の初期段階から毎年、一定量を作っているので技術が育っており、失敗はほぼない。ラスティという干し柿愛好家のおかげだな。

干しイモ……干しイモはドライフルーツに含めていいのかな？　梅干しは……悩む。

変なことを考えているあいだに、雪山に到着。

おお、子供たちが雪山を思い思いに滑走《かっそう》している。スキー板、ソリに……スノーボードみたいなものも使っているな。

ん？　椅子《いす》にスキー板を装着したのはなんだ？　座りながらお茶を楽しめる？　そうかもしれないが、それは楽しいのか？　まあ、なにごともチャレンジする姿勢《スタイル》は悪いことじゃない。

ああ、このドライフルーツは差し入れだ。分けて食べてくれ。

鬼人族メイドたちが温かい昼食を用意しただろうし、いまも体を温める用にスープが用意されている。

いや、この匂い。ただのスープじゃないな。スープカレーのようだ。うん、雪山にスープカレーは合う。

しかし、スープカレーとドライフルーツは合うのかな？　ドライフルーツは甘いが、生の果物に比べてインパクトが弱い。選択を間違えたか？

スープカレーがあるなら、ここは……なんだ？　ラーメン？　焼きそば？　蒸かしイモ？

いやいや、雪山で遊び、疲れているだろう子供たちに甘いものをと思ったのだ。つまり……なにがいいんだ？

温かくて甘いもの。そして、スープカレーと喧嘩《けんか》しないもの。

…………。

焼きトウモロコシが正解か！

子供たちの声に、我にかえる。

「ドライフルーツ、おいしー」

そうかそうか、ドライフルーツは美味《おい》しいか。

…………。

鬼人族メイドたちは、カレーにドライフルーツを入れていた。

…………なるほど、勉強になる。

俺も一杯、もらえるかな。

ドライフルーツの入ったスープカレー。悪くない。今度、自分でも作ってみよう。

ところで、少し確認したいのだが……あの雪山の頂上から麓《ふもと》まで伸びているロープはなんだ？

子供たちがあれを使って上に登るためのもの？

少し前まで、竜たちが子供たちを上まで運んでいたが、子供たちが自分で登りたいと言ったので設置されたと。なるほど。

滑るだけでなく、登ることにも楽しさを見つけたか。

違う？　竜たちがヒイチロウとグラルを優遇《ゆうぐう》するのを、ヒイチロウが嫌がったのか。グラルもそれに賛成と。そうかそうか。

あ、椅子にスキー板を装着したものは竜たちに運んでもらうのね。さすがにあれは子供たちじゃ運べないから、仕方がないか。

しかし、子供たちを運ばなくてよくなった竜たちが少し寂しそうだが……そう心配した俺を見てか、ティゼルが率先して小さい子たちを竜のもとに送った。

竜たちの反応は……おお、渋々という態度ながらも尻尾がパタパタしているのは喜んでいるのかな？　頼られて悪い気はしないようだ。

その日、日が落ちるまで子供たちは雪山を楽しんだ。

翌日。

雪山の頂上と麓を結んでいたロープが、リフトになっていた。リフトと言ってもスキー場にある椅子のあるリフトではなく、昨日と同じようにロープが張られているだけ。

ただ、昨日と違ってそのロープは頂上に向かって移動している。つまり、子供たちはロープを持つだけで頂上まで登れるわけだ。

子供たちがキャッキャッしながらロープを摑《つか》み、登っている。

山エルフたちが、頑張りましたという顔をしている。設置は巨人族やハイエルフたちね。ありがとう。

動力はどうなっているんだ？　ゴーレム？　便利だな。

安全面は？　子供が扱うことがわかっているから、厳しくやってる？　よかった。

じゃあ最後。リフトに役目を取られて落ち込んでいる竜たちはどうするんだ？　特にギラルが落ち込んでいる。

グラルは……ヒイチロウと一緒にリフトを利用している。

それも大丈夫？　どうするんだ？

スキー板？　ソリ？　ボード？　どれも子供サイズじゃないな。大人サイズだ。

つまり、竜たちも、人の姿で滑ればいいと。子供たちと一緒に遊べばいいということか。なるほど。悪くないと思う。

ヒイチロウとグラルが降りてきたら、誘うように……いや、俺が誘おう。ヒイチロウとグラルが誘うと、断れないだろうからな。

その日は、竜たちは子供たちと一緒に雪山を楽しんだようだ。もちろん、俺も。

うん、スキーは難しい。ソリがいいね。安全。

7 四十年周期

反省。

ソリが安全と思ったのは間違いだった。たしかにソリは速度は出にくいし、後ろに倒れることで止まることも簡単だ。しかし、速度が出ないわけではないし、確実に止まれるわけでもない。

さらに、蛇行《だこう》しながら滑走するスキーと違い、ソリはまっすぐ降りる直滑降《ちょっかっこう》が基本。直滑降は速度が出る。

…………。

改めて。ソリだって、速度を出せば危ない。

雪山から直滑降で降りて、そのまま平らな場所をかなりの時間、止まらないソリの上で俺はそう思った。

昼過ぎ。

俺は客間に設置した大きいコタツに入る。座椅子《ざいす》がいい感じだ。

でもって、コタツのテーブルの上にはカゴに入ったミカン。いいね、似合う。

飲み物は紅茶。コタツには緑茶だと思うけど、ミカンがあるからね。

個人の好みだろうけど、ミカンには緑茶より紅茶が合うと思う。まあ、緑茶の種類や紅茶の種類で合ったり、合わなかったりするのだろうけど。

今日は紅茶を楽しむ。

その俺の入っているコタツの正面、対面に魔王がやってきた。妹猫の四匹も一緒だ。

姉猫たちは虎のソウゲツにべったりになっているので、前ほど魔王とは一緒にいない。その隙をついて、妹猫たちが魔王を独占している形。

一匹ぐらいこっちに来ないかなとコタツを少しまくり、太ももを叩《たた》いて誘ってみたが……やってきたのはクロだった。うん、重い。さすがに乗られるのは厳しい。

クロもわかっているのか、すぐに降りて顎《あご》を俺の太ももに乗せた。よしよし。

クロの角にはカバーをつけているので、危なくはない。角のカバーはやっぱりいいな。コタツに入っても、コタツ布団を傷つける心配がない。

俺がクロの頭を撫《な》でていると、ユキがやってきた。クロと同じように角にカバーをしている。そのカバーの装着の順番で、遅れたのだろう。

そしてクロに並ぶように俺の太もも……は狭《せま》いので俺の脛に顎を乗せてくる。

甘えて来るのは嬉しいが、そうなると俺はほぼ足先しかコタツに入れないのだが？　あと、ユキの頭が遠いので撫でにくい。

ユキもそのことに気づいたのか、横のクロに視線を送っている。視線を送っている。……送っている。

…………。

クロは頑張ったと思うぞ。うん、誇《ほこ》っていいと思う。俺がクロの立場なら、すぐに譲《ゆず》ったもん。

ほら、コタツに入っていいぞ。

俺の横がいい？　かまわないぞ。よしよし。

ユキもよしよし。だが、クロを大事にしないと駄目だぞ。

改めてコタツに入る。

クロとユキは俺の左右でコタツに入っている。俺の対面にいる魔王は、コーヒーを片手に猫たちとまったりしている。

そこにヨウコがやってきた。コタツの右側に入る。

この時間にヨウコが〝大樹の村〟にいるのは珍しいな。なにかあったのか？

「ヒトエと一緒に昼食をとる約束をしておったのだが、ヒトエがこちらで食べると言ってな。今日の仕事を切り上げて戻っただけだ」

ヨウコはヒトエに甘いなぁ。

「娘に甘いのは当然のことよ。それに、ヒトエは我のために、カマクラと鍋うどんを用意してくれておってな」

さすがに幼いヒトエが一人でカマクラと鍋うどんを用意するのは厳しく、誰かの助けを借りたのだろうけど、その気持ちが嬉しいとヨウコが惚気《のろけ》に惚気た。素直にうらやましい。魔王も同じ気持ちのようだ。

対抗して、魔王《ユーリ》の娘が小さいときに頑張って花飾りを作ってくれたエピソードを披露していた。

俺も対抗して……。

「ああ、待て待て村長。少し仕事の話がある」

ヨウコに止められた。

「村長が以前よりやらせておった魔物調査団の件だ」

〝五ノ村〟でやっていたやつ？　問題があったのか？

「直接的な問題ではないのだがな。それなりの範囲で魔物の調査をしておると、各地に点在している小さい集落《しゅうらく》を見つけることがある。そこで情報を交換することがあるのだが……」

ヨウコがそう言って地図を広げた。

横に長い地図。〝五ノ村〟や〝シャシャートの街〟の近郊の地図だな。地図が横に長いのは、北はドライムの巣がある山で、南は海だからか。

魔王も興味を惹《ひ》かれたのか地図を覗《のぞ》き込む。

「このあたりの集落から集めた情報で、四十年周期で疫病《えきびょう》が発生している話がある」

疫病？

「長期間の発熱と嘔吐《おうと》が病状だ。体力のない者から死ぬらしい」

ひょっとして、その周期が近い？

「来年の冬がその周期になる」

来年の冬か。つまり、まるまる一年先。時間的には余裕があるな。

「薬や治療体制を整えるには十分な時間だろう。だが、ちょっと気になる話があってな」

気になる話？

「うむ。疫病の話があった集落の北東……かなり離れた場所になるのだが、このあたりで四十年周期で活動する魔物の話がある」

四十年周期で発生する疫病と、四十年周期で活動する魔物。関係があるか？

「わからぬが、その魔物の活動周期は今年の冬になる」

今年って、今？

「うむ。どうする？」

どうするもなにも、調べるしかないだろう。疫病の原因なら討伐《とうばつ》しないと駄目だろうし、違うなら放置すればいい。

……放置でいいよな？　ひょっとして、凶暴な魔物だったりする？

「そういった話は聞いていないな。四十年周期で見かけるレアな魔物だという話だけだ」

なら調べよう。

こういったのは自分でと思うが、せっかくアルフレートたちが戻っているのだから村から離れたくない。一緒に調査という手もあるが、疫病が関わるかもしれないのだから止《や》めておくに限る。万に一つがあっては怖い。

　ヨウコに任せていいか？

「承知した。冒険者ギルドに依頼し、冒険者を動かそう。ただ、その調査での被害は抑えたい」

　当然だな。

「魔物にやられたなら冒険者の宿命と思うが、近づいて病気になったでは哀《あわ》れだ。病気の治療に世界樹の葉の使用を許してほしい」

　もちろん、許可する。

　好きなだけ……は言いすぎだな。百枚ほど持っていってくれ。

「うむ。世界樹の蚕《かいこ》たちには、村長から話をしてもらえると助かる」

　かまわないが、蚕って冬眠しているんじゃないのか？

「あれは特殊な蚕だ。繭《まゆ》をノックすれば、顔を出すぞ」

　そ、そうだったのか。

　わかった、話しておくよ。とりあえず、俺の許可があると言って持っていってくれ。

「うむ。まあ、〝五ノ村〟に行くのは明日だ。今日は休む」

　そう言って、ヨウコは広げた地図をまとめ、コタツから出ていった。

　それを見て、魔王が俺に頭を下げた。

「すまぬ、村長。疫病絡みの話なら〝魔王国〟が先に動かねばならなかった。急ぎ、こちらでも調査に動く」

わかった。

まあ、四十年周期を知らなかったのなら、仕方がないさ。気に病まないように。

そっちでも病気の治療に世界樹の葉が必要になったら言ってくれ。用意する。

「かたじけない。あと、かたじけないついでなんだが……」

なんだ？

「ヨウコ殿の持っていた地図の写《うつ》し、もらえぬか？　あそこまで精巧《せいこう》な地図は〝魔王国〟にもない」

ヨウコに言っておくよ。

ただ、対価は取られると思うけど。

「地図作りにかかる労力は知っておる。タダでもらおうとは思わぬ。対価は十分に用意しよう」

魔王はそう言ってコタツから出て……妹猫たちに文句を言われ、コタツに戻った。

三十秒ぐらい妹猫たちに「すまぬ」と撫でながら謝り、コタツから出ていった。疫病の調査を命じるために〝魔王国〟に戻るのだろう。猫に惑わされない魔王の鑑《かがみ》だ。

8 柚子《ゆず》胡椒《こしょう》と吹雪

うう、さすがに冬は冷え込むなぁ。コタツから出にくい。

それを促すように、夕食はコタツに入っての鍋となった。さらにコタツから出なくなる。コタツから出るのはトイレに行くときだけだな。

夕食の鍋は山菜《さんさい》多めの鶏《とり》鍋。柑橘《かんきつ》系の調味料に合わせ、美味しくいただく。

俺のコタツで食事を一緒にしたのは、ルー、ティア、リア、それにフェニックスの雛のアイギス。

毎回思うが、アイギスはいいのか？　いや、器用にスプーンを使っていることではなく。鶏鍋だぞこれ？　いや、まあ、肉食の鳥類は鳥類を食べているけどな。これも何度もやっている会話か。

細かいことよりも、それを取ってほしい？　はいはい、柚子《ゆず》胡椒が欲しいのね。どうぞ。

「あ、それ、私も気になっていたのよ。次、ちょうだい」

ルーがアイギスに渡った柚子胡椒の載った小皿を求める。

「香りがよく、ぴりっとした感じがいいですね」

すでに使ったティアがそう言って柚子胡椒を褒《ほ》めてくれる。ありがとう。リアが手伝ってくれたんだ。

「いろいろな食材と柚子の皮を合わせて頑張りました。まあ、完成品はあれですけど」

リアが少し困った顔を見せたので、ルーにどうしたのと問われた。

「実はその柚子胡椒、胡椒を使っていないんです」

「え？　そうなの？」

「はい。村長の求める味を追求していった結果、胡椒を使わない形で完成しまして。やはり村長、名称を変更すべきだと思います」

「胡椒を使っていないのに、胡椒を名乗るのはどうなのかしら？」

リアとルーはそう言うが、俺の知っている柚子胡椒はこれなんだよなぁ。少量でも胡椒を入れるべきだろうか。うーん。

「まあまあ、味に文句はないわけですし、名称も原材料を秘匿《ひとく》していると思えばいいのではないですか？」

ティアのフォローで、胡椒の追加はなし。名称もそのままになった。


鍋を食べ終わると、そのままコタツでまったり。

鬼人族メイドたちが淹《い》れなおしてくれたお茶を飲みながら、雑談。

学園にはトラインを送る方向で話が進んでいる。不安はあるが大丈夫だろう。山エルフから一人、同行するし。

うん、トラインとよく一緒にいる子。できればそれに加えて大人を数人、送り込みたいところだが……。

人手的に余裕があるのは天使族なのだが、天使族は〝魔王国〟での評判があまりよろしくないらしい。〝五ノ村〟や〝シャシャートの街〟ならともかく、王都では余計なトラブルを生みかねないからやめたほうがいいと魔王から言われている。

それで、ビーゼルやランダン、グラッツから人手を借りられないか相談している最中。ホウにも話はしているけど、ホウにはゴールやシール、ブロンを頼んでいるから。

結婚してゴールたちを一人前とは認めているけど、どうしても村にいて暴れていたころを思い出すとね。うん、ウルザが村に来たころから暴れ出しただろ？　きっとウルザの影響だ。いや、いい影響だとは思うよ。たぶん。

そんなふうに雑談をしていると、フェンリルの一頭が俺の入っているコタツのそばにやってきた。どうした？　コタツに入りたいのか？　違う？　吹雪？　明日の夜には大きい吹雪が来ると。なるほど。わかった。

今日はもう日が暮れているから、明日の朝から吹雪対策をすることにしよう。情報、助かったぞ。

俺はフェンリルの頭を撫でる。

うーん、角がないから撫でやすい。クロたちが拗ねるから、言わないけど。

さて、ルー、ティア、リア、聞いたな？　すまないが各所への連絡を頼む。明日は忙しくなるぞ。

「ええ、任せて」

「天使族は総出で頑張ります」

「ハイエルフ《私たち》だって負けませんよー」

…………。

元気に返事したわりには、動かないんだな？

「えへへ……コタツから抜け出せなくて」

「も、もう少しだけ温まってから」

「ですね」

かまわないが、連絡だけは忘れないようにな。

「はーい」

翌日。

俺は屋敷の前で空を見る。

空模様が悪い。フェンリルの言う通り、夜には吹雪になりそうだ。

「村長。牧場エリアの小屋、再点検しましたが問題ありません。今日は動物たちを早めに集めます」

獣人族の女の子が報告してくれる。

そうだな。昼過ぎには集めよう。

「村長、居住エリアの建物の再点検をしました。問題ありません。ですが、用心して何軒かの大きい家に人を集めるようにします」

ハイエルフの報告。

わかった。宿も開放するから、使ってくれてかまわない。屋敷に来てくれてもいいぞ。

「了解しました」

ハイエルフがそう言って居住エリアに向かうと、代わりにケンタウロス族がやってきた。

定期連絡だ。

「村長。連絡ありがとうございます。〝一ノ村〟、〝二ノ村〟、〝三ノ村〟は吹雪に備えて行動を始めました。食糧、燃料、不足はありません。吹雪が春まで続いても持ちます」

頼もしいが、春まではさすがにこっちが困るなぁ。

ああ、わかっていると思うが、吹雪の最中は定期連絡を控えるように。怪我や遭難《そうなん》に繋がる。

「承知しました。天候の回復を待って、再開します」

頼んだ。

ケンタウロス族は俺に向かって敬礼《けいれい》し、屋敷のほうに向かっていく。それを見送って、次にやってきたのは〝四ノ村〟のトウ。

「村長。〝四ノ村〟への最終便が、もう少ししたら出る。追加の連絡はないか？」

大丈夫だ。

しばらく万能船を降ろせないと思うから、〝四ノ村〟でメンテナンスでもしてくれ。

「わかった。だが、必要なら連絡をくれよ。すぐに駆けつけるからな」

もちろんだ。頼りにしているぞ。

「おうよ。ああ、あと、温泉地も問題ないそうだ。ただ、ヨルが吹雪でも使える兵器が欲しいって嘆《なげ》いていた」

あいかわらずだな。

「あいかわらずだ。まあ、それでこそってところもあるから強く言えん」

ははは。

「それで……最後の確認だが、アン姉さんやラムリアス姉さんは〝四ノ村〟に連れて行かなくていいのかい？」

妊娠している二人には〝四ノ村〟か〝五ノ村〟に避難するように言ったのだけど、絶対に動かないって言われた。

村の大事に、逃げたりはしないそうだ。まあ、二人はまだまだ動ける状態だしな。生まれる直前とかなら有無を言わさずに避難させたのだけど。

今回は説得できなかった。だから、屋敷で一番安全な場所にいてもらうことになった。うん、俺の部屋。そうなった。

「余計な確認だった。すまん」

いやいや、助かるよ。

トウを見送りながら、俺は空を見る。

アンやラムリアスの避難に合わせ、子供たちを〝五ノ村〟に避難させる案が出たのだけど、それも却下となった。以前、子供たちを〝五ノ村〟に避難させ、トラブルになったことが原因ではない。

村の建物の頑丈さは証明されているし、大事のたびに逃げるのはよろしくないとルーやティアだけでなく、ドースからも指摘された。大事に一丸《いちがん》で当たることも大切だと。

たしかにそうかもしれない。だが、だからといってそれで村に残った子供たちが怪我や最悪の事態になったらと思うと怖い。ドースに言わせれば、晴れた日に歩いていても死ぬことはあるとのことだ。

妥協《だきょう》案として、屋敷の地下にルーの作った短距離転移門を設置した。

行き先は、〝大樹のダンジョン〟。ここに行けば、〝五ノ村〟に移動できる。

設置はしたが、まだ起動はしていない。本当に最悪の事態に備えてだ。これがなかったら、俺はアンやラムリアス、それに子供たちを〝五ノ村〟に移動させていただろう。

いや、説得に負けていたかな？　俺だからなぁ。

おっと、気を抜いてはいけない。吹雪に備えて準備しなければ。

9 閉じ込められた日々

吹雪が来た。かなり強烈だ。屋敷の外には出られないぐらい。

だが、屋敷はびくともしない。屋敷の中も問題はない。心配しすぎだったかな。

いや、油断はよくない。吹雪がいつまで続くかわからないのだから！

………。

まあ、コタツに入りながら気合いを入れても仕方がないな。のんびりしよう。

吹雪が続く二日目。

俺は鬼人族メイドたちと一緒に、新しい調味料を作っていた。

こうなった原因は柚子胡椒だ。あれは俺とハイエルフたちで作ったものだが、もともとは鬼人族メイドたちも参加する予定だった。

ただ、鬼人族メイドを率いるアンとラムリアスが妊娠中で味覚が安定しないというか、匂いに敏《びん》感《かん》になって調味料の開発は厳しいとなり、鬼人族メイドたちは不参加だった。そんななか、柚子胡椒が完成した。

完成しただけなら、なにも問題はないのだが、評判がいいのが鬼人族メイドたちのプライドを刺激した。吹雪で手の空いた鬼人族メイドたちが新しい調味料を作ろうと動き出した。

さすがにアンとラムリアスは参加していないが、その二人が参加していないので鬼人族メイドのブレーキ役がいない。食材を無駄にしないようにと俺が注意しながら、頑張った。

結果。

柚子胡椒に影響されたので唐辛子《とうがらし》を使ってと考え、ゴマ油に唐辛子の辛味《からみ》を加えたラー油《ゆ》が完成した。

そして、そのラー油に刻《きざ》んだニンニクや唐辛子、ネギを浸《ひた》し、砂糖《さとう》や塩、醤油《しょうゆ》で味を調《ととの》えた物もできた！

これ、なんだろう？　液体ではなく、固体のラー油かな？

なんにせよ、辛味を追加するときには便利だろう。食感も加わるし、悪くない。

この冬のあいだに村の住人から評判を聞き、改良を重ねていきたい。

吹雪が続く三日目。

屋敷の一角で、暇を持て余した大人たちが子供を巻き込んで遊んでいた。

やっているのはなんだろう？　ボードゲームかな？

テーブル上に地図を広げてコマを配置し、各勢力を担当して勢力の拡大を目指す内容らしい。

サイコロなど使わず、各勢力が行動を一斉に示し、行動をする。だから軍がすれ違って戦闘が起きなかったり、思わぬところでぶつかって戦闘になったりする。各勢力の行動の決定が大事だな。

このゲームを管理するのはグラッツ。なかなか大変そうだ…………が、参加人数、多くないか？

ぱっと見た感じ、四十人ぐらいいる。管理しきれるのか？

人数はいるけどチーム戦だから大丈夫？　ああ、なるほど。チームで、一つの勢力を担当しているのね。

チームは……ほぼ種族で分かれているようだ。

そうなると、アルフレートを中心とした吸血鬼チームは人数が少なくて不利そうだな。いや、一人のチームがいるな。ドライムだ。

あ、ドライムのチームにはザブトンの子供たちが入っているのね。失礼。


このボードゲーム。各勢力の行動を決定するのに、それなりの時間がかかる。

なんでも、行動を考える時間中に、ほかの勢力に交渉を持ちかけることが可能だからだそうだ。

そこで同盟や取引などを締結できるのだが、それを守る、守らないは自由。また、各勢力は誰と交渉したかや、自国の方針を周囲に知らせないために部屋をキープしている。

つまり、行動を考える時間になると各勢力は部屋にこもる。

だが、チームメンバーの一部にほかの勢力の部屋を見張らせ、どこの勢力が接触したかを知ろうとしている。もちろん、ルール違反ではない。

なかなか大変そうなゲームだ。

しかし、見張り等まで必要となると、人数が多い天使族のチームか、ザブトンの子供たちがいるドライムのチームが有利そうだな。まあ、それだけで決着するゲームではないのだろうけど。

俺はのんびりと見物させてもらった。

吹雪が続く四日目。

グラッツのやっているボードゲームが続いている。

「う、裏切ったなぁ！」

「ほほほ。信用するほうが悪いのよ。我が【キャベツ王国】第一軍団は【トマト聖国】の王都に侵攻、占領《せんりょう》よ！　降伏《こうふく》せよ。降伏を受諾《じゅだく》するなら寛容《かんよう》な待遇を保障する」

「ぐぬぬ……」

「あー、調子に乗っているところ悪いけど、我が【ジャガイモ騎士団】は【キャベツ王国】との同盟を破棄する。そして、第一軍団、第二軍団は【キャベツ王国】の領地に進軍」

「え？　ちょ、なぜぇ！」

「そして、【ジャガイモ騎士団】【ニンジン一家】【タマネギ連合】の軍事同盟を発表！　これで沖合いの海戦は、こっちのものね」

「おっと、その海戦には【ダイコン帝国】も参戦させてもらおう。ここで海の情勢が決まるのは困るのでな。【キャベツ王国】を支援する」

「【ダイコン帝国】が暴れ出した！　止めないとまずい！　【カボチャ新国】と【タマネギ連合】、争っている場合じゃないぞ！　共同で防衛線を構築しよう！」

「甘言にはもう騙《だま》されないぞ。我が【カボチャ新国】は独自路線でいかせてもらう！　空いている【ニンジン一家】の街を占領だ！」

地図上《ボード》は、なかなか混沌《こんとん》とした情勢だ。子供たちも参加しているのだから、もう少しなんとかならないものか。

「他勢力は、自勢力が大きくなるためのエサなんだね」

「外交上の嘘は、嘘じゃないんだ」

「隙を見せたら食らわれる。これが生きるということか……」

ほらぁ、教育に悪い感じになっている。

いや、ゲームなのはわかっているけどさ。


吹雪が続く五日目。

見慣れぬ女性が俺の前にいた。頭の左右に羊角を生やしているが獣人族ではなく、魔族のようだ。

服装から、ちょっと裕福な家の娘……といった感じかな。

「どうかしら？」

声を聞けば、誰かはわかってしまう。見慣れぬ女性の正体は、キアービットだ。

「声を知らなければ、バレないと思うんだけど」

まあ、俺はもともとキアービットだと知っているからな。知らなかったら、声を聞いても疑わないだろう。

「それじゃあ、これで一緒に王都に行ってもいいわよね？」

うーん。キアービットの目的は、王都の学園に行くトラインに同行することだ。

そのことに関して魔王に相談したのだが、天使族なのはかまわないが、キアービットであることが問題と言われた。よく忘れられているが、キアービットは〝ガーレット王国〟の元天翼巫女《偉い立場》だ。

元とはいえ、影響力がまだまだ残っている。

しかも、ガーレット王国は〝魔王国〟と人間の国の和平を進めている最中に内乱を起こして混乱中。そんなところでキアービットが〝魔王国〟の王都にいるとなれば、〝ガーレット王国〟の混乱が〝魔王国〟の誘導だったのではと疑われ、和平が遠のく。

要は、面倒だから止めてほしいという回答。

それをキアービットに伝えたら、こうなった。なかなかの熱意と行動力。ちょっと怖い。

だが、認めないわけにはいかないだろう。

トラブルは起こさないようにな。

「じゃあ、行ってもいいのね」

「もちろんよ！　任せなさい！」

頼もしい返事だ。それを信頼しつつ、あとで魔王に伝えておこう。でもって、その魔王は……グラッツのゲームに参加中。

「降伏勧告？　我が【ニンジン一家】は届せぬ！　馬鹿めと返してやれ！」

ノリノリで楽しんでいた。

あのゲーム、交代で休憩とか食事ができるから延々とやれちゃうみたいだ。まあ、子供たちが喜んでいるからいいけど。

どうやったら終わるのかな？　無限に続けられるけど、だいたいは時間制限？

時間制限が来た段階での状況で勝利勢力を決めると。

あ、今日の夜に終わる予定なんだ。なるほど。

あと少し、頑張ってね。

俺はどこの勢力を応援しているのだと？　俺はグラッツだな。

うん、なんだかんだで一番大変そうだから。本人は楽しそうにやっているけどな。

六日目の朝。

吹雪が止《や》んだ。

10 吹雪のあと

吹雪が止んだ。まぶしい朝だ。

扉を開けると、一面の銀世界だな。いや、吹雪の前から銀世界だったけど。

雪の積もり方がすごい。高いところで二メートル超えだ。雪かきが大変そうだ。

屋根にも同じぐらい積もっていると考えると、急いで雪下ろしもしないとな。

そんなふうに思っていたら、竜たちというか……ライメイレンが頑張った。

魔法で雪を固め、一気に運んでいく。雪山もそんなふうに作ったのね。

頑張った理由がヒイチロウにいいところを見せたいためだとしても、助かる。

ああ、ちょっと待った。広場の雪はそのままにしておいてくれ。雪合戦に使うらしいから。

魔王とグラッツが場所と形を決め、雪が防御陣地の形に積もるように保温石で調整していた。

吹雪がすごかったのであまり上手くいっていないが、うっすらと陣地の形は確認できる。

……悪くない使い方だな。

来年の冬から、保温石を道や屋根に設置することを考えよう。あ、いや、保温石が溶《と》かした雪の行き先を考えないといけないか。

排水も考えないと、変なことになるかもしれない。住人たちと相談しながら、やっていこう。あとで。

今は目の前の仕事。

雪は竜たちに任せて、動ける大人は手分けして村の各所を見回る。

重要なのは屋敷以外に住んでいる村の住人たちや動物たちの安否確認。続いて、建物に被害がないかをチェックしていく。

おっと、子供たちはまだ遠くに行っちゃ駄目だぞ。

竜たちが雪を除《の》けた場所ならかまわないが、雪の深い場所で嵌《は》まって動けなくなったりしたら危ないからな。

できれば竜たちの作業の邪魔にならない場所から、竜たちの活躍を見ててほしい。うん、やる気が違うから。

でもってグーロンデ。ドースやギラルが調子に乗りすぎないように見張ってもらえると助かる。

オルトロスのオルは、グーロンデの護衛を頼んだぞ。

………。

ところでオルよ。暖かそうな服を着ているな。ザブトンの子供たちに作ってもらったのか。ふふふ、似合っているぞ。

靴まであるのは、過保護な気もしないではないが……雪は冷たいもんな。うんうん。

そうだそうだ。果樹エリアの蜂たちの小屋もチェックしないと。

毎年、冬前に確認と補強をしているから大丈夫だろうけど……よし、崩れてない。よかった。

しかし、木の枝《えだ》に積もった雪に注意しないと危ないな。氷柱もできているし。手が届くところは折っておこう。高い場所の氷柱は、天使族に頼むか。

………。

クロの子供たちよ。天使族に頼むから、木にタックルしなくていいんだぞー。落ちて来る雪や氷柱が危ないからなー。軽やかに躱《かわ》しているが、見ているほうが心臓に悪いから。あ、ほら、大きい雪につぶされた。

大丈夫か？　よしよし。しばらく室内だったから、動きたい気持ちはわかるけどな。用心深くだ。雪に隠れた穴とかあるかもしれないしな。いや、吹雪の前はよく来ていた場所だと安心するのは間違いだぞ。この村には魔法で穴を作れる者が多いから。

わかってくれたらいいんだ。それじゃあ、屋敷に戻るか。

空を見上げると、〝四ノ村〟からやってきた万能船が浮かんでいた。

万能船の船長のトウから、〝四ノ村〟と〝南のダンジョン〟のラミア族、〝北のダンジョン〟の巨人族に問題はなかったとの報告を受けた。

こっちに来る前に様子を見に行ってくれたんだな。助かる。

特に〝南のダンジョン〟のラミア族と〝北のダンジョン〟の巨人族には、大きい吹雪になるとの情報を送れなかったからな。心配していた。

「ラミア族も巨人族も、長年の勘で吹雪を察知していたみたいですよ」

さすがだな。

俺はここに住んでもうすぐ十九年目か？　いっこうに吹雪を察することはできない。天気が悪くなるなぁぐらいなら、なんとなくわかるけど。そういったことは、クロたちに聞いたほうが正確だからな。

〝四ノ村〟に急ぎの補充等はないようなので、万能船には〝ハウリン村〟に向かってもらう。

あそこも山の中にある村だ。雪の被害はあるとセナやガットが言っていた。ご近所として、心配はする。

あとは〝一ノ村〟、〝二ノ村〟、〝三ノ村〟、〝五ノ村〟だが……ちょうどケンタウロス族の定期連絡がやってきて、〝一ノ村〟、〝二ノ村〟、〝三ノ村〟に吹雪の被害はないと報告してくれた。ありがとう。

残るは〝五ノ村〟だな。

〝五ノ村〟の村長代行であるヨウコは、吹雪の前に〝五ノ村〟に移動している。どれだけ吹雪で閉じ込められるかわからないからな。〝五ノ村〟の執務に影響がないようにとの配慮だ。

ヨウコの娘であるヒトエも連れて行くのかと思ったら、ヒトエは〝大樹の村〟に残された。

「〝大樹の村〟のほうがヒトエは落ち着くのだ。〝五ノ村〟は人が多いからな」

信頼は嬉しいが、なかなかのプレッシャーだ。まあ、ヒトエはヨウコの不在を気にせず、鬼人族メイドたちや獣人族の女の子たちと普通に生活していたけど。

そのヒトエを抱きかかえながら〝大樹のダンジョン〟に入ると、ちょうど〝五ノ村〟から戻ってきたヨウコと鉢合《はちあ》わせた。

すでに吹雪が終わったとの連絡が届けられていたのね。すれ違いにならなくてよかった。

ヨウコにヒトエを渡し、屋敷に戻った。


その日の夜。

吹雪が止んだことを祝い、ささやかな宴《うたげ》を開いた。メインは村に大きな被害がないことへの感謝だが、サブでグラッツがやっていたボードゲームの勝者が祝われた。

ドライムとザブトンの子供たちが担当した勢力が勝者らしい。ただ、ゲームには敗北したけど、ゲーム中の賄賂《わいろ》で多くのフルーツを獲得した天使族たちが実利を得た気がしないでもない。

「天使族のそういうところだぞ」

などとグラッツに苦言を呈《てい》されていたが、天使族たちは気にした様子はないな。うん、好きなだけ食べてくれ。

宴の料理は、ガットたち鍛冶《かじ》師が作った小鍋《こなべ》を使った鍋焼きうどんだ。鍋の下には保温石が入った鍋敷きを置いている。

「この小さな鍋は、なかなか贅沢《ぜいたく》ですね」

天使族の一人がそう褒めるので、俺も賛同しておく。そうだな。こういった料理でしか使い道がないから、贅沢品と言えば贅沢品だ。

「あら、そう？　このサイズなら、少量の薬作りとかに使えそうだから、いくつか欲しいのだけど」

「そうですね。私のほうにも、いくつかいただけると」

ルーとフローラがそう言って小鍋を欲した。わかったから、料理に使っている分を持っていくんじゃないぞ。あとでガットたちに発注しておく。

「ありがとう。あと、鍋敷きも欲しいかな」

「私も私も」

はいはい、そっちは山エルフだ。発注しておくよ。

ほら、鬼人族メイドたちが追加のうどんとモチを持ってきたぞ。いるなら早く言わないと。

吹雪のあとの、ちょっと賑《にぎ》やかな夕食だった。

閑話　とある給仕《ウェイトレス》の事情

私は〝シャシャートの街〟で生活する魔族の女。

実家は王都で工房をやっており、生活に困窮しているわけではないが、六人目の子供である私は自分で生活費を稼がなければいけない。

いや、工房を手伝うと言えば生活費を出してもらえるのだろうけど、そんな気はさらさらないからね。自由に生きるためには、自分で生活費を稼ぐ必要がある。それだけの話さ。

そんなわけで私は働いている。

普段は、料理を提供する店に雇われて給仕をやっているのだけど……雇われているといっても、お金をもらっているわけじゃない。どちらかと言えば、こちらが払う側。

私は、お金を払ってお店で給仕として働かせてもらっているのだ。

知らない人にそう言うと驚かれるけど、これが一般的。その代わり、私が接客中にもらうチップは全て私のものになる。

私はチップが欲しくて接客を頑張り、お店は給仕からお金をもらえ、さらに接客の手間が省ける。お店と私は、そんな関係。

もちろん、店側にお金を払う必要がないお店もあるし、店側が給仕にお金を払って働いてもらうお店もある。

人気のある給仕を雇う場合ね。人気のある給仕に惹かれてお客がやってくるから、給仕にお金を払っても損はないってことになる。私もそういった給仕になりたいものなんだけど……まあ、淡《あわ》い希望だ。

さて、給仕はチップが収入になる。だから、お店を厳しい目で見極める必要があるの。なにせ客の入らないお店だと損でしかないからね。

なので、街でお客が集まる、評判のいいお店の情報を自然と持つことになる。

いいお店に行きたければ給仕に聞け、とは昔から言われることね。まあ、仕事中に聞いても、働いているお店が一番って言うけど。ふふ。

仕事をしていないときに聞かれたら……今だと、《マルーラ》が一番かな。

カレーという強い看板メニューを持ちながらも、それに留まらずに新しい料理を次々に出す料理店。何回か私も行ったけど、本当に美味しかった。値段も手頃だしね。お店の雰囲気も最良。

ただ、《マルーラ》に不満がないわけでもない。

あそこ、お客が並んで料理を受け取るスタイルだから、給仕を求めていないのよね。食器の回収とかは、関係者がやってるみたいだし……私がそこで働きたくても、働けない。悔しい。

同じように〝五ノ村〟で流行《はや》っているラーメンを出すお店も駄目ね。お店が大きくないから、店主とその関係者で人手が足りてしまう。それにあそこはチップが発生しない。

チップは給仕の働きに感謝を示す金銭と言われているし、その通りだと思うけど、同時に「ちゃんとした料理を持ってきてくれ」や「あまり待たせるな」というお客の要望に応える報酬でもある。多くチップを払えば、待っているほかの客よりも先に料理を運ばせることも可能になるからね。

お店はそれに対して文句を言わないのがルールというかマナー。お店は用意した料理の代金さえ入れば問題はない。だから、お店はお客の囲い込みとかを意識しない。それを意識するのは給仕。それが常識だったんだけど……給仕やチップを必要としない形態のお店が増えるのは、私としては大問題だ。働く場所がなくなる。

いまはまだ、《マルーラ》やラーメンを出すお店の形態に似せたお店は少ないけど、お店が給仕に給金を出してチップを廃止にしている形態が〝シャシャートの街〟や〝五ノ村〟では増えつつある。とても困る。

まあ、だからと言って、給仕の一人である私にやれることはない。

世の中の流れを嘆きつつ、稼げるうちにしっかりと稼ぐ。そして、夫となる異性を見つけて幸せな家庭を築く、それだけね。

ええ、これでも結婚願望は人並みにあるの。

などと言いつつ、私は野球場で働いていたりもする。給仕ではなく、商品を抱えて販売する売り子として。

いや、給仕の先行きが不安だからね。お金を稼ぐ方法は複数あるほうがいいでしょ。今、借りてる部屋の支払いだってあるしね。ちゃんと稼がないと野宿することになっちゃう。頑張らないと。

売り子はチップのやりとりをせず、預かった商品を販売してその数によって収入が変動する歩合《ぶあい》制。だからしっかり働いて売らないといけない。

野球場での売り子は大きく二種類。お酒を売る者と、食事を売る者に分けられる。

お酒は人気なので忙しいけど、お客が酒を飲んでいる場合が多いからトラブルも多い。食事は日によっての売り上げの差が激しく、品切れや売れ残りが出る可能性が高い。あと、一回で持ち運べる量がお酒に比べて少ない。

売れ残っても売り子が買い取るとかじゃないから助かるけど、次から預かる商品が減っちゃう。

歩合制だから、毎日ちゃんと売るのが大事ってこと。

私は給仕の経験があるから、お酒の販売を希望して、それなりに上手くやっていると思う。一日売り子として働いた場合、一日給仕をやるよりも儲《もう》けが多いこともあるしね。

正直、野球場の売り子を専門でやりたいぐらいなのだけど、野球場の売り子には大きな問題がある。それは野球の試合がない日は仕事がないことだ。また、季節によって試合をする回数もまちまちだ。つまり、売り子の収入が安定しない。稼げるんだけどねぇ。

まあ、野球場の売り子の利点もある。野球の試合は半日もかからないから、実際に働いている時間はかなり短い。

だから、子育てをしている合間に稼ぎたい者や、時間に余裕がない人がよく売り子をやらせてくれとやってくる。

変わったところだと、商人の隊にいるのに街での滞在費を稼ぐために働いている人や、貴族の護衛が仕事の合間に働いているなんて人もいる。

とにかく、短時間でお金が欲しい人に人気ね。

そんなわけで、野球場の売り子の顔ぶれは安定しない。古参もいるけど、一回、二回やってもう来ない人もいれば、数カ月に一回ぐらいの割合で来る者もいる。

まあ、そういったところは私たちは問題にしない。売り子の教育は私たちの仕事じゃないしね。

一応、商品を預ける側も売り子確保の対策を考えていて、長く続けてくれると売れ筋の商品を多く預けてくれるようになる。続けてくれたらもっと儲けられるよ。だからまた売り子をやってねということだ。

それに釣られて、いつのまにか古参の仲間入りをしている私…………深く考えない。頑張って販売しよう。


ところでだけど、この野球場で売り子を管理しているお店というか組織、あの《マルーラ》の関係者って噂《うわさ》があるのだけど……本当かな？

ゴロウン商会とかイフルス代官にコネがあるメイド姿の幼女って噂なんだけど……実際、そのメイド姿の幼女を何回か目撃しているから、本当なんだろう。

つまり、確実にそのメイド姿の幼女、私より儲けているわよね？　うらやましい。

おっと、嫉妬の炎を燃やしてもいいことなんてないわね。きっと、その幼女は私が知りもしない苦労をしているのだろうから。……そうであってほしい。

あと、考え方によっては、私は《マルーラ》で働いていると言えるのではないだろうか？

いや、それがどうしたって話なんだけど……あはは、夫となる異性を見つけるときにちょっと有利になるかなぁって。


私は〝シャシャートの街〟で生活する魔族の女。

とりあえず、今日は売り子。明日は給仕で頑張る予定になっている。

異世界
のんびり
農家

Farming life in another world.

Final chapter

Presented by
Kinosuke Naito
Illustrated by
Yasumo

〔 終章 〕

困った狐

01.五ノ村　02.深い森

1 面倒な来訪者

吹雪《ふぶき》は止《や》んだが、冬が終わったわけじゃない。

つまり、外は寒い。かなり寒い。しかし、子供たちは吹雪で閉じ込められたうっぷんを晴らすかのように、外に駆《か》け出していった。元気だ。

まあ、駆け出す前に鬼人族メイドたちによって厚着を強制されているので、風邪《かぜ》の心配はないだろう。マフラーや手袋《てぶくろ》もちゃんとしていたしね。

子供たちの護衛として、あとを追いかけるクロの子供たちも躊躇《ちゅうちょ》なく外に飛び出した。その姿は、勇《いさ》ましい。一頭だけすぐに戻ってきて、ほかのクロの子供たちに交代を要求していたけど。あ、ユキに叱《しか》られて、慌《あわ》てて子供たちを追いかけた。

そして、叱ったユキは……コタツに入るのか。そうか。

ユキに「なにか？」という目で見られたので、問題ないと答えておいた。

さて、冬だ。

〝一ノ村〟のニュニュダフネによる春予報では、まだまだ冬は続くらしい。

俺は覚悟を改め、半纏《はんてん》を着る。半纏は前々から天使族を中心に冬の防寒着として普及している。その天使族が今年は大勢やってきたので、半纏の数が足りないらしい。起きているザブトンの子供たちの一部が、頑張って追加分を製作してくれている。

半纏の中に入れる綿に困りそうだが、その綿は〝五ノ村〟から仕入れているというか、以前から大量に買い込んである一部を使っているそうだ。

買い込んであるのは綿だけでなく、羊毛《ようもう》、絹《きぬ》、麻《あさ》などもある。それぞれ、専用の大きな倉庫に納められている。ザブトンたちの要求に即座に応じられるようにとヨウコが手配した。

ヨウコが言うには〝五ノ村〟の財政管理の一環だそうだが、照れ隠しだろう。

なんにせよ、数万人分の衣服を作ることが可能なぐらいの繊維が〝五ノ村〟で確保されている。一部を使っても問題ない。

ちなみにだが、この繊維が納められた専用の倉庫には、それなりの数のザブトンの子供たちが警備としてこっそり常駐している。

魔王には伝えてあるが、苦笑いだったなぁ。まあ、繊維がいっぱいあるので火事が怖い。警備するのは悪いことじゃないと思う。

そんなことを考えながら、俺は屋敷の二階、窓の外の景色がいい場所に移動してお茶でもしようと……したら止められた。

ヨウコだ。

あれ？　〝五ノ村〟に行ったんじゃなかったっけ？　どうした？

「すまぬ。面倒が舞い込んだ」

？

俺はヨウコとともに〝五ノ村〟のヨウコ屋敷に移動した。

ヨウコが仕事をするために使う執務室の横にある応接室。そこで待っていたのは、見知らぬ男性と女性の二人。

男性は少し小柄で少年を思わせる風体だが、髭《ひげ》を蓄《たくわ》えているのでそれなりの年齢なのだろう。女性のほうは俺よりも少し高いぐらいの身長で、獣耳と尻尾があるから、獣人族かな？

「あー、村長。紹介しよう。猿《サル》の聖獣《せいじゅう》セイテンと、銀狐族《シルバーフォックス》のコンだ」

ヨウコの紹介を受け、セイテンが頭を下げる。

「猿の聖獣を務めております。セイテンです」

「お初にお目にかかります。銀狐族のコンです」

丁寧に腰を曲げて挨拶してくれるセイテンとコンさん。

セイテンが一歩前に出た。

「村を離れていたところをお呼び立てし、申し訳ありません。本来なら私が赴《おもむ》かなければならないのですが、ヨウコ殿に留められまして、この場を用意していただきました」

コンさんは一歩下がったから、セイテンが話のメインなのだろう。

「猿の一族とゴブリン族との揉《も》めごとで、ご子息ゴールさまとその奥さまを巻き込み、申し訳ありません。猿の一族を代表し、謝罪いたします」

セイテンはそう言って、こちらに書状を渡す。その書状をヨウコが受け取り、俺のもとに。

書状は目録《もくろく》のようだ。謝罪の証《あか》しの品だそうだ。

猿とゴブリン族の揉めごとは聞いているが、わざわざ俺にまで……まあ、ニーズも関係していたから、まるっきり無関係というわけでもないか？

こちらとしては問題をさらに大きくする気はない。さらには、ここに来る前にゴールのところに行って謝罪を済ませているらしい。ならば俺にわだかまりはない。

俺は謝罪を受け取り、終わらせる。

え？　これで終わりは駄目だとヨウコに言われた。

セイテンを招いた宴会を開く必要があるらしい。ヨウコがニーズの店の予約を取ってるそうだ。

わかった。

それじゃあ、時間までのんびりと思ったけど、話はまだあるのか引き止められた。セイテンではなく、コンさんから。

セイテンは先にニーズの店に行くらしい。ああ、ニーズにも謝罪しないといけないのか。

大変だなと労《ねぎら》うと、勤め人ですからと疲れた顔で微笑《ほほえ》まれた。

えーっと……宴会の席でもう少し話をしよう。いいお酒、準備するから。

そう言いながら、俺はセイテンを見送った。

さて、残ったコンさんの話はなんだろう？

「はい。改めまして、銀狐族のコンです」

ヨウコの説明だと、銀狐族は獣人族の狐系の種族ではなく、狐の一族。狐が人に変化《へんげ》しているのがいまのコンさんの姿だそうだ。

銀狐族は銀狐族だけで各地に隠れて生活をしているらしい。そして、銀狐族にとってコンの名は族長を示す名で、襲名制だそうだ。つまり、目の前にいるのは銀狐族の族長？

「はい、族長です」

その族長が、どういった御用でしょうか？

俺は恐る恐る聞く。

ヨウコは面倒が舞い込んだと言って俺を呼んだ。セイテンの件は、たしかに俺を呼ぶ必要はあるが、面倒なことではない。つまり、面倒なことはコンさんの内容だろう。構えてしまう。

「用件をお伝えする前に確認したいことがあるのですが、かまわないでしょうか？」

ん？　なんだろう？

「村長はヨウコさまの上司で間違いないでしょうか？」

上司？　えーっと、俺が〝五ノ村〟の村長で、ヨウコは村長代行。仕事の立場的にはそうだな。

「そうですか。ありがとうございます。えー、本日、ここにお伺《うかが》いしたのは、ヒラクさまにお願いがあるからです」

お願い？

「はい。銀狐族は私を含めて九十二人。うち、人の姿で十全に働けるのは二十三人ですが、多少の不都合に目をつぶっていただければ八十四人が働けます。一族、揃《そろ》ってお雇い願えないでしょうか」

ん？　雇えと？

「はい」

〝五ノ村〟に移住させろとかではなく？

「銀狐族は、他種族に交じって生活するのは不得手です」

しかし、働けるんだろ？　どういった仕事をするつもりなんだ？

「暗殺です」

…………。

………………。

「暗殺です」

いや、聞こえなかったわけじゃないんだ。

えーっと、お帰りください。

そう答えた瞬間、俺の手に『万能農具』の槍《やり》が出てコンさんの胸を貫《つらぬ》いていた。

え？　なんで？

そして、槍が刺さっているコンさんの首にはヨウコの手がかかっている。

「コンよ。村長に手を出したら許さんと言ったはずだぞ」

「なにもしていないと思いますが？」

コンさんは槍が刺さっているのを気にせず、ヨウコを見る。

「その前にやられただけであろう。戯言《ざれごと》を続けるなら、一族を滅ぼすぞ」

「……わかりました。ですが、私も引けない立場でして」

「わかっておる。村長、すまぬ。少し説明させてくれ」

あ、ああ、頼《たの》む。あと、コンさんは大丈夫か？　胸を貫いちゃってるんだが……。

『万能農具』の槍を回収すると、コンさんの胸元には穴が開いている。

「大丈夫だ。この程度ではこやつは死なん」

「あー、それなのですがヨウコさま」

「なんだ？」

「実は結構なダメージをいただいておりまして…………限界のようです。げふっ」

コンさんが吐血《とけつ》して倒れて大きい銀狐の姿になったのでヨウコが慌てた。

「姿を維持できんほどか！　まずい、村長、大きい蚕のご飯《世界樹の葉》を使ってもよいか？」

使おう。うん、俺が刺しちゃったから。このまま死なれるのは困る。

閑話　銀狐族のコン　前編

私の名はコン。以前はグレと名乗っていましたが、族長に就任したのでコンになりました。

それから六十年ぐらい経《た》ったでしょうか。我が銀狐族は、少しずつ数を減らしています。

それというのも、銀狐族は森の中に隠れ住むように暮らしているからです。

森の中はけっして安全というわけではありません。常に危険と隣り合わせです。人の姿になれる者は街や村に溶け込んで生きる手段もあるのですが、銀狐族は人というか他種族全般を好みません。好むのは同じ狐系の種族のみ。あとは……森の中で暮らすうえで友好的でないと面倒な種族と、つかず離れずの関係を築いているぐらいです。

このままではいけないのは、わかっています。安住の地を求めなければ、未来がないことも。しかし、どうすればいいのか。一族で話し合っても、解決策が見いだせません。悩みながらも無為《むい》に時を過ごしていました。


ある年の秋の終わり頃。

銀狐族に依頼が舞い込みました。猿の聖獣セイテンさまからです。

なんでも、猿の一族がゴブリン族と揉め、それに〝魔王国〟の貴族を巻き込んだとかなんとか。

その謝罪に向かうので、護衛と銀狐族の道を貸してほしいという依頼でした。

珍しいですね。いえ、依頼のことではありません。

我が銀狐族は人の姿に化けられる者が私を含めてもそれなりにいるので、護衛には向いているのです。人の姿に化けられない護衛対象には、ペットの振りをしてもらうこともありますが。

また、銀狐族は独自の道を各地に持っており、それを利用したいとの依頼はそれなりにあります。

まあ、どちらも年に一回ぐらいですが。銀狐族の貴重な資金獲得手段です。

私が珍しいと思ったのは、セイテンさまが謝罪に向かうことです。

失礼ながら猿は基本、傍若無人《ぼうじゃくぶじん》。群れの中ではちゃんと秩序《ちつじょ》ある行動をしますが、群れの外は無関心で無頓着《むとんちゃく》。他者と揉めたとしても、セイテンさまが謝罪に赴《おもむ》くなどありえないと思いました。

しかし、よくよく聞けばその件には蛇《へび》の神の使いであるニーズさまが絡んでいるそうです。

ああ、上《神》の案件ですか。セイテンさまも大変ですねぇ。ええ、護衛と道をお貸しする依頼、喜んでお引き受けします。行き先は〝魔王国〟の王都と……近くの街？　村？　え？　街のように大きい村ですか？　わ、わかりました。

出発はいつですか？　すぐ？　承知しました。護衛には精鋭《せいえい》を……失礼しました。護衛には私も参加しましょう。

はい、セイテンさまほどの方を護衛するのですから。よろしくお願いします。

護衛の人員を決めるときに、妙な予感がしました。私も参加すべきだと。
こんな感覚は初めてです。ですが、逆らう気はおきません。
福音《ふくいん》と信じて、護衛の仕事をしっかりとこなしましょう。

冬の中頃。

〝魔王国〟の王都でのセイテンさまの謝罪は、すぐに終わりました。相手もことを大きくする気はないようでしたしね。

セイテンさまが手順通りに謝罪したので、そのまま宴会の流れに。

護衛である私たちも参加していいのですか？　あの、私を含めて十二人いるのですが？　かまわない？　ありがとうございます。

美味《おい》しい食事でした。お酒も美味しかった。

続いて、〝五ノ村〟。

…………誰がどう見ても街ですよね。

王都並みとは言いませんが、そこらの街よりも大きいですよ、ここ。どうして村を名乗っているのでしょうか？

まあ、文句を言っても仕方がないのですけどね。

えーっと、ここでは〝五ノ村〟の村長と、ニーズさまに謝罪ですか。では、ニーズさまの居場所を……村長が先？　そうなのですか？

大きな街の長《おさ》とはいえ、ニーズさまよりも上とは思えないのですが……依頼者には逆らいません。従うだけです。

私たちは〝五ノ村〟の議会場のある建物に向かい、村長に会いたいとセイテンさまが願い出ました。一応、今日は連絡だけで、日を改めるつもりだったのですが、引き止められました。

なんでも〝五ノ村〟の村長は不在とのこと。しかし、村長代行がすぐに会ってくれるそうです。ありがたいことです。

ですが、これは面倒なことになると予想します。

なにせ謝罪が目的ですから、代行相手に謝罪して終わりとはなりません。いえ、普通なら代行が相手でも謝罪を受けてくれれば終わりになります。

ただ、今回は上《神》が関わっていますからね。セイテンさまとしては村長のもとに向かい、謝罪する必要があります。

しかし、押しかけて相手に迷惑をかけては謝罪になりません。相手の都合のいい日を聞き出し、事前に連絡をして行く必要があります。これは長く待たされる可能性があります。

そんなふうに考えていたら、驚きの人物と再会しました。あの九尾狐《ナインテール・フォックス》のヨウコさまです。そして、ヨウコさまが〝五ノ村〟の村長代行でした。

「久しいな。お主がコンになったか」

　はっ。お久しぶりです、ヨウコさま。

　いろいろと話したいことがありますが、まずはセイテンさまの件が優先です。

「……謝罪したい旨《むね》はわかった。我の見立てでは、ここに来るのに数年はかかると思ったが、すばやく来たことも評価しよう。村長をお呼びし、場を調《ととの》えたいが……ゴールのところには？　すでに謝罪を終わらせた？　よろしい。ニーズには？　この次？　そうなるか……わかった、問題ない」

　謝りに行く順番は間違っていなかったようです。

「謝罪の品は、なにを用意した？」

　セイテンさまが目録をヨウコさまに見せます。

「なかなか奮発したな。よかろう、宴会を開くには十分だ。ニーズは〝五ノ村《ここ》〟で店をやっている。会場はそこにするぞ。そのほうがそちらも手間が省けるであろう。わかっておる、ニーズには口添《くちぞ》えしておく。大丈夫だ。ニーズは揉めごとを好まん。謝りに来た者を邪険《じゃけん》にはせん」

　ヨウコさまが何人かの部下に指示を出しています。

　謝罪は……ヨウコさまのお屋敷でとなりました。議会場のあるここには、無関係の者が多く出入りしていますからね。謝罪するセイテンさまに気を使ってくれたのでしょう。

　そのうえ、村長を呼んでくれるとのこと。

「謝罪相手を呼び出すのは無礼な行いだとは知っておるが、お主らでは辿《たど》りつけん。呼んだほうが面倒はないし、その程度で村長は怒らんから安心せよ」

失礼な。

そう言いたいのですが、呼んでもらえるなら手間は省けます。

「ただ、村長はまだ昼食の時間だ。我もな。少し待て」

時間がかかることを考えていたので、多少待つぐらいは気にしません。

しかし、昼食ですか。一日三食ということですよね？　村長やヨウコさまは、うらやましい生活をしているようです。

え？　私たちにも食事を？　ありがとうございます。まったく問題……すみません。私を含めて、護衛は十二人いるのですが？　大丈夫？　ありがとうございます。

お稲荷《いなり》さんなる米料理が絶品でした。ウドンなる麺《めん》料理も美味しいです。

お稲荷さん、お代わりできるんですか？　すみません、あと二つ……いえ、三つほどいただけると。ありがとうございます。

おっと、いけないいけない。食事に夢中になっていました。いまのうちにヨウコさまと話をしましょう。

聞きたいことや相談したいことがあるのです。

閑話　銀狐族のコン　後編

ええと、まずは……ヨウコさまは、どうしてここで働いておられるのですか？

「なに、簡単なことよ。飯が美味《うま》い。酒もいいものがある。謝罪前だから出さなかったが、宴会では振る舞おう」

食事に釣られたと？

「それだけではないぞ。村には我に怯《おび》えぬ者たちが多数おる。我よりも強い者もな」

まさか、ヨウコさまより上が？

「我は村長代行であるぞ。村長が上に決まっておろう」

…………。

「我がここで働いておるのは村長の役に立つため。そう覚えておけ」

わ、わかりました。

「ああ、これは言わなくてもわかるであろうが、村長に手を出せば許さんぞ。怪しい行動はせんことだ」

もちろんです。ヨウコさまを敵には回せません。ですが……。

「なんだ？」

私たちがその村長にお仕えしたいと願っても問題ないでしょうか？

「ん？　なぜだ？　雇われはするが、従属せんのがお主らではなかったか？」

そうも言ってられない状況で。

「そんなに悪くなっておるのか」

ヨウコさまの知っていた頃と比べると、どうしても。外からの仕事の依頼も、ここ数年で急に減りましたし。

「それで村長にか」

ヨウコさまが少し考えた素振《そぶ》りを見せます。

わかっています。いい返事がもらえないのは。

私たちは銀狐族。悪名がいろいろとあります。そんな私たちが一族でお仕えすれば、その悪名を村長が背負うことになります。簡単に言えば、銀狐族を操っていた者として村長が責められる可能性があります。

しかし、だからと言って願い出ることさえもしなければ、我が一族は滅ぶだけです。

「コンよ。村長には、お主らが仕えることに利益がない。逆に不利益を被《こうむ》るであろう。村長の耳に入れる話ではない」

…………。

「しかし、我は先代のコン……いや、先々代のコンになるか。やつには世話になった。返しきれぬ恩がある。それゆえ、お主の一族の命運を懸《か》けた頼みは断れん」

では……。

「決めるのは村長だ。我はなにも言わん。それでよいな」

はい、ありがとうございます。あとは自身の優秀さを示すだけですので。

ところでセイテンさま？　食事が終わったあとから、ずっと両方の耳をふさいでいるのはどうしてでしょう？

危険な情報が出て、巻き込まれないための対策？

それが名高い猿族の『聞かざるの構え』ですか。勉強になります。

少しして、ヨウコさまが村長を呼びに行きました。

そのあいだに、私は護衛の配置を決めます。

……部屋の中には、私とセイテンさまだけでいいでしょう。

ほかの護衛《もの》は、ヨウコさまが用意してくださった部屋で待機。では、さすがに護衛として役立たずです。用意してくださった部屋に待機するのは三人でいいでしょう。もちろん、のんびりしていたら怒りますよ。警戒は常に。いつでも動き出せるように。奇襲にも備えなさい。

三人、屋敷の内に。場所は任せますが、部屋の中には入らないように。ええ、廊下で隠れているように。

五人、屋敷の外に。退路の確保です。私になにかあれば、指揮はキツが引き継ぎなさい。

よし、いい返事です。

ん？　もう少し余裕があると思っていたのですが、早々にヨウコさまが戻られました。

村長は近くにいたのでしょうか？

…………。

村長の印象は……ただの人です。ヨウコさまより上とは信じられません。

ですが、ヨウコさまの村長に対する態度は正しく従者。それだけでただ者ではないことがわかります。知恵者タイプでしょうか？

セイテンさまとともに挨拶し、セイテンさまの謝罪を終わらせます。

村長もことを大きくする気はないようです。ヨウコさまが口添えしてくださったのかもしれません。ありがたいことです。


セイテンさまの謝罪が終わりました。

セイテンさまは先にニーズさまのお店に向かうそうです。

用意してくださった部屋で待機していた三人、あと外にいる五人、セイテンさまの護衛に。以後、合流するまでのそちらの指揮はブチに任せます。

「コンさま。私が行ったほうがいいのでは？」

キツがそう言ってくる。

たしかに護衛を分けるなら、もう片方はキツに任せるべきでしょう。ですが、これからする村長との話し合いで一族の命運が決まります。

覚悟を見せねば、我らが仕えることは叶《かな》わないでしょう。いざとなれば、銀狐族の悪名を背負って私が死にます。そうすれば、ヨウコさまが慈悲《じひ》を与えてくれるかもしれません。

そのあと、残る一族をまとめ、ヨウコさまと交渉できるのはキツぐらいです。頼みますよ。

それでは、村長に話をと思ったのですが……警戒されていますね。これはいきなり本題に入っても駄目でしょう。少し話を逸《そ》らします。

用件をお伝えする前に確認したいことがあるのですが、かまわないでしょうか？

「ん？　かまわないぞ」

村長はヨウコさまの上司で間違いないでしょうか？

「俺が〝五ノ村〟の村長で、ヨウコは村長代行。仕事の立場的にはそうだな」

そうですか。ありがとうございます。

もうあと二〜三の質問をして、村長の心を解《ほぐ》したいのですが……村長は村を離れていたのです。

このあと、なにか用事があるのかもしれません。時間を使い続けるのも悪手ですね。

村長に一歩近づけましたし、これで十分としましょう。いきますか。

えー、本日、ここにお伺《うかが》いしたのは、ヒラクさまにお願いがあるからです。

実際はここに来てからお願いができたので、微妙に事実とは違います。ただ、急に思いついたのでと言うよりはマシでしょう。

「お願い？　なにかな？」

ここが勝負です。私はもう一歩前に進みます。

はい、銀狐族は私を含めて九十二人。うち、人の姿で十全に働けるのは二十三人ですが、多少の不都合に目をつぶっていただければ八十四人が働けます。一族、揃ってお雇い願えないでしょうか。

「雇えと？」

はい。

「〝五ノ村〟に移住させろとかではなく？」

銀狐族は、他種族に交じって生活するのは不得手です。

「しかし、働けるんだろ？　どういった仕事をするつもりなんだ？」

銀狐族なのですから、決まってます。

暗殺です。

「……」

私の声が小さかったかな？

暗殺です。

「いや、聞こえなかったわけじゃないんだ」

そうですか。

ん？　ヨウコさまが、頭を抱えている。私はなにか間違えたでしょうか？

あ、村長が口を開きました。お答えをいただけるみたいです。

「えーっと、お帰りください」

その答えを聞いた瞬間。

私は村長に向けて殺気を放ち、動きます。

殺気は放ちますが、実際に殺したりはしません。それでは願い出る意味がありませんし、ヨウコさまを敵に回します。

実力を見せるだけです。

その上で、私が死んで詫《わ》びます。そして、キツが改めて願い出ます。

ええ、命を捨てた脅迫《きょうはく》です。ですが、こちらも一族の命運が懸かっているのです。手段は選びません。ああ、護衛である私が攻撃すれば、雇用者のセイテンさまには迷惑をかけてしまいますね。私が死ぬ前にセイテンさまは無関係と言っておきましょうか。それで許してもらえるといいのですが……。

私の動き出しにヨウコさまが気づいたようですが、私のほうが速い。

…………。

あれ？

私の意識した場所に、私がいません。私の見る景色が変わっていない。つまり、私が動いていない？　え？　なにかに貫かれている？　村長の持つ槍？　いつのまに槍が？　部屋に入ったときは無手でしたよね？

私が困惑しているあいだに、ヨウコさまの手が私の首を押さえました。もうどうやっても動けません。

参りました。槍に貫かれた箇所も、かなりの負傷のようです。

……キツ、ごめんなさい。最悪の事態です。

実力を見せることもできず、ただ死ぬだけとは……逃げて一族を守ってください。

その後、暗殺仕事に関わったことがある者は死になさい。さすれば、残った者はヨウコさまの慈悲を願えるでしょう。ヨウコさまは厳しい方ですが、面倒見はいいのです。

情けないですが、頼らせてもらいましょう。

銀狐族同士なら、ある程度近くにいれば頭の中で会話ができます。

だからそう伝えたのですが……返ってきたのは期待した答えではありませんでした。

「……す、すみません。捕まりました。蜘蛛《クモ》です」

蜘蛛？

私は顔をゆっくりと上に向け、部屋の天井を見ました。

あー、大きい蜘蛛がたくさんいます。気づきませんでした。

しかも、ただの蜘蛛ではありません。デーモンスパイダー系統の蜘蛛です。

これは、どうしようもありませんね。

キツ以外の者も、次々と蜘蛛によって捕まっているようです。セイテンさまの護衛についた者も？

徹底してますね。さすがと言うべきなのでしょう。

「コンよ。村長に手を出したら許さんと言ったはずだぞ」

えーっと、なにもしていないと思いますが？　動いていませんしね。

「その前にやられただけであろう。戯言《たわごと》を続けるなら、一族を滅ぼすぞ」

………わかりました。

ですが、私も引けない立場でして。お縋《すが》りしても？

「わかっておる。村長、すまぬ。少し説明させてくれ」

最悪の最悪だけは避けられましたかね。

しかし、ここまで村長が強いとは思いませんでした。私の体を心配してくれているようで、優しい方でもあるのでしょう。

「大丈夫だ。この程度ではこやつは死なん」

あー、それなのですがヨウコさま。

「なんだ？」

実は結構なダメージをいただいておりまして…………限界のようです。

私は血を吐《は》き、倒れました。人の姿も維持できません。これは……駄目かもしれません。

2 ヨウコの説明

銀狐族のコンさんは一命を取りとめた。

かなり危ないところだったらしく、世界樹の葉があってよかった。コンさんは意識を取り戻したが、すぐにまた気を失ってしまった。

現在はヨウコ屋敷の一室で、大きい狐の姿のまま寝ている。

「面倒がなくていい。起きていたら、自決するだなんだとうるさいだろうからな」

自決？　どうして？

「村長に殺気を向けたからな。一族を守るために死んで詫びるということだろう」

殺気？　ああ、だから『万能農具』の槍が勝手に出たのか。暴走したのかと焦《あせ》ったけど、俺を守ろうとしてくれたんだな。そして、ヨウコがコンさんを押さえたのも納得。

しかし、なぜ急に殺気などを？　いや、俺が断ったからだろうけど。

「そのあたりの説明と、こやつらの現状を説明したいのだが……寝ている者の横でする話ではない。和室に行くぞ」

いいけど、コンさんはどうする？　起きたら自決の可能性があるんだろ？

「ザブトンの子が見張っておる。知らぬうちに死ぬことはない。安心せよ」

ヨウコの視線を追って天井《てんじょう》を見ると、数匹のザブトンの子供がいた。

なるほど、任せたぞ。

畳《たたみ》の上は落ち着くなぁ。

そして、コタツ。うん、いいね。

〝五ノ村〟は冬でもそこまで寒くはならないけど、冬は冬。小山とはいえ山頂にあるヨウコ屋敷では、コタツはありがたい存在になる。

「村議の者や我の部下が、ここのコタツを知って強請《ねだ》って来おった。買いたいならゴロウン商会に頼めと言っておいたので、マイケルから村長に話が行くかもしれん」

了解。この部屋に招かれるぐらいの関係者なら、融通《ゆうずう》はしよう。何人ぐらいだ？

「フタ、ロク、ナナ、ヒーの四人は確定だ。あと、ミヨも求めていた。こっちはゴロウン商会ではなく、褒賞《ほうしょう》メダルで求めるかもしれんな」

〝五ノ村〟や〝シャシャートの街〟で働くマーキュリー種の五人か。

実は〝四ノ村〟のベルやゴウのところや、温泉地のヨルのところにはコタツがある。普段の頑張りから考えても、褒賞メダルに関係なく渡してもいいかもしれない。

「村議では……三人ほど、この部屋から出たがらんかった。ここに住むとまで言っておったな。あと、聖女《せいじょ》とピリカ、元四天王の二人……そう、名の長い者とその相方だ」

結構な数になりそうだな。

「マイケルが調整するであろうから、無茶な数は頼まれんだろう。ただ、《クロトユキ》の店長代理が、コタツを店に設置できないかと言っておった」

《クロトユキ》の店長代理？　キネスタか。

店の冬仕様としてコタツを設置するのは悪くないか。検討しておこう。

ところで、キネスタはなにをしにここに来てたんだ？

「新商品を見せにだ」

ヨウコに？

「うむ。村長代行として、村長が経営している店の商品は知っておかねば困るからな」

ああ、雑談などで話に出たときに「知らない」とは言えないか。すまない。気が回っていなかったな。今度から、新商品ができたらヨウコにも見せよう。

「実際に店で出すかどうかは店長代理に任せておるのであろう？　今のままでかまわん。出していない商品を知って、下手《へた》に話題に出しても迷惑であろう」

その心配もあるか。それじゃあ、いまのままでと。

「……さて、落ち着いたか？」

ん？　ああ、そうだな。

少し前の自分は、コンさんを刺したと動揺《どうよう》していた。コンさんが殺気を放ったから槍が守ってくれたとわかってもだ。

うーん。慣れないと駄目なんだろうけど、慣れても駄目な気がする。

まあ、この話はあとだ。ちょっと考えた程度で結論が出て、覚悟が決まる話でもない。いまはヨウコの話を聞こう。

「では、あやつらの現状と願い、あとはあやつの行いの説明をするとしよう」

頼む。

「と言っても、我も詳しくは知らぬのだがな。わかる範囲での説明になる」

うん。

「あやつら銀狐族は、困窮しておる。一族の数が減り、縄張りが減り、さらには外部からの仕事も減った」

外部からの仕事ってのは、コンさんが言ってた暗殺のことか？

「そうであろう。生活の糧《かて》を得るための手段だ」

………なるほど。

「まあ、暗殺だけが仕事ではないはずだ。我の知っておる時代では、情報収集や護衛などの仕事もしておった。今回のセイテンとともにやってきたのも、護衛の仕事であろう」

じゃあ、どうして暗殺なんてアピールしたんだ？

「もっとも金になったのがそれなのだろう」

あー、なるほど。

「そして、あやつらが求めるのは安住の地。生きるにしろ、子を増やすにしろ、安心して住める場所は必須《ひっす》だ」

　ふむ。コンさんにも言ったが、〝五ノ村〟に移住するのは駄目なのか？

「あー……銀狐族の全てが人の姿になれるわけではないからな。五十年から百年ほど生きた個体が、人の姿になれる」

　そうなのか。

「うむ。しかし、人の姿になれん銀狐族は、ただの狐だ。人に狙われる」

　………。

「銀狐族は、珍しい銀毛だからな。毛皮は珍重《ちんちょう》される」

　……………。

「それゆえ、銀狐族は他種族を好まん。コンやそれに同行して来た者は〝五ノ村〟に住めても、ほかの者は厳しいと言わざるをえん」

　同行してきた者？

「ああ、コンはセイテンの護衛で来たからな。何人か連れて来ている」

　そうなのか？　それじゃあ、コンさんのことを知らせないと、ややこしいことにならないか？

「ザブトンの子がすでに捕らえておる。問題ない」

　え？　捕らえているの？

「当然だ。コンと同じように行動されてはかなわんからな。一部屋にまとめて閉じ込めただけだ。無体《むたい》な真似《まね》はしておらん」

　そうか。よかった。

………しかし、今回の件。雇ってくれじゃなく、保護を求めてくれればなんとかできたと思うのになぁ。

「困窮しておるとはいえ銀狐族にもプライドはある」

ああ、まあ、そうか。

「ただ、対価が暗殺することでは、村長も困るであろうが」

うん、困った。

「銀狐族を使って暗殺せねばならん相手などおらんからな」

相手がいても暗殺なんかしないぞ。

「そうであったな。村長なら正面から乗り込むであろう」

乗り込まない乗り込まない。

まったく。ああ、今回の件はここだけで収めてくれ。

「ん？　なぜだ？」

村の者に知られると、揉める。

「……たしかにそうだな。我としても、ここで収めてもらえると助かる。うむ、とても助かる」

報告はするけどな。

「……」

ヨウコがすごく困った顔をした。

しかし、俺としては〝五ノ村〟であったことを黙っているのは難しい。刺したこととか、相談とかするだろうしな。

「仕方があるまい。それで、コンが殺気を放った理由なのだが……」

俺に力を見せようとか、そういったことだろ？　理解しにくい異文化だとは思うが、馬鹿にはしない。コンさんはコンさんで必死だったのだろう。交渉の仕方は覚えてほしいが。

その後、ヨウコからいろいろと銀狐族の話を聞いた。


「そろそろ宴会に行かねばならん。ニーズの店に行くぞ」

そうだったな。あー、コンさんとかコンさんの同行者は？

「セイテンの謝罪を受けて開く宴会だ。そこに揉めているコンたちはさすがに呼べん」

そうなるか。

「それと、今回のコンの行動は、護衛として雇ったセイテンの面子《めんつ》をつぶした形になる。我がセイテンに事情を説明して、謝って収めるつもりだ」

ヨウコが？

「我がいたからコンが動いたところもあるからな。これぐらいはしてやらんと」

わかった。

「ああ、確認するが……村長はコンのことでセイテンを責める気は？」

無関係なんだろ？

ないよ。

「助かる」

　いやいや、ヨウコにはいろいろと助けてもらっているからな。

「その言葉、感謝する。あと、できればあやつらにもそう伝えてもらえるだろうか？」

　ん？　ヨウコがちらりとやった視線の先を追うと……ザブトンの子供たちがいた。拳大サイズではあるが、古参のザブトンの子供たちだろう。風格がある。

　その古参のザブトンの子供たちが、足でヨウコを招いていた。

　宴会に参加するより先に、こっちに話があるだろうという態度。怒っているようだ。

　ああ、俺を襲ってきたコンさんと引き合わせたことで怒ってくれているのか。ありがとう。しかし、ヨウコも用心してザブトンの子供たちを部屋に入れたんだろ？　そこまで怒らなくても……わかった。

　だが、セイテンとの宴会にヨウコ不在は困る。ヨウコとの話は、宴会のあとにしてもらえないだろうか？　助かる。

　ということで、ヨウコ。

「わかっておる。飲みたい気分ではあるが、宴会では飲む量を減らす」

　それがいいと思う。

　酔《よ》っぱらっていたら、さらに怒られるからな。まあ、ザブトンの子供たちの話し合いには、頃合いをみて仲裁に入るから。

「うむ。できるだけ早く入るよう頼むぞ。絶対だぞ。見捨てたら、泣くぞ」

ははは、さすがに泣かせるわけにはいかない。しっかりと仲裁しよう。

…………。

あ、じゃあ、俺も宴会で飲みすぎてはいけないな。注意しよう。

3 仲直りの宴会

夕方。俺とヨウコは、《酒肉ニーズ》に向かう。

今日の《酒肉ニーズ》は宴会のために貸し切りだ。だが、貸し切りを表明してはいない。なのでやってくる客はいる。その客は幸運だ。今日の支払いは、全て〝五ノ村〟になるのだから。

謝られた側がここまで負担しないといけないのかと首を傾《かし》げたくなるが、元を取ってもあまるほどの謝罪の品だったそうなので細かいことは言わない。しかし、《酒肉ニーズ》から客が溢《あふ》れて、寒いなか外での宴会になっている者たちもいるけど大丈夫なのか？

「なに、酔って外で寝ても、死ぬ前に警備隊が回収するであろうよ」

いや、そっちの心配じゃなくてだな。

「？」

このままだと、〝五ノ村〟中で宴会になるんじゃないか？

「ふふふ。そうなるであろうな。大丈夫だ。それぐらいで〝五ノ村〟の財政は傾《かたむ》かん」

それは知っているけど、参加できなかった者が不満に思わないか？　あと、肉や酒の在庫には限りがあるだろ？　まだ冬だぞ。在庫を空にされたら困る。

「〝五ノ村〟中で宴会をやっておるのに参加せん者は、自分の意思で不参加なのであろう。気にすることもない。ああ、警備隊の者は交代で参加するであろうよ。肉と酒の在庫に関しては、今後に困る放出はするなと言っておる。心配におよばん。一応の用心として、〝シャシャートの街〟のミヨに肉と酒を買い集めるように伝えておるから、不足することにはならん」

むう、隙のない為政《いせい》者の姿。俺もこうありたい。

店の外まで客が溢れているが、俺とヨウコには店内の席が用意されている。二番目にいい場所にあるテーブル席だ。

そこにはニーズとセイテンが座っていて、すでに飲んでいた。セイテンはかなりできあがっている様子だ。ひょっとして、謝罪に行った流れで飲みだしたのかな？

それならわからなくもないが、ニーズは飲んでていいのか？　従業員が育っているから大丈夫？　でもって、ニーズも今回の件には絡んでいるから給仕をするよりは参加したほうがいいと。

そういうものか。

わかった。それで……セイテンの横に見覚えのある者がいた。虎の聖獣サンゲツの人の姿だ。酒の仕入れに来たら、知り合いのセイテンがいたから一緒に飲んでいた？

まあ、同じ聖獣。知り合いでもおかしくはないか。

今度、象の聖獣ガネシュイも呼ぶ？　来るなとは言わないが、トラブルは避けてくれよ。

俺が席に座ると、ニーズによって流れるように俺の前の網で肉が焼かれ始めた。

そして、セイテンによってコップを持たされ、そのコップに酒が注《つ》がれる。これは絶対に食べて飲まないと駄目なやつだな。

俺がそう確認の視線をヨウコに送ると、その通りと頷《うなず》かれた。

えーっと、いただきます。かんぱーい。

俺は酒を飲んだ。一気飲みは危ないので、一口分だけ。

そして肉を……あ、まだ焼けてないのね。もうちょっと待とう。

ところで、一番いいテーブル席に誰も座っていないのが気になるのだが。十人ぐらいが座れる広さのテーブル席に食事の用意がされているから、誰か来るのだろうけど…………このあと、誰か来るのか？

そうニーズに聞くと、あそこは神の席だと言われた。

「セイテンさまは猿の神の使いでもありますからね。蛇の神の使いである私と同席しての宴会で、神をのけ者にするのは不敬《ふけい》です。なので、ああして席を用意し、祭《まつ》っているのです」

へー。なかなか信心深いというか、蛇の神の使いだから当然か。

しかし、事情を知らない者からすると、店のなかで一番いい席が空いているのはトラブルのもとではなかろうか？

「大丈夫ですよ。ちゃんと説明すればわかってくれます」

ほう。

「まあ、なかには村長の席かと納得する者もいますが……」

それはちゃんと説明しているのか？

「してますよー。神の席だって」

それでなぜ俺の席になる？　変な宗教が〝五ノ村〟で生まれてたりしないだろうな？　少し不安になる。

まあ、それは置いておいて。なんだったら今度、蛇の神のための社《やしろ》を造ろうか？

「よろしいので？」

小さくはなるだろうけどな。

ニーズには世話になっている。店の近くに場所を探そう。

「ありがとうございます」

ニーズがそう答えた瞬間、誰も座っていない一番いいテーブル席がきらりと輝いた。

なんだろうと思っていると、ニーズがそのテーブル席に駆け寄り、なにかを持って戻ってきた。

手の平ぐらいの大きさの……エメラルド色の……なんだろう？

「えーっと……蛇の神の鱗《うろこ》のようです。ご神体《しんたい》にせよと言ってます」

ははは、蛇の神も社を望んでいるってことかな。できるだけ早く造るようにするよ。

「す、すみません」

ニーズが謝ることじゃないさ。

宴会の最中、ヨウコがタイミングを見てセイテンにコンが起こした事件の説明をした。

その上でヨウコがコンに代わって謝罪しようとしたのだが、セイテンに止められた。

「あー、織り込み済み、織り込み済み。銀狐族を雇った段階で、ある程度は覚悟してます。謝る必要なんてないですよ」

「そうなのか？　いや、それはそれで申し訳ないのだが……」

「私たち動物系は、どうしても他種族とトラブルを起こしやすいですからね。ですが、銀狐族の起こすトラブルは穏《おだ》やかなものです。気にしませんよ」

「気にせんのはありがたいが……よいのか？」

「ははは。猿の種族の面倒見ると、わかりますよ。ええ、きっと。なんでしたらいくつか事件を語りましょうか？　面白くないうえに、酒が不味《まず》くなりますけど」

「あー、いや、その話はまたにしよう。酒は美味しく飲むべきだ」

「ですよねー。ささ、ヨウコさまも飲んで飲んで」

「いただこう。しかし、コンたちが問題を起こしたことにはかわりない。なにか罰を与えねばと思うのだが」

「んー。コンさんたちはこの宴《うたげ》には参加していないのでしょう？　でしたら、それが罰ですよ」

「……承知した。猿の聖獣であり、猿の神の使いであるセイテン殿。九尾狐のヨウコ、銀狐族に代わって改めて謝罪し、感謝する」

「堅苦しい堅苦しい。元よりトラブルはなかった。それでいいではないですか」

「承知した。では、一献《いっこん》差し上げたい」

「ありがたく」

セイテンへの説明と謝罪はなんとかなったようだ。セイテンが根に持つタイプでなく、助かった形だな。セイテンが帰るとき、土産を奮発しておこう。

「では、今度はこちらの番です」

ん？　セイテンが俺のほうを向く。

「トラブルを起こす者たちと引き合わせ、申し訳ありません」

あー、そうなるか。

コンはセイテンの護衛として俺と会った。セイテンと分かれて行動していたとしても、コンが起こす騒動はセイテンの責任。

謝る理由に納得。もちろん、気にしていないと謝罪を受け入れた。

日が完全に暮れたが、宴会は続いている。

さすがに途中で抜けるわけにもいかず、俺は残っている。

セイテンとヨウコは……完全につぶれたな。セイテンは知らないが、ヨウコは珍しい。まあ、セイテンから酒を勧められたら断れないか。

しかし、宴会のあとでザブトンの子供たちとの話し合いがあることを完全に忘れているよな。いや、覚えていたから忘れたかったのかな？

ニーズは……同じように飲んで酔ってはいるが、つぶれる様子はない。強い。

虎のサンゲツは……なんだろう？　酔って歌っているというか……詩《し》を読んでいるのかな？　詩の良しあしはわからないけど、壁に書かないでほしい。掃除が大変だから。

ん？　誰かが店に入ってきた。客をかき分け、こっちにやってくる。

聖女のセレスだ。なにやら怒っている様子。どうした？

「どうしたと聞きたいのはこっちですよ！　なにをやったんですか！　動物の神が次々に私に語りかけてきて、頭が痛いんですけど！」

え？

「なにを求めているかはわかりませんが、言葉の端々に村長の単語が出てきました。【私にも】とか、【造ってほしい】とか言ってます」

あー、たぶん蛇の神のための社を造るって言っちゃったからだろうなぁ。

思い出して一番いいテーブル席を見ると、なにやら金や銀に光る物がいろいろと置かれている。

俺はそのままニーズを見ると、ニーズは顔を背けた。

「へ、蛇の神は無関係です。もちろん私も」

そっか。

「一番うるさいのは狐の神ですね。たぶん。ヨウコさまを呼んでいるようですが…………お休みでしたか」

えーっと、飲みつぶれただけだから。起きたら伝えておくよ。

「よろしくお願いします。あ…………声が収まりました。どうやら、上の神が出て止めてくれたようです」

それはよかった。そして、迷惑をかけてすまない。

「いえ、こちらこそ怒鳴ってすみませんでした。悪いのは村長ではないのに……ええ、悪いのは無理やりに語りかけてくる神のほうです」

聖女のセレスは頭痛が治《おさ》まったからか、機嫌よく帰っ……帰らない？

「実は夜の食事がまだでして。ご一緒させていただいても？」

どうぞ。

肉と酒はまだまだある。宴会はまだまだ続きそうだ。

そして、酔いつぶれたヨウコがそのままの姿勢で空中に浮いていく。ヨウコが浮いている場所の天井を見るとザブトンの子供たちがいた。ザブトンの子供たちが待ちきれず、ヨウコを連れて行くみたいだ。

……どうしよう。

「村長。こっちのお肉も焼いていいんですよね？」

あ、ああ、かまわないぞ。その肉はこのあたりで焼くと美味しくなる。

「ここですね。では、一気に三枚ほど。あ、村長も食べますよね。それじゃあ、もう三枚追加しますね」

………。

すまないヨウコ。セイテンが起きたとき、俺とヨウコのどちらもいないのは問題になる。宴会が終わったら止めに行くから。セイテンが早く起きることを祈ってくれ。

そう心の中で言いながら、俺は宴会に参加し続けた。

ちなみに、セイテンが起きたのは翌日の朝だった。

4 狐の処遇

朝。起きたセイテンに改めて挨拶をし、俺は《酒肉ニーズ》を出ようとする。

ちなみに宴会は終わってはいない。このまま続行されるようだ。

ただ、謝罪の宴会の意味は終わったので、俺がこのタイミングで帰っても問題はない。

聖女のセレスは、途中参加してきたピリカや聖騎士のチェルシー、《クロトユキ》の店長代理であるキネスタと飲み続けるようだ。無理はしないように。

それと、ニーズ。蛇神の鱗と一緒に、あそこの貴重そうなのは保管しておいて。あとで取りに来るから。
よろしく。

ザブトンの子供たちに連れて行かれたヨウコが心配なので、俺は急いでヨウコ屋敷に戻る。出迎えはザブトンの子供たち。ザブトンの子供たちが堂々といるということは、屋敷内には〝大樹の村〟の関係者しかいないということかな？

ザブトンの子供たちの案内に従って移動すると、和室に案内された。ここにヨウコがいるのか。

そう思って部屋に入ると、そこには変わり果てたヨウコの姿があった。

「やっとお帰りだコン。遅いぞー、もー、ぷんぷんだコン」

えーっと……ツインテールの髪型にカチューシャを装着し、フリルマシマシの和服をきっちりと着込んだうえに前掛けエプロン？　和風レストランのウェイトレスかな？　いや、言動から和風メイド喫茶のウェイトレスか。

狐耳と九つの狐尻尾は自前だからコスプレじゃないけど、語尾がコンだからコスプレっぽさがあるしな。きっちりと「私、怒ってます」とわかるポーズも決めているし。

「……こ、殺せ」

ヨウコが顔を真っ赤にしながら、プルプル震えている。なにがあったのかはわからないけど、正気は保っているようだ。

い、いいや、あー、似合っているぞ。うん。

それで、どうしてそんな格好に？

「話し合いの結果だ……コン」

そうか、話し合いの結果か。

ちらりと部屋の隅を見ると、ドレスとかメイド服とか巫女《みこ》っぽい服がたくさん散らかっており、それをザブトンの子供が片づけていた。激しい話し合いだったようだ。救出が遅くなってすまない。

「いや、酔いつぶれた我が悪いのだ」

そうヨウコが言うと、ザブトンの子供たちが足で床を叩《たた》きながらヨウコを見た。そしてヨウコが言いなおす。

「……よ、酔ったヨウコが悪いのだぞよ。気にしちゃ駄目だコーン」

かわいいポーズだ。

わかった。気にしないことにする。だから、目で気にしろと伝えてくるのは止《や》めて。


さて、ずいぶんとヨウコのキャラを作り込んでいるようだが、ずっとこのままなのか？

ザブトンの子供たちに聞くと、十日ほど続けてもらうそうだ。そうか。

その代わり、ザブトンの折檻《せっかん》は免除《めんじょ》？　いいのか？　いや、俺も止めるつもりではあったけど。

ザブトンが起きた段階で、この格好でおはようの挨拶をする約束？　えーっと、ヨウコがそれで納得しているなら……納得しているみたいだな。わかった。

それじゃあ、俺は村に戻って寝るよ。徹夜だったからな。

ああ、ヨウコ。セイテンはしばらく〝五ノ村〟に滞在するそうだ。帰る前にはこっちに寄って挨拶すると言ってた。

あと、狐の神が……わかっている？　了解。

それでは……ん？　ヨウコも一緒に戻るのか？

「うむ、同行しよう。村に連絡はしておるが、村長を〝五ノ村〟に拘束したことを改めて説明せんといかんからな。…………違った。一緒に行くコン。みんなにいっぱいお話ししたいことがあるんだコーン」

…………が、頑張れ。


村に戻ったとき、ヨウコの姿に誰も突っこまなかった。見て見ぬふりをするのは優しいが、言ってやるのも優しさだぞ。

あと、ヒトエ。知らないお姉ちゃんじゃないから。君の母《ヨウコ》だから。

…………。

二度見しないように。

起きて昼過ぎ。

コンさんが目を覚ましたとの連絡があったので、〝五ノ村〟に行く。

……まだ人の姿には戻れないのか、大きい銀毛の狐がものすごくションボリしていた。行いを反省しているのかな？

そうヨウコに聞くと、少し悩まれた。反省もあるが、宴会に参加できなかったことを嘆《なげ》いていると。なるほど。セイテンの言っていた通り、参加できないのは罰だったか。

ところでヨウコ。

「なんだコン？」

その姿に対して、コンさんはなんと？　そうヨウコに聞いたが、答えたのはコンさんだった。

「自分の行いの罪深さを知りました。改めて、申し訳ありません」

そうか。まあ、いろいろと反省してほしい。俺はよくわかっていないけど。

「それで、村長。コンちゃんたちの処遇はどうするんだコン」

ヨウコに促されるが、俺としてはどうしようもない。殺気を飛ばしてきたので罰せよとなると、ちょっと困る。俺はその殺気を感じたわけじゃないしな。

ヨウコの言い分では、実際に殺すまではしないだろうとのことだし、動く前に刺しちゃったから未遂になる。セイテンに倣《なら》って、なにもなかったでいいんじゃないかな？

「村長がそうすると言うなら、わかったコン」

かわいいポーズだ。

そしてヨウコはコンさんに向いて……。

「わかっておるな」

そう言うと、コンさんは俯《うつむ》いた。

どういうことだろう？　俺には、わからないのだけど。あとで説明してもらえるかな？

それと足で床を鳴らしているザブトンの子供たち。いまは許してやって。うん、シリアスな空気だから。


これで終わりと俺とヨウコは、コンさんを置いて部屋から出る。

「あやつはしばらく動けぬが、セイテンが帰るころには……ええい、わかっておる。コンちゃんはしばらく動けないけどー、セイテンちゃんが帰るときには動けるんじゃないかなーコン」

十日もこれが続くのか。なかなか激しい罰だな。

それで、これから向かう場所は？　和室じゃないみたいだけど？

「コンちゃんのお友だちの部屋だコン」

ああ、そうか。同行者がいると言っていたな。

「少し離れた場所だコン」

了解。

あ、それじゃあ道すがらでなんだけど、さっきのはなんだったんだ？　コンさんが俯いたやつ。

「あれは、コンちゃんとのトラブルはなかったことにするのだから、雇ってほしいというお願いもなし。改めて頼むのも駄目だよーってことだコン」

ああ、なるほど。だから俯いたのか。

事情を聞いたから、なんとか力にはなってやりたいとは思うけど……土産にいろいろと持たせるぐらいが精いっぱいかな。

そんなことを考えながら、目的の場所についたのかヨウコが部屋の扉を開けた。

…………。

そこには、十頭……いや、十一頭の銀毛の狐が並んで座っていた。つぶらな瞳でこっちを……いや、俺を見ている。

そのなかで一頭が声を出す。

「銀狐族のキツと申します。このたびはご迷惑をおかけしました。改めてお詫び申し上げます」

一斉に頭を下げた。おお、賢い。

じゃなくて……いやいや、気にしなくていいんだ。

あー、ここにいるのは全員が人の姿になれると聞いていたけど？

「反省の姿勢を見せるためです」

そうか。

えーっと……どこを見ても銀毛の狐。尻尾がふわふわしている。

…………。

不《ぶ》躾《しつけ》だけど、尻尾を触っても？

「どうぞ」

おお、なかなかの毛触り。悪くない。うん、悪くない。いい。

………ヨウコ。

「なんだコン？」

〝五ノ村〟の近くに、人の手の入っていない山ってあったっけ？　禿山《はげやま》じゃなく、木がちゃんとある山。

「いくつかあるが、どうするのだコン？」

山の一つを動物の保護エリアにする。

冒険者たちに依頼して、候補の山にいる好戦的な魔獣、魔物の退治を進めてほしい。

「それはかまわぬが……コン」

銀狐族にはそこへの移住を提案しよう。

「……よいのかコン？」

いいのいいの。

思い出してみれば、ヒトエが村に来たときにコンと名づけて飼おうとしたこともあった。やってきた銀狐族の長の名がコン。これも縁《えん》だろう。

ということでキツさん。あとでコンさんにそう伝えてもらえるかな。

「あ、ありがとうございます。えっと、部屋から出ても？」

出てもいいけど、もうちょっと尻尾を撫《な》でさせてもらえると。

「しょ、承知しました」

あ、ほかの銀狐族たちも、尻尾を撫でていい？　では遠慮なく。

幸せな時間を堪能《たんのう》した俺だった。


でも、ヨウコの機嫌がちょっと悪くなった。いやいや、毛触り自慢をされても困る。

人の姿の者に「尻尾を撫でさせて」は言えない言えない。

5 動物たちの社

ヨウコのかわいい姿に〝五ノ村〟の関係者も慣れ、できるだけヨウコに発言させない対策が徹底されたころ、セイテンが帰ることになった。

〝五ノ村〟には五日ほど滞在していたのかな？　〝五ノ村〟の食事と娯楽を存分に楽しんだようだ。帰りの挨拶に来たので、土産に《五ノ村酒改》を渡しておいた。セイテンは護衛であるはずの銀狐族にも荷物持ちをさせたので、結構な量を持ち帰ることになる。まあ、生産量からすれば微々たるものだ。気にしない。

途中、寄るところはないそうなので、無事に戻れることを祈っておく。

銀狐族は、セイテンの護衛を終えたらすぐに一族を連れて〝五ノ村〟に戻ってくるそうだ。

セイテンが出発するまで、ヨウコとコンさん、それにキツさんで念入りに環境に関しての確認と相談をしていた。保護エリアにする山の環境は問題ないと確認を取ってある。好戦的でない魔獣や魔物は残っているが、十分に棲《す》み分けができるとのことだ。

ただ、当然ながら不足している物がある。家だ。

もちろん、俺としても山を一つ、保護エリアとして渡すだけで十分とは思っていない。人の姿になれるのだから、人用の家がいるのは想像できる。それに、お金を稼ぐ方法なども。

暗殺業を認めるつもりはないから、代わりの仕事を斡旋《あっせん》しないといけない。自由に生きろと山に放り出すだけでなんとかなるなら、移住する必要がないだろうからな。

それと、保護エリアとそれ以外の境界をどうやって示すかなど、考えないといけないことがある。知らなかった、迷い込んだで保護エリア内を荒らされては困るからな。

ロープで保護エリア全てを囲うなどは、現実的じゃない。なにせ山一つの広さだ。立て看板が無難だとは思うけど、字が読めない人もいる。どう伝えるべきか。

あと、なぜ保護エリアにしているかの理由もいる。

動物保護が理由だと正直に言ってもいいのだが、それだと食糧不足などの事態になったらその保護が怪しくなる。魔王に頼んで強権を発動してもらうのもありだろうけど、それでも適当な理由は必要だ。

どうしたものかと考えているときに、ニーズがヨウコ屋敷にやってきたので思いついた。

社だ。

保護エリアに社を建てて、神域にしてしまおうと俺は考えた。幸いにして、社が欲しいとの要望が来ている。ご神体も十分。

宴会で神の席を用意したぐらいなのだから、神の山を用意してもなにも問題あるまい。

……ないかな？

ニーズに確認と相談をした。

「動物系の神は自然が多いほうが喜びますので、素晴らしいことだと思います」

よかった。

「蛇の神の社も、そこに建てていただければありがたいです」

いいのか？

「蛇の神も、自然が多いほうが喜びます」

……そうだな。

俺の中の蛇も、街中よりは森とか川辺にいるイメージだ。

それじゃあ、その保護エリアに社を建てるとして……ご神体ってどれぐらいあったっけ？　あ、うん、両手じゃ数えきれないぐらいあったよな。

さすがに全部に社を用意するのは厳しい。

つまり……まとめてしまうか？　荘厳《そうごん》な社を一つ造り、そこにまとめて祭るのはどうだろう？

……喧嘩《けんか》するかな？

「あー、どうでしょうねぇ。常に同じ場所だと喧嘩するかもしれませんので、個室に分けてあればなんとか……あと、適度に主役のときがあればいいかもしれません」

個室か。まあ、そうだな。大部屋で多人数と一緒よりは、個室でゆっくりできるほうがいい。わからなくもない。

主役は……どうしよう？　〇〇の神の出番です。みたいな感じかな？

ん？　そうか。十二支《じゅうにし》だ。

毎年、順番に年神を決めて祭ればいいんだ。

えーっと、十二支は……子《ね》、丑《うし》、寅《とら》、卯《う》、辰《たつ》、巳《み》……えっと、辰……巳……なんだっけ？

待て待て、冷静に。

深呼吸して……子、丑、寅、卯、辰、巳……午《うま》、未《ひつじ》！　おお、いけた！　いつも午で詰まるんだよなぁ。

しかし、思い出せた。よかった。

残りは簡単。

申《さる》、酉《とり》、戌《いぬ》、亥《い》。桃太郎トリオに猪《いのしし》だ。

まとめると……子、丑、寅、卯、辰、巳、午、未、申、酉、戌、亥。

忘れないようにメモしておこう。

考えてみると、それなりに十二支とは関わりがあるな。

子　鼠《ネズミ》　いない。

丑　牛　牧場エリアに牛がいる。ミノタウロス族もいる。

寅　虎　サンゲツ、ソウゲツ。

卯　兎《ウサギ》　食べてる。

辰　竜　竜族。

巳　蛇　蛇の神の使い《ニーズ》、ラミア族、ブラッディーバイパー。

午　馬　牧場エリアに馬がいる。ケンタウロス族もいる。

未　羊　〝シャシャートの街〟や〝五ノ村〟にいる。山羊《ヤギ》も仲間に入れてもいいかな？

申　猿　セイテンと知り合った。

酉　鳥　フェニックスの雛《ひな》のアイギス、鷲《ワシ》、鶏、ハーピー族。

戌　犬　インフェルノウルフ、フェンリル、オルトロスのオル。

亥　猪　食べてる。

…………。

鼠だけが無関係か。農業をやっている身としては、鼠は敵。猫に置き換えるか。

いやいや、個人の好き嫌いでそういったところを弄《いじ》るのはよろしくない。げっ歯《し》類と捉《とら》えれば、リスとかビーバーを加えられる。リスとかビーバーに遭遇《そうぐう》したことはないけど。

まあ、十二支の形式は採用するが、十二支にこだわる必要はない。このあたりはご神体があるかどうかで決めればいいだろう。存在するご神体によっては、十二支の痕跡《こんせき》がなくなるかもしれないしな。

なにせ、確定しているのは蛇だけだ。

なにはともあれ、社を建てると決めた。

うん、考えれば考えるほど悪くない。それに悩んでいた銀狐族たちの仕事にも繋《つな》がる。

そう、社の管理だ。それなら、〝五ノ村〟から給金を出してもかまわない。

自分たちで稼ぐというなら、御神籤《おみくじ》や絵馬《えま》などの販売で稼ぐ方法もある。特産品が欲しいなら、いくつかのアイデアを渡そう。

よしよし、方針は決まった。

一応、ヨウコに確認したら問題ないとのことで話を進めよう。銀狐族たちがやってくる前に、ある程度の形を作っておきたい。

しかし、このあたりに住む大工に、神社っぽいものと発注しても伝わらないだろう。洋風の神殿ができあがるのが想像できる。十二支を発想したからか、俺としては神社にこだわりたい。なので、小さいサイズのミニチュアを造る。

構想として、山の中腹に本殿《ほんでん》を用意し、その年の主役の神を祭る。山の麓《ふもと》に拝殿《はいでん》を用意し、お参りはそこでしてもらう。

参拝《さんぱい》客は本殿には近づけない形だ。そうじゃないと、最初の目的の保護エリアが機能しなくなるからな。

拝殿の横に人の姿になれる銀狐族たちが住むための宿舎と仕事場の社務所を用意。

拝殿の近くに、本殿とは別の大きな神殿を用意し、その中を区切って小部屋にし、その小部屋に神たちを一柱《ひとはしら》ずつ祭る。神たちは基本こちらの大きな神殿に祭って、主役の神だけ本殿に移動するスタイルだ。

主役じゃないときのほうが目に触れる機会が多いというのもなんだが……ニーズとヨウコに相談しながら、配置を考えていった。

「今後、増える可能性を考えると大きな神殿は余裕のあるサイズにしたほうが無難かと」

「その通りだコン」

増える可能性があるのか？

「逆に増えないと思います？」

すまない。増えそうだな。

「普段、なかなか祭ってもらえない神にとってはチャンスだコン！　きっとくるコン！」

大きな神殿は、余裕のあるサイズにしよう。

そして、俺が五日ほどかけてミニチュアを完成させたら、すでに神社建設が始まっていた。

早くないか？　〝五ノ村〟の大工だけでなく、〝大樹の村〟のハイエルフたちも参加しているし。

「ミニチュアを作り始めたころから、ハイエルフの方々が来て手配してましたよ」

そうなの？

「久しぶりの大規模建設だって喜んでました。あ、建設の総監督はリアさんです」

そ、そうか。助かる……で、いいのかな？

まあ、銀狐族を待たせる期間が短くなるのはいいことか。

「そうだコン。きっと喜ぶコン」

………ヨウコ。

「なんだコン？」

罰の期間は終わっただろ？　なぜ、かわいい格好のままなんだ？

「そのままでという〝五ノ村〟の住人からの要望が強くてな……村の運営を円滑《えんかつ》にするために、もうしばらくこのままだコン」

そうか。えーっと……頑張れ。

「頑張るコン」

6 狐たちの移住

関係する動物。

冬眠中だから忘れていたけど、ポンドタートル……亀《カメ》がいたな。でも、亀を含めると、エビとかカニも含めないと駄目なのかな？

などと考えながら、〝五ノ村〟の北東に位置する山にできあがる神社を見ていた。

うん、できあがっている。

実は、建設が始まった段階で〝五ノ村〟や〝シャシャートの街〟の商人たちが大挙して、協力させてほしいと言ってきた。たぶん、俺が新しい事業を始めようとしていると勘違いしたのだろう。

そういったことじゃないと説明したのに、資金を提供されてしまった。もちろん、ゴロウン商会からも。

どうしたものかと少し考えたけど、ヨウコからの気にせずに使ってやれとのアドバイスに……ああ、失礼。ヨウコはこう言ったんだ。

「蛇の神たちを祭る神社の建設という理由は伝えたコン。商人たちがどう思っているかは知ったことじゃないコン。遠慮なく使えばいいコン」

そのアドバイスに従い、遠慮なく資材を買い集め、大工の手伝いをしてくれる人を千人ほど雇っそうこうして数日が経過し、銀狐族がやってきた。

〝五ノ村〟にではなく、神社が建てられた山に人目を避けて来るようにヨウコが伝えていたので、狐がいっぱいいても騒がれることはない。子狐、かわいい。

しかし、無事の到着はよかったが、俺の予想より早い到着だ。宿舎が完成していてよかった。外に放り出す心配はない。

ところで、銀狐族は総勢で九十二人とコンは言っていたな。人の姿になれるのが二十三人だとも。人の姿が四十人ぐらいいるように思えるんだが？

「村長。その質問の前に、しないと駄目なことがあるコン」

ヨウコに止められた。

しないと駄目なこと？　ああ、そうだった。

コンさんやキッさんが人の姿から狐の姿に戻り、狐姿の銀狐族が揃って俺の前に集合する。そして、俺に一礼。

狐姿のコンさんが口上を述べる。

「我ら銀狐一族、総勢九十二人……いえ、九十二頭。移住のお誘いを受け、参りました。我が一族の命と忠誠、全て村長に捧《ささ》げます」

これに対し、俺が偉そうに頷いて言う。

「その方らの命と忠誠、たしかに預かった。励《はげ》め」

銀狐族たちの揃った遠吠えが大空に響く。

これで移住者の受け入れの儀式は終わり。こんなことしなくてもいいと思うし、コンたち以外の移住者にはやっていない。しかし、ヨウコが大事な儀式だと言って譲《ゆず》らなかった。

「人の姿になれるとしても本質は動物。最初にしっかりと上下を決めておかないと、あとで面倒なことになるコン」

そういうものかと納得はした。無事に終わってなにより。

さて、その儀式に参加していない人の姿の者たちを俺は見る。

誰？　銀狐族じゃないってことだよな？　あ、ヨウコの知り合いらしい。

俺から挨拶すべきかなと思っていると、ヨウコが仲介してくれた。

「こちらにおわす御方がヨウコの仕える村長だコン。無礼は許さんコン」

えーっと、ヨウコ。

脅《おど》してる？　相手の腰が引けているよ？

「大丈夫だコン。すまぬが挨拶を受けてやってくれ」

ヨウコがそう言ったからか、数人が前に出て片膝をついた。

「私は赤狐族《レッド・フォックス》のセキと申します」

「私は黒狐族《ブラック・フォックス》のノワールです」

「私は丸顔狐族《ラウンドフェイス・フォックス》のポンです」

俺の名はヒラクだ。よろしく。

えーっと、なぜここに？

「このたびは銀狐族の窮地《きゅうち》に手を差し伸べていただき、まことにありがとうございます。事情を知るも、助けることのできなかった私どもも安堵《あんど》しております」

セキが代表して説明してくれた。

つまり、銀狐族が心配で移住先を見にきたということかな？

「さらに一歩、踏み込みまして。ヨウコさまと銀狐族のお手伝いができればと馳《は》せ参じた次第です。私どもも、こちらに移住させていただきたく願います」

銀狐族に話は通しているよな？　じゃないと一緒には来ないか。

そう思ったけど、コンさんが狐姿のまま首を横に振った。

「話は聞いておりますが、一切の返答をしておりません。村長とヨウコさまが決められることですので」

なるほど、ヨウコは？

「知っている一族だけど、知っている狐はいないコン。だから、事前に話も聞いていないコン。村長の判断に従うコン」

そうか。

確認だけど、移住するのはここにいる者たちで全員かな？

「はい。我らはそれぞれの一族から、ヨウコさまと銀狐族を手伝うように選ばれた者です」

えーっと、あ、数えやすいように並んでくれてありがとう。…………十八人か。

宿舎は大きく建ててある。許容範囲だ。正直、さらに百人ぐらい増えても大丈夫。人の姿になれるということだし、神社の運営には助かるな。

わかった、ただし……。

「はっ。村長、ヨウコさま、銀狐族の指示には従います」

よかった。そのあたりが一番面倒な部分だからな。

それじゃあ、君たちの移住を受け入れる。改めて、よろしくな。

「はっ。我らの命と忠誠、全て村長に捧げます」

おっと、そうだった。

「その方らの命と忠誠、たしかに預かった。励め」

「ははっ」

そう言って、赤狐族のセキが狐の姿に戻った。赤毛というか、オレンジ色の毛だな。おお、尻尾もふさふさ。ほかの者たちも狐の姿に戻っていく。

赤狐族は……全部で十頭だな。黒狐族は五頭。残りは丸顔狐族で三頭か。

黒狐族は真っ黒な毛だな。いやいや、問題ないぞ。尻尾がしゅっとしたタイプでも、まったく問題ない。問題ないぞ。

問題は……丸顔狐族だな。うん、君たち。あ、尻尾がふさふさなのはわかっているんだ。なにせ、一番ふさふさだからな。顔も種族名通りに丸いし。

えーっと、そうじゃなくて……言っていいのか迷うけど、気になるから言うぞ。いいかな？

ありがとう。それじゃあ、言うぞ。

丸顔狐族って、タヌキだよね？　狐じゃなくて。

俺の発言に、全員が驚いていた。

え？　ヨウコも驚くの？

7 宿舎に案内

俺の発言で、丸顔狐族のポンとその仲間の二頭が動揺していた。

「ば、馬鹿な……私たちが狐じゃないなんて……」

「お、おじいちゃんたちが、私たちは狐だって言ってたのよ。タヌキなはずはないわ」

「いや、俺は前々からそうじゃないかなって……」

あ、正確にはポンと仲間の一頭だけだな。動揺しているの。

「待て待て待て……じゃなくて、待つんだコン！　丸顔狐族は、昔から狐の一族として立場を持っていたコン！　いまさら狐じゃないなんて、ありえないコン！」

代わりにヨウコが動揺している。珍しい。

まあ、それはともかくだ。

たしかに俺の知識で判断するのは危ない。ここは異世界だ。前の世界の常識を持ち込んではいけない。タヌキっぽい狐がいるのかもしれない。なので専門家を呼ぼう。

《知識》を司《つかさど》る悪魔、ヴェルサ！　種族名とかを付けている悪魔だ。彼女なら、丸顔狐族の正体がわかるだろう。

幸いにして、ヴェルサは〝五ノ村〟にいる。執筆活動に忙しいところ申し訳ないが、来てもらった。

「……タヌキね。正確には里タヌキの丸顔族」

判定が下された。やはり、タヌキだったか。

ヴェルサ、ありがとう。今度、差し入れを届けさせるよ。

…………差し入れは食べ物だから。モデルじゃないから、期待しないように。

ん？　この神社のこと、始祖さんに相談したのかって？　一応、動物の神たちを祭る施設を建設するって話はしているよ。ただ、詳しい話はまだしていない。始祖さん、忙しいみたいだしな。村に来ても、すぐにヴェルサのところに行くからなかなか会えなくて。照れるな照れるな。仲がよくてなによりだ。

ああ、始祖さんに会ったらこの神社のことを伝えておいてくれると助かる。こっちが考えていたよりも早く完成しそうというか……ほぼ神社関係は完成している。現在は〝五ノ村〟と神社を繋ぐ道とその周辺に手を入れているところだ。

神社が本格的に運営を開始する前に、始祖さんにはチェックしてもらいたい。賽銭《さいせん》を求めても大丈夫かとか聞きたいし。大丈夫だとは思うけどね。


〝五ノ村〟に戻るヴェルサを見送り、タヌキたちを見る。

「わ、私たちはタヌキだったのか……」

「目がくりくりしてて、狐たちのなかでもっともかわいい一族と言われたのは……私たちがタヌキだったから……」

「ヨウコさま、ヨウコさま、語尾をポンでお願いできますか？　ええ、ポンです。不思議と頭に浮かびまして……あ、親しみやすい。やはり俺たちはタヌキだったんだ」

三頭は、タヌキと自覚できたようだ。まあ、だからどうしたという話だがな。

「村長。タヌキであったら移住はどうなるのかポン？　認めぬのかポン？」

ははは、そんなわけないだろ。タヌキと指摘したのは排除《はいじょ》したいからではなく、なぜ狐を名乗っているのかが気になったからだ。狐だろうがタヌキだろうが関係ない。ちゃんと規律を守るなら、認めるぞ。

「おおっ、さすが村長だポン」

ヨウコだけでなく、コンさんたちも喜んでいる。心配させてしまったようだ。申し訳ない。好奇心が抑えきれず……。

残念ながら、疑問だった狐を名乗っている理由は知らないみたいだけど……。

「ヨウコが生まれる前から、丸顔狐族はいたポン。まさか、狐じゃないとは思わなかったポン」

まあ、丸顔狐族がタヌキだとわかったからって、関係が変わるわけじゃないだろ？　仲良くしていけばいいさ。

「その通りだポン」

………語尾はポンのままで行くのか？

「おっとだコン」

うん、ヨウコはそっちのほうがしっくりくるな。ああ、普段の口調が駄目ってわけじゃないぞ。

本当だ。怒るな怒るな。

っと、時間を取ってすまなかった。宿舎に移動しよう。


俺はヨウコとともに、銀狐族たちを宿舎に案内する。

宿舎は平屋建ての集合住宅だ。玄関からまっすぐ伸びる廊下の左右に配置された合計十二の部屋。廊下の突き当たりは、裏口になっている。そして、玄関すぐのところには共同の台所とリビング。トイレは、玄関と奥の二カ所にある。便器はそれぞれ六つ用意した。合計で十二。うん、部屋単位で使うトイレを決めてもいい。俺としては部屋ごとに台所と手洗いを設置したかったけど、上下水の管理と火災対策でこうなった。

大丈夫かなと思ったら、銀狐族は大喜びだ。

部屋の広さは十二畳ほどで、三人から四人家族を想定しているんだけど……問題ない？　こんな広い部屋、初めて？　よかった。

この十二部屋ある集合住宅が、現在十六棟《とう》ある。

うん、建てすぎだと俺も思う。でも、あとで追加するより最初っから多く作っておいたほうが建設費を抑えられると現場責任者《リア》が言うから。

どの棟を使うかとか、部屋割りは任せるから好きにしたらいい。ただ、宿舎全体の責任者と、使う棟ごとの責任者を決めてほしい。これはコンさん以外でお願いする。コンさんには神社全体を見てもらうつもりだから。

ん？　ああ、狐の姿で入ってもかまわないぞ。

ただ、狐の姿で建物に入るときは、足を拭《ふ》くように。板張りだけど、土足厳禁《どそくげんきん》なんだ。ヨウコの意向でな。

玄関と裏口の近くに靴箱があるが、そこに水の入った桶《おけ》とタオルを用意しよう。うん。

あ、部屋に畳が欲しい者は、部屋がある棟の責任者に伝えるように。その責任者が宿舎全体の責任者に。最後に、宿舎全体の責任者がヨウコに申告してくれ。

しばらくはヨウコを窓口にするけど、ヨウコは〝五ノ村〟の村長代行で多忙だ。交代になる可能性がある。そのあたりは了承しておいてくれ。

さて、君たちの当面の目標は、ここでの生活に慣れること……いや、ここでの生活方法を決めることだ。

宿舎を用意したけど、山の中で暮らしたいならそれでもかまわない。強制はしないから、個々によく考えてほしい。

食事に関しては、しばらくはこちらで用意するが、将来的に自給自足を目指してもらう。畑や果物のなる木が必要なら用意しよう。ただ、畑の世話をするのも、果物のなる木を管理するのも君たちだ。もちろん、農業の道具も用意する。最初だけだがな。

畑に頼らず、神社での仕事でお金を得て、食糧を購入するのも手だ。これもよく考えてほしい。

神社での仕事？　神社での仕事は基本、敷地内の施設の運営と管理だな。簡単に言えば、祭られている神のお世話と、敷地内の警備と清掃だ。

ただ、これだけではお金が得にくいから、物販を考えないといけない。アイデアはいくつかあるから、その気があるならヨウコに伝えてくれ。

これで説明は終わり……待った。すまない。大事なことを伝え忘れていた。

人の姿で働く者は、この装束《しょうぞく》を身にまとってもらう。

男性が斎服《さいふく》っぽいもので、女性が巫女服っぽいものになる。拒否権はない。本当にすまない。ザブトンの子供たちに、衣装の話をしたら乗っちゃって……。

だから人の姿になるときに服ごとなのは避けて、この装束を身にまとうように。獣耳と尻尾は出したままで隠さない。そういう指示をもらっているんだ。よろしく頼む。うん、すまない。

それじゃあ、しばらくは自由にしていいから。

ん？　ああ、〝五ノ村〟や〝シャシャートの街〟、〝五ノ村〟の近くにあるエルフの里には、この山への立ち入りの制限を伝えているから、誰かが入ることはないと思うし、入るなら事前に連絡が来る。

だからといって無警戒なのは困るぞ。山から好戦的な魔獣や魔物は排除したけど、中立的な魔獣や魔物はいるし、狐やタヌキ以外の動物も住んでいる。獣としての用心は忘れないように。

そうそう、山の周囲にいるトレントたちはこっちで用意した警備だから、攻撃しちゃ駄目だぞ。ひっかくのも止めてやってくれ。

よし、いい返事だ。


…………？　銀狐族たちの輪から離れ、ポンがやってきた。

どうした？

「ここに狐の神を祭ると聞いていますが、本当ですか？」

ああ、ヨウコは不要だと言っていたが、銀狐族に神社を管理してもらうからには狐の神も祭ってやらないとな。

「おおっ、ありがとうございます。それでその……私たちがタヌキであることは受け入れたのですが、タヌキが狐の神を祭っていいものでしょうか？」

そうか。

これまでずっと狐だと思って狐の神を信仰していたのに、タヌキとわかって祭りにくくなったか。

「はい」

だが、信仰は自由だ。ポンが何者であろうが、信じる神を敬《うやま》い、祭ればいいんじゃないかな。

「はい、私もそのようにしたいです。ですが……その、それではタヌキの神に申し訳がなく……」

……そうか、そうだな。タヌキがいるのだから、タヌキの神もいる。そのタヌキの神に悪いか。もっともな考え方だ。

うーむ。では、両方を敬い、祭ればいいだろう。

「え？」

どうした？　駄目なのか？

「い、いえ、しかし……え？　両方？」

そうだ。

狐の神とタヌキの神、両方を敬い、祭ればいいだろう。なにが問題なんだ？

「……目が覚めた思いです。両方の神を敬い、祭っていきたいと思います」

頑張るように。

ああ、わかっているだろうけど、ここには狐の神以外の神も祭るからな。

「承知しております。ほかの神々に、無礼な真似はいたしません」

よろしい。

ポンが銀狐族たちの輪に戻っていった。

……反省だな。

好奇心を優先して、デリケートな部分《タヌキだと》を指摘してしまった。言っていいかと確認はしたが、あそこで言っちゃ駄目と言える者はいないだろう。全員が丸顔狐族を狐だと思っていたのなら、俺がなにを言うかわからなかっただろうしな。

ポンたちには、なにか償《つぐな》いを考えないと……。

そういえば、タヌキの神のご神体はなかったはず。ご神体代わりに、タヌキの神の像《ぞう》を彫ってみようか。それが償いになればいいが。

8 神殿に案内

〝大樹の村〟の近くの森で木材を調達し、『万能農具』でタヌキの神の像を彫った。

無心で頑張ったけど、信楽焼《しがらきやき》のタヌキができてしまった。タヌキの置物と言われて、頭に浮かぶ玉袋の大きなやつ。

予想はしていたけど、まさかそのままできるとは。編《あ》み笠《かさ》をかぶり、徳利《とっくり》と通帳《つうちょう》（大福帳《だいふくちょう》）まで持っているし。

これ、どうなんだろう？　まあ、とりあえず見せてみて評価を聞こう。

俺はタヌキの神の像をリザードマンたちに頼んで、〝五ノ村〟の北東、神社のある山にまで運んでもらった。

「……せ、性的ですね」

ちなみにポンは男性……雄《おす》だ。だから赤面《せきめん》はしないが、視線はタヌキの神の像の股間《こかん》に注《そそ》がれていた。

うーん、やはり玉袋が大きすぎるか。しかし、大きい玉袋にも意味があるんだよなぁ。

「子孫繁栄《しそんはんえい》ですか？」

いや、金運《きんうん》。大きければ大きいほどいい。

ちなみに、ポンと同じタヌキの一頭は雌《めす》なので、赤面している。

「現実にはありえない大きさ……まる見え……おおう」

…………。

「前掛けをして隠しましょう」

うん、そうだな。

ほかに修正する箇所はあるか？　木彫りじゃなく、ちゃんと焼き物でというなら考えるが？

「いえ、神を実際に見たことなどありませんから、指摘できる修正箇所はありません。素材にこだわりもありませんし……このままでいいと思います」

そうか。

それじゃあ、しばらくはこれをご神体の代わりということで祭ろう。

ちなみに、銀狐族たちからは愛嬌《あいきょう》があって親しみやすいと褒《ほ》めてもらった。


さて、神社に来たついでなんだけど、銀狐族たちの様子を見よう。

銀狐族たちがここに来て十日ほどが経過している。環境に慣れてくれただろうか？

…………。

銀狐族たちは、全員で集合住宅の一棟に住んでいた。赤狐族や黒狐族、丸顔狐族《タヌキ》たちも一緒に。

遠慮しているのかと思ったけど、そうではなくて仲間の姿が見えるほうが安心なのだそうだ。なるほど。

それで……確認なんだけど、人の姿になれない狐たちも、ここで暮らしているのか？

集合住宅の中は、狐天国だった。どこを見ても狐。ときどきタヌキと人の姿。

山の中じゃなくていいのだろうか？

山の中より安全？　そうだろうけど……狭くはないか？　大丈夫ならいいんだが。

まあ、子供が増えて手狭になれば隣の棟にも移り住んでいくか。先の話になるだろうけど。

しばらくは空き家になる残り十五棟の集合住宅の管理が大変そうだ。

ん？　隣の棟の台所とトイレは使っている？　ははは、数が多いからな。かまわないぞ。管理の人手がいるときは、ヨウコに伝えてくれ。

それで、玄関にあるこの板は？　看板？

使っている棟は《第一狐荘》、隣の棟を《第二狐荘》と名づけたので、看板を掲《かか》げるそうだ。なるほど。いいと思うぞ。


集合住宅の棟から少し離れた場所には、大きな風呂と脱衣室がある。

風呂も棟ごとに用意しようと思ったのだけど、燃料代を考えてこの形になった。銭湯みたいで悪くはないと思う。男女にもしっかり分かれているし。

ただ、銀狐族たちは風呂に入るのかという疑問があるのだが……。

「獣臭さを消すのに、ありがたいですね」

「温かいお湯ですので、嫌う者はいません」

「子供たちも、喜んで入っています」

風呂上りの狐たちが、そう言ってくれる。使ってもらえているようで、なによりだ。

お湯の交換など、手間がかかるだろうが、しっかりとな。

「はい。頑張ります」

よしよし。

おっと、いまは冬だ。風呂上がりに油断すると風邪《かぜ》をひく。ちゃんと拭《ぬぐ》って、暖かくするんだぞ。

続いて拝殿に移動する。

山の中腹にある本殿に対して参拝するための場所だ。賽銭箱はこの拝殿前に設置し、拝殿の中は儀式用のスペースとして活用する予定になっている。

だが、現在は拝殿の中になにもない。必要なものがわからなかったから。

この拝殿の奥の大きい扉を開くと、山の中腹にある本殿が見える仕様になっている。なかなかの景色。自慢できる。

この景色を見るため、拝殿は高床式《たかゆかしき》建築が採用されて周囲に比べて高い建物になっている。俺のミニチュアでは宿舎と同じ平屋だったのだけど、平屋のままだと本殿が見えないのでこうなった。現場判断での変更だ。このあたりの変更は自由にしていいと伝えているから、問題なし。

ただ、拝殿前に設置予定だった賽銭箱に賽銭を投じるため、階段を上ってもらわないといけないのは不便だと思う。

賽銭箱は階段の下に置くようにしよう。雨避《よ》けの屋根を設置すれば、問題ないだろう。今度、リアに頼んでおこう。


そのまま拝殿横の神殿に。大きい建物だ。

そして、中を小さい部屋に区切っているのだが、その小さい部屋は通路に対して片側だけにした。集合住宅のように小部屋を向かい合わせにすると、神たちも落ち着かないだろうとのニーズの意見が採用されたからだ。

結果的に、小さい部屋の向かいにある壁も装飾に使えることになり、空間が広く感じられるようになった。悪いことではない。

まあ、隣の範囲まではみ出さないように注意は必要だろうけどな。

いくつかの小さい部屋を見てまわる。

蛇の神や、虎の神、猿の神、象の神、牛の神、山羊の神……うん、まだまだ飾りが少ないが、見ていて楽しい。

竜の神…………この神に関しては十二支に入っているので、ドースに話を聞いた。竜の神はいるのかと。

答えはどちらでもないとのことだった。

竜は神によって生み出されたので、神の一種。なので神と扱ってもいいのだが、地上にいるので神ではないとのことだ。よくわからないな。

それで祭ることに関してはどうだと聞くと、ドースからは問題ないと言われた。

それはよかったが、ご神体となる物がなかったのでドースになにかないかと聞いたら、俺が彫ればよかろうとのこと。それで彫ったのだけど、十二支に引っ張られたのか、ドースたちのような西洋竜ではなく、蛇に手足がある東洋竜の神の像になった。しかも、五頭。

中央に一頭とそれを取り囲む東西南北に位置した四頭の東洋竜。その五頭全てが口を大きく開け、怒り狂ったかのような表情をしている。

『万能農具』が力を入れた作品に感じられるな。迫力がある。『万能農具』の知り合いなのかな？

でもって、この東洋竜五頭の像をドースに見せたら、腰を抜かして驚かれた。本物かと思ったらしい。

昔はこういったスタイルの竜もいたそうだ。ドースが頭の上がらない世代に。たぶん、ライメイレンも驚くとのこと。ライメイレンのお祖母《ばあ》ちゃんがこんな感じだったの？　へー。

それで、これをご神体代わりにしても？

「う、うむ。も、問題ないぞ」

そう言われたのでご神体にすることになった。

ただ、その会話の最中、ドースはけっして像を直視しなかった。よほど知り合いに似ていたのだろうか？


そして銀狐族に設置を頼んで、初めて見たのだが……この竜の神の部屋だけ、装飾が完了しているな。

ドースとライメイレンが家族や部下に命じた結果か。なるほど、めちゃくちゃ豪華だ。隣の部屋が霞《かす》むんじゃないかな？　あと、素人《しろうと》の俺でもわかる貴重品っぽい物が並んでいるのはどうなんだろう？

警備として悪魔族が数人、配置されているのね？　それは安心……え？　銀狐族が嫌がったりしなかったか？　大丈夫？　一緒に食事する仲？　そうなの？　銀狐族は他種族を嫌うって聞いていたんだけど？

俺の妻《ハクレン》のお父さん《ドース》の部下と説明したら、受け入れてくれた？　それはよかった。ああ、それでも数日は警戒されたのね。なるほど。

まあ、これから参拝客としていろいろな人が来るだろうし、他種族だからって敵意をふりまき続けるほど銀狐族も好戦的でもないか。

ヨウコもそのあたりは厳しく指導しているらしいし、大きな問題にはならないだろう。神社の運営の心配が一つ減ったな。

ん？　参拝客？　違った、ドライムだ。

銀狐族に案内され、こちらにやってきた。

「村長も来ておったか。ここに先祖の像があると聞いて、奉納品を持ってきたのだが……うぎゃぁぁぁぁぁぁぁぁっ！！！！」

ドライムは像を見て気を失った。

少しして目を覚ましたドライムに聞いたら、ライメイレンのお祖母ちゃんに叱られた昔の記憶が蘇《よみがえ》ったらしい。叫ぶほどか？

「叫ぶほどだ」

そうか。

あと、グラッファルーンやハクレン、ギラルも同じような感じになるから見せないほうがいいとのこと。わ、わかった。

そう頷いて横を見ると、ギラルが像を見に来ていた。

…………遅かった。

閑話 プギャル伯爵の冬

俺の名はワトガング。ワトガング＝プギャル。魔王国の伯爵家当主だ。

現在、俺は王都にある屋敷の自室で、のんびりしている。

さぼっているわけじゃない。秋の終わりにやった古《いにしえ》の悪魔との戦いの傷を癒《い》やしているのだ。

…………。

正直、あの戦いは怖かった。見栄を張って強がったけど、怖かった。何度も死ぬと思った。

味方をしてくれた古の悪魔のおかげで、怪我《けが》らしい怪我はしていない。実のところ自分から吹っ飛んだときに地面に打ちつけたのが一番のダメージだったのだが…………ダメージと恐怖は別物。怖いものは怖い。

あんな目に遭うとわかっていれば、誘いに来た悪魔の言葉にほいほいと耳など貸さなかったのだが……あの悪魔、巧みにこちらの功名心を刺激してきおったからな。乗せられて一緒に出かけることになってしまった。

考えれば、あれは悪手だった。一緒に出かけるにしても、誰かに伝言を残すべきであった。

伝言がないため、俺は行方不明扱いになり、俺の捜索のため、多くの人が動いてくれたことには申し訳ない気持ちでいっぱいだ。反省だな。そうそう、私室に侵入してきた悪魔に対し、あまりに無防備だった。反省するべきはそこもだな。

まあ、悪魔はいろいろな悪名があるが、嘘《うそ》だけは吐《つ》かん。不利になることを言わないとかはあるが、そこだけは信用できる。

相手が【病魔】のベトンであったのは幸運だった。殴ることを主体とする俺の戦い方とは相性がいい。あと、真面目に鍛錬《たんれん》してよかった。

「旦那《だんな》さま。お客さまがお見えになりました」

ん？

執事がそう伝えてきたので、俺は首を捻《ひね》った。俺は当面、誰とも面会しないと伝えている。我が家の執事がそれを忘れるということはないだろう。

つまり……俺の指示よりも優先すべき相手がやってきたということか。

仕方がない。

「着替えるので少し待ってもらってくれ」

俺の返事に、執事が深々と頭を下げた。

来客はクローム伯であった。

我が家の来客席にふてぶてしく座っている。

「思ったより元気そうだな」

クローム伯の来訪目的は俺の見舞いだそうだが…………それだけではないだろう。さっさと用件を頼む。

「会話を楽しむ余裕を持つのも貴族の嗜《たしな》みだと思うぞ。……わかったわかった、そう怒るな。本題だ」

クローム伯は、さっと一枚の紙をこちらに差し出した。見舞いの品はすでに受け取っている。見舞いの品の目録というわけではないだろう。では、なんだ？

差し出された紙を受け取り、目を通す。

……………。

これは真実か？　〝ガーレット王国〟が分裂したなど、信じられん。

「真実だ。すでにいくつかのルートで確認している。天使族からも聞いているから疑いようがない」

天使族？　王城で暗躍するティゼルか？

「その親族……いや、ぼかしても仕方がないな。天使族の長からだ」

天使族の長？　こいつの人脈はどうなっている？　いや、それを追求するよりも……このあとはどうなる？　外務では予測はしているのか？

「〝ガーレット王国〟は内乱に突入。周辺国はその内乱に介入、魔王国を相手にする暇がないというのが……魔王国が希望する予測だな」

つまり、どうなるかわからないということか？

「うむ。さらに、魔王国が進めていた和平案、もしくは休戦案の交渉は〝ガーレット王国〟を窓口にしていたのだが……分裂によってそれも失われた。外交的には十歩ぐらい後退した気分だ」

戦争が近くなるか？

「どうだろうな。こちらから攻めかかる気はないが、相手が勝手に怯《おび》えている」

そうか……俺のところに来たのは、俺の伝手《つて》を使いたいからか？

俺は俺で人間の国との窓口をいくつか持っている。〝ガーレット王国〟の窓口がつぶれたのであれば、こちらの持つ窓口の価値が上がる。

「将来的にな。いまは相手がどう動くか注視してもらいたい」

わかった。魔王国のためだ。労は惜しまん。

「助かる」

ふん、報酬には期待するぞ。

「魔王様に伝えておこう。ああ、そうだ。次の春は少し騒々しくなる」

騒々しく？　なにをする気だ？

「私ではない。魔王様が……まあ、ちょっと吹っ切れた」

は？

あ、待て。なんだ、すごく嫌な予感がする！　プギャル家の当主に備わるスキルが騒いでる。

諦《あきら》めろ？　もう無理？　え？

「逃げ場はないということだろう。わかるぞ」

勝手に俺のスキルと通じ合うな！　詳しく教えろ！　あ、いや、やっぱり聞きたくない！　具合が悪くなる！

俺はクローム伯を追い返し、私室に戻ってベッドに潜り込んだ。

眠って忘れるためだったのだが、執事が邪魔をした。

俺に手紙だそうだ。寝たあとでは駄目だったのか？

手紙の差出人は……娘《クラカッセ》から？　あー、〝ガーレット王国〟分裂の情報か。ちゃんと報告してくれて嬉《うれ》しいが、いまは読みたくなかったなぁ。

見なかったことにしたいが、娘からの手紙を無視するわけにもいかない。ベトンと戦ったことを褒めてくれているしな。

まあ、行方不明騒動を起こしたことはかなり厳しい文句が書かれているが…………その件はすまなかった。


ふう、あまり呆《ほう》けてもいられんか。

とりあえず、身を守るために準備をする……前に、娘への手紙の返事を書かないとな。

俺の名はワトガング。ワトガング＝プギャル。魔王国の伯爵家当主で、娘たちを愛する父親でもある。

Farming life
in another world.
Presented by Kinosuke Naito
Illustrated by Yasumo

16

登場人物辞典

Characters
Isekai Nonbiri Nouka

◉人間

【街尾火楽】
転移者であり〝大樹の村〟の村長。夢だった農作業を異世界で頑張っている。

【ピリカ＝ウィンアップ】
若くして剣聖の道場に入門。才覚をみせるも、道場のトラブルで道場主に。剣聖の称号に相応しい強さが欲しいため、現在は剣の修行中。

【ナーシィ】
ガットの奥さんで、ナートの母親。

【イースリー】
学園でウルザたちと知り合った暗殺者？

【ジョロー】
魔王国を調べる一団をなぜか率いることになった旅商人。常識的な苦労人。

◉インフェルノウルフ族

【クロ】
村のインフェルノウルフの代表者であり、群れのボス。トマトが好き。

【ユキ】
クロのパートナー。トマト、イチゴ、サトウキビが好き。

【クロイチ　クロニ／クロサン／クロヨン　他】
クロとユキの子供たち。クロハチまでいる。

【アリス】
クロイチのパートナー。おしとやか。

【イリス】
クロニのパートナー。活発。

【ウノ】
クロサンのパートナー。強いはず。

【エリス】
クロヨンのパートナー。タマネギが好き。凶暴？

【フブキ】
クロヨンとエリスの子供。変異種であるコキュートスウルフ。全身、真っ白。

【マサユキ】
クロニとイリスの子供。パートナーが多い、ハーレム狼。

【新入り】
ヒラクに拾われ〝大樹の村〟に。四匹の雌をパートナーにした。

◉デーモンスパイダー族

【ザブトン】
村のデーモンスパイダーの代表者であり、衣装制作担当。ジャガイモが好き。

【子ザブトン】
ザブトンの子供たち。春に一部が旅立ち、残りがザブトンのそばに残る。

【マクラ】
ザブトンの子供。第一回〝大樹の村〟武闘会の優勝者。

◉グノーシスビー種

【蜂】
村の被養蜂者。子ザブトンと共生(?)している。ハチミツを提供してくれる。

◉吸血鬼

【ルールーシー＝ルー】
村の吸血鬼の代表者。別名、「吸血姫」。魔法が得意。トマトが好き。

【フローラ＝サクトゥ】
ルーの従兄妹。薬学に通じる。味噌と醤油の研究を頑張っている。

【始祖さん】
ルーとフローラのおじいちゃん。コーリン教のトップ。「宗主」と呼ばれている。

【アルフレート】
火楽と吸血鬼ルーの息子。

【ルプミリナ】
火楽と吸血鬼ルーの娘。

◉鬼人族

【アン】
村の鬼人族の代表者でありメイド長。村の家事を担当している。

【ラムリアス】
鬼人族のメイドの一人。主に獣人族の世話係をしている。

◉天使族

【ティア】
村の天使族の代表者。別名、「殲滅天使」。魔法が得意。キュウリが好き。

【グランマリア／クーデル／コローネ】
ティアの部下。「皆殺し天使」として有名。村長を抱えて移動する。

【キアービット】
天使族の長の娘。

【スアルリウ／スアルコウ】
双子天使。

【マルビット】
キアービットの母親。天使族の長。

【ルインシア】
ティアの母親。

【ティゼル】
火楽と天使族ティアの娘。

【オーロラ】
火楽と天使族ティアの娘。

【スアルロウ】
スアルリウ、スアルコウの母親。

◉リザードマン

【ダガ】
村のリザードマンの代表者。右腕にスカーフをしている。力持ち。

【ナーフ】
リザードマンの一人。二ノ村にいるミノタウロス族の世話係をしている。

◉ハイエルフ

【リア】
村のハイエルフの代表者。二百年の旅で培った知識で村の建築関係を担当（？）。

【リグネ】
リアの母親。かなり強い。

【リース／リリ／リーフ／リコット／リゼ／リタ】
リアの血族。

【ラファ／ラーサ／ララーシャ／ラル／ラミ】
リアたちに合流したハイエルフ。

◉魔族

NEW
【ワトガング＝プギャル】
魔王国のプギャル伯爵家当主。格闘術はかなりの腕で、魔王すらも一目を置くほどの実力者。

◉ガルガルド魔王国

【魔王ガルガルド】
魔王。超強いはず。

【ビーゼル＝クライム＝クローム】
魔王国の四天王、外交担当、伯爵。苦労人。転移魔法の使い手。

【グラッツ＝ブリトア】
魔王国の四天王、軍事担当、侯爵。軍略の天才だが前線に出たがる。種族はミノタウロス族。

【フラウレム＝クローム】
村の魔族、文官娘衆の代表者。愛称、フラウ。ビーゼルの娘。

【ユーリ】
魔王の娘。世間知らずな一面がある。村に数ヵ月滞在していた。

【文官娘衆】
ユーリ、フラウの学友または知り合いたち。村ではフラウの部下として活躍。

【ラッシャーシ＝ドロワ】
文官娘衆の一人。伯爵家令嬢。三ノ村にいるケンタウロス族の世話係をしている。

【ホウ＝レグ】
魔王国の四天王、財務担当。愛称、ホウ。

【アネ＝ロシュール】
魔王の妻。貴族学園の学園長。

【アレイシャ】
貴族学園に商人枠で入学。卒業後、学園の事務員として就職。

【エンデリ】
プギャル伯爵の七女。貴族学園でゴールたちと知り合う。

【キリサーナ】
グリッチ伯爵の五女。貴族学園でゴールたちと知り合う。

◉竜

【ドライム】
南の山に巣を作った竜。別名、「門番竜」。リンゴが好き。

【グラッファルーン】
ドライムの妻。別名、「白竜姫」。

【ラスティスムーン】
村の竜の代表者。別名、「狂竜」。ドライム、グラッファルーンの娘。干柿が好き。

【ドース】
ドライムたちの父。別名、「竜王」。

【ライメイレン】
ドライムたちの母。別名、「台風竜」。

【ハクレン】
ドライムの姉（長女）。別名、「真竜」。

【スイレン】
ドライムの姉（次女）。別名、「魔竜」。

【マークスベルガーク】
スイレンの夫。別名、「悪竜」。

【ヘルゼルナーク】
スイレン、マークスベルガークの娘。別名、「暴竜」。

【セキレン】
ドライムの妹（三女）。別名、「火炎竜」。

【ドマイム】
ドライムの弟。

【クォン】
ドマイムの妻。父親がライメイレンの弟。

【クォルン】
セキレンの夫。クォンの弟。

【グラル】
暗黒竜ギラルの娘。

【ヒイチロウ】
火楽とハクレンの息子。人間と竜族のハーフ。

【ギラル】
暗黒竜。

【グーロンデ】
多頭（八つ）首の竜。ギラルの奥さん。グラルの母。

【メットーラ】
混代竜族。学園生活を送る子供たちの世話係。別名、「ダンダジィ」。

【トーシーラ】
混代竜族。ライメイレンのもとで働いている。メットーラの妹。

【ククルカン】
火楽とラスティの息子。ラナノーンの弟。

【オージェス】
混代竜族。炎竜族。魔王国の王都で働いている。ハイフリーグータ、キハトロイと三人組で扱われることが多い。

【ハイフリーグータ】
混代竜族。風竜族。野球で光る才能があった。

【キハトロイ】
混代竜族。大地竜族。魔王国の王都での生活を楽しんでいる。

◉古悪魔族

【グッチ】
ドライムの従者であり知恵袋的な存在。

【ブルガ／スティファノ】
グッチの部下。現在はラスティスムーンの使用人をしている。

【プラーダ】
ドライムの巣で働く悪魔族メイドの一人。趣味は美術品収集。

【ヴェルサ】
始祖さんの妻。

NEW
【ベトン＝グリ＝アノン】
ジョローが率いる商隊の一人。病魔の異名を持つ。

◉悪魔族

【クズデン】
四ノ村の代表。村の悪魔族の代表。

◉獣人族

【ガルフ】
ハウリン村から移住してきた戦士。村長の護衛を任務としている。

【セナ】
村の獣人族の代表者。ハウリン村から移住してきた。

【マム】
獣人移住者の一人。一ノ村のニュニュダフネたちの世話係をしている。

【ゴール】
幼少期に大樹の村に移住した三人の男の子の一人。真面目。

【シール】
幼少期に大樹の村に移住した三人の男の子の一人。喧嘩っ早い。

【ブロン】
幼少期に大樹の村に移住した三人の男の子の一人。しっかり者。

【ガット】
ハウリン村村長の息子で、セナの兄。村の鍛冶屋さん。

【ナート】
ガットとナーシィの娘。父方の種族である獣人族として生まれた。

◉エルダードワーフ

【ドノバン】
村のドワーフの代表者。最初に村に来たドワーフ。酒造りの達人。

【ウィルコックス／クロッス】
ドノバンの次に村に来たドワーフ。酒造りの達人。

◉シャシャートの街

【マイケル＝ゴロウン】
人間。シャシャートの街の商人。ゴロウン商会の会頭。常識人。

【マーロン】
マイケルさんの息子。次期会頭。

【ティト】
マーロンの従兄弟。ゴロウン商会の会計担当。

【ランディ】
マーロンの従兄弟。ゴロウン商会の仕入れ担当。

【ミルフォード】
ゴロウン商会の戦隊隊長。

◉山エルフ

【ヤー】
村の山エルフの代表者。ハイエルフの亜種（？）で、工作が得意。

◉ラミア

【ジュネア】
南のダンジョンの主。下半身が蛇の種族。

【スーネア】
南のダンジョンの戦士長。

◉ミノタウロス

【ゴードン】
村のミノタウロスの代表者。大きな身体に、頭に牛のような角を持つ種族。

【ロナーナ】
駐在員。魔王国の四天王の一人であるグラッツに惚れられている。

◉ケンタウロス

【グルーワルド＝ラビー＝コール】
村のケンタウロスの代表者。下半身が馬の種族。速く走ることができる。

【フカ＝ポロ】
男爵だけど女の子。

◉ニュニュダフネ

【イグ】
村のニュニュダフネの代表者。切り株や人間の姿に変化できる種族。

◉大英雄

【ウルブラーザ】
愛称、ウルザ。元死霊王。

◉巨人族

【ウオ】
毛むくじゃらの巨人。性格は温厚。

◉マーキュリー種（人工生命体）

【ゴウ＝フォーグマ】
太陽城城主補佐。初老。

【ベル＝フォーグマ】
種族代表。太陽城城主補佐筆頭。メイド。

【アサ＝フォーグマ】
太陽城の城主の執事。

【フタ＝フォーグマ】
太陽城の航海長。

【ミヨ＝フォーグマ】
太陽城の会計士。

◎九尾狐

【ヨウコ】
何百年も生きた大妖狐。竜並の戦闘力を有すると言われる。

【ヒトエ】
ヨウコの娘。生後百年以上だけど、まだ幼い。

◎妖精

【妖精】
光る球（ピンポン球サイズ）に羽根がある。甘いものが好き。五十匹ほどが村にいる。

【人型の妖精】
小さな人型の妖精。十人ぐらい村にいる。

【妖精女王】
人間の姿をした妖精の女王。大人の女性で背は高め。人間の子供の守護者として、人間界ではそれなりに崇められている。ただし、ドラゴンは妖精女王を苦手としている。

◎フェニックス

【アイギス】
丸い雛。飛ぶよりも走るほうが速い。

◎蛇神族

【ニーズ】
人の身を得た蛇。蛇の神の使徒でもあり、蛇と会話をすることができる。

◎オルトロス

【オル】
頭部が二つある犬。クロたちと比べると弱い。

◎虎

【ソウゲツ】
聖獣サンゲツの子孫。

◎魔法生物

【インテリジェンス・ボックス】
箱型の魔法生物。村長にたくさん拾われ、各地で頑張る。

【フライング・カーペット】
空飛ぶ魔法の絨毯。村長は大好きだが、ルーは苦手。

◎猿神族

NEW【セイテン】
猿の聖獣と猿の神の使いを兼任している。

◉銀狐族

NEW
【コン】
暗殺を生業としていた一族の長。
今は五ノ村に移住して、神社の仕事に励んでいる。

◉赤狐族

NEW
【セキ】
銀狐族とともに五ノ村へ移住。
オレンジ色の毛並みをした狐。

◉黒狐族

NEW
【ノワール】
銀狐族とともに五ノ村へ移住。
真っ黒な毛で、細身の尻尾をした狐。

◉丸顔狐族

NEW
【ポン】
狐の一族と思っていたが、実はタヌキだった。

◉その他

【スライム】
村で日々数と種を増やしている。

【牛】
牛乳を出す。しかしながら、元の世界の牛ほどは出さない。

【鶏】
卵を産む。しかしながら、元の世界の鶏ほどは産まない。

【山羊】
山羊乳を出す。当初はヤンチャだったが、おとなしくなった。

【馬】
村長の移動用にと購入された。グルーワルドに対抗心を抱いている。

【酒スライム】
村の癒し担当。

【死霊騎士】
鎧姿の骸骨で、良い剣を持っている。
剣の達人。

【土人形】
ウルザの従士。ウルザの部屋の掃除を頑張っている。

【猫】
火楽に拾われた猫。謎多き存在。

Farming life
in another world.
Presented by Kinosuke Naito
Illustrated by Yasumo

異世界のんびり農家

あとがき

部屋を片づけていたら、二十年から三十年前ぐらいの漫画をいくつか発掘。読んでみたら、どれも楽しめました。

これは私の感性が成長していないのか？　それとも時代で色褪《いろあ》せない名作ばかりを買っていたのか？　もしくは、思い出補正が強く出ているだけなのか？

なんにせよ、内容はすっかり忘れていたから儲《もう》けた気分。『異世界のんびり農家』も、二十年後、三十年後に読まれて、儲けた気分を渡せたらと思います。

そうそう、最近は執筆の合間にゲーム実況者の実況動画を観たりするのですが、観てると自分もそれぐらいのプレイができると思ってしまいます。ゲーム実況者はプロだというのに。

素人が動画を観ただけでプロと同じ動きなんかできるわけがないんですよ。当然ですね。なのに、できると思って自信満々にゲームを買って絶望する。執筆に集中できると前向きに考えます。

さて、十六巻までやってきました。ひとえに読者のみなさまの応援があってです。ありがとうございます。

これからも頑張って書き続けますので、引き続きよろしくお願いします。

今後の展望をここで書けたら恰好《かっこう》がいいのですが、そこまで考えて書いていません。現状は目の前の『異世界のんびり農家』に全力です。別作品のアイデアはいくつかあるのですけどね。そちらのお披露目はまだまだ先になりそうです。でも、いつかは書きたいですね。

…………。

書くだけならできるんですよね。書籍になるかどうかが大きな問題で。

以前のあとがきに書きましたが、現在は専業小説家。書籍にならないと生活が厳しくなるのです。

前職のことを考えなければ、実績は『異世界のんびり農家』を十六巻まで書いたことだけ。

……難しいか？　いや、ワンチャンいけるか？　……ワンチャンしかないとも言える。

よし、『異世界のんびり農家』に集中！　余計なことは考えない！　将来の不安とか知らない！『異世界のんびり農家』を書いて楽しければＯＫ。いえー！


というところで、次の巻もよろしくお願いします。ではでは。

内藤騎之介

著 内藤騎之介

Kinosuke Naito

こんにちは、内藤騎之介です。
エロゲ畑で収穫された丸々と太った芋野郎です。
誤字脱字の多い人生を送っています。
よろしくお願いします。

イラスト やすも

Yasumo

ゲームやったり絵描いたりしてる
イラストレーターです。
色々描けるようになっていきたいです。

異世界のんびり農家

16

2023年10月30日　初版発行

著　内藤騎之介
イラスト　やすも

発行者　山下直久
編集長　藤田明子
担当　山口真孝

装丁　荒木恵里加　稲田佳菜子（BALCOLONY.）

編集　ホビー書籍編集部

発行　株式会社 KADOKAWA
〒102-8177
東京都千代田区富士見 2-13-3
電話：0570-002-301（ナビダイヤル）

印刷・製本　図書印刷株式会社

ISBN 978-4-04-737662-5　C0093　Printed in Japan

ベル＆ティアの次号予告ト〜ク

こんにちは、マーキュリー種のベルです。

天使族のティアです。私たちで次回予告を担当します。

予告前の軽いトークでなんですが、ティアさん。気づきました？

なにになです？

今回の十六巻の表紙、クズデンさんがいるってことです。

手前の後頭部のことですね。

後頭部だとしても、なぜクズデンさんが表紙に？　もっとほかの人選があったと思うのですが。

後頭部だからじゃないかな。オビで隠れる可能性も高いし。

あと、裏表紙のコキュートスウルフです。ここはフェンリルじゃないんですか？

フェンリル、あれ、絵にすると大きい犬だから……。

2024年6月発売予定!!

Next
Farming life
in another world.

角《ツノ》という特徴があるコキュートスウルフが選ばれたと？

たぶん。

……予告前の軽いトークで疑問がいろいろと残りましたが、予告をやりましょう！

そ、そうですね。次の巻では……春のパレードが中心の話になりそうですね。

今回は村の外でもパレードをするのですよね。私も参加できるでしょうか？

参加できても、目立つのは至難の業かと。いろいろな人が参加しますから。

むう。村長のお子さんたちも参加しますしね。

ですね。ティゼルも、もう少し落ち着いてくれれば……。

親じゃないとわからない悩み。羨ましい。……と、いうところで行数の限界です。

十七巻もよろしくお願いします！　では、また。

異世界のんびり農家 17

DRAGON COMICS AGE
異世界
のんびり
農家
〔原作〕内藤騎之介
〔作画〕剣康之
〔キャラクター原案〕やすも
11
コミックウォーカー＆
ニコニコ静画（マンガ）＆
月刊『ドラゴンエイジ』にて
好評連載中！
ISEKAI NONBIRI NOUKA

異世界のんびり
16

序章
一章 古の
二章 親と子
三章 いつもの
終章 困った狐

Presented by K

Illustrated by Yas

Farm

in a